KB104351

놀이터는 24시

놀이터는 24시

김초엽

배명훈

장강명

편혜영

박상영

김금희

김중혁

GIANT BOOKS

차 례

글로버리의 봄

김초엽

오늘 B-71 구역은 살인 사건이 발생한 대저택의 응접실을 재현하고 있다. 고풍스러운 안락의자와 테두리의 곡선 나무 장식물이 눈에 띄는 커다란 식탁, 화려한 유리 샹들리에, 타다 남은 장작이 흩어진 벽난로, 그 아래 카펫을 붉게 물들인 핏자국.

트레이시라는 화가가 소유했던 이 저택은 평화로운 시골에 위치해 있는데, 수년간 트레이시와 그의 고용인들의 거주지로 쓰이다가, 트레이시의 갑작스러운 사망으로 한동안 인적이 끊겼다. 소유권 분쟁이 이어지는 동안 고용인들이 잠시 들렀을 뿐 텅 비어 있는 것으로 추정되었지만, 얼마 전 경찰로 신고 전화가 걸려 왔다. 트레이시가 살았던 저택에서 끔찍한 소음이 매일 밤 들려오는데 대체 무슨 일이 일어나는지 확인해 달라는 것이었다. 다음 날 이 저택에서는 처참하게 살해된 주검이 하나 발견되었고, 그는 새벽에 신고를 받고 확인하러 출동한 나타샤 경위였다. 살해에 이용한 도구는 찾을 수 없고, 독살 흔적은 발견되지 않았다. 나타샤 경위가 하필 혼자 저택을 찾아온 이유는 아직 의문으로 남아 있다. 공간에 들어선 여행자들은 나타샤 경위의 죽음을 둘러싼 미스터리를 풀어야 한다.

물론 모든 것은 설정일 뿐이다. 실제로는 아무도 죽지 않았다. 나타샤는 가상의 인물이고, 존재한 적도 없다. 그는 응접실에 남은 핏자국이나 바닥에 떨어뜨린 머리 끈, 소파의 움켜쥔 흔적 따위로 존재를 가장할 뿐이다. 미스터리에 특별한 것은 없다. 이 공간은 심지어 단서들을 은밀히 제시하거나 숨겨놓을 의도도 없다. 누군가 들어와 응접실의 채도 낮은 주황색 벽을 살핀다면, 현실이라면 결코 가능하지 않은 방식으로 벽의 일정한 부분이 빛을 내거나 다른 톤으로 덧씌워져 있는 것을 발견할 것이다. 혹은 너무 눈에 띄는 얼룩이 보란 듯이 그려진 바닥이나 포장이 벗겨진 수상한 약병을 보게 될 수도 있다. 여행자들은 단서를 기록하는 노트를 하나씩 건네받는데, 여기에는 새로운 단서를 발견할 때마다 노골적으로 범인을 암시하는 메시지가 표시된다.

대부분의 사람들은 B-71 구역에 좋은 평가를 내리지 않는다. 단서는 너무 쉽게 발견되고, 추리는 산만하며, 사건에는 개연성이 없다. 사람들은 새로운 종류의 즐거움을 기대하고 왔다가 삼십 분쯤 단서를 살펴보고 손쉽게 범인을 찾아낸 다음 투덜거린다.

"정말 진부한 방이군! 역시 형편없는 평가를 받을 만해."

그러나 그 진부함이야말로 이 방의 설계자인 봄이 의도한 바다.

봄은 지금 이 방으로 걸어 들어오는 한 여행자의 얼굴을 본다. 여행자의 옆으로 떠오르는 개인 정보는 대부분 숨겨져 있다. 알아볼 수 있는 것은 그 여행자가 멜 포르타라는 이름을 가졌다는 것과, 조금 전 35층 '나인 레인'을 방문한 직후 이곳에 왔다는 자취 기록뿐이다.

멜은 적당한 호기심과 적당한 무관심을 지닌 여행자다운 표정을 하고 있다. 이 방에 들렀던 많은 여행자처럼, 이곳이 평범하고 진부해 보이지만 뜻밖의 즐거움을 선사할지도 모른다는 기대를 품고 온 것 같다. 주머니에 손을 찔러 넣고 대충 눈으로 방을 훑는 무신경한 태도로 보아, 대놓고 드러난 단서들에 손을 뻗을 생각은 없어 보인다.

─ 물건에 손을 올려 단서를 조사하십시오.

봄은 시스템 메시지를 띄운다. 이곳이 글로버리의 다른 모든 공간처럼 여행자들에게 즐거움을 주기 위해 설계된 것임을 가장하기 위해서.

그러나 오늘의 낯선 여행자 멜은 다른 것에 관심이 있는 듯하다. 과하게 빛을 발하는 벽지 일부와, 수상한 쪽지가 붙어 있는 벽난로, 그리고 바닥에 널브러진 경찰 배지 따위를 지나 멜이 걸어간 곳은 별다른 단서가 없는 장식장 앞이다. 장식장에는 이곳의 살인 사건과는 아무런 관련이 없는 장식품들이 진열되어 있다. 멜은 그중 하나, 선장 모자를 쓴 도자기 인형에 손을 뻗는다. 등 뒤에는 감아 돌릴 수 있는 태엽이 달려 있다. 멜은 인형의 얼굴을 유심히 살핀다.

"이상하네. 내가 아는 사람을 닮았는데."

멜이 중얼거리며 인형의 태엽을 감는다. 꾹 닫힌 인형의 입에서 목소리가 흘러나온다.

특별한 여행을 즐기세요. Bon voyage.

＊

처음 글로버리에 오기로 결심했을 때, 봄은 자신이 상상할 수 있는 모든 아름답고 즐거운 것을 글로버리에서 구현하겠다는 꿈을 꾸었다.

봄이 자신의 어린 시절에 관해 분명하게 기억하는 것은 많지 않다. 고작해야 몇 장의 스틸 컷처럼 분절된 장면만을 기억해 낼 수 있을 뿐이다. 봄을 키운 건 골목에서 봄을 주운 마샤였다. 봄의 나이 일곱 살 때부터 마샤는 자신이 운영하는 '마샤의 집' 손님들의 잔심부름을 거들게 했다. 거리에 나가 담배를 사 오거나 손님이 떠나고 지저분해진 자리를 치우는 일이었다. 마샤의 집을 방문하는 손님들은 지속적인 자극을 요구했다. 마샤는 그들을 위해 '머신'이라고 부르는 화려한 기계들을 진열해 두었고, 손님들의 감각 자극을 조절해 돈을 벌었다. 손님들은 기분이 좋지 않을 때면 봄을 툭툭 건드리거나 밀쳤지만 비위를 잘 맞추면 팁을 꺼내 주었다. 마샤는 팁의 대부분을 가져갔으나 빵과 수프를 사 먹을 정도의 돈은 남겨 주었다.

봄은 머신을 다루는 데에 재능이 있었다. 처음에는 수리 기사들이 기계 내부의 부품들을 다루는 것을 어깨너머로 보고 그대로 따라했다. 그림들을 끊임없이 뱉어 내다가 갑자기 정지해 버린 머신 하나를 봄이 고치는 것을 보고, 마샤는 봄에게 아예 기계 관리를 맡겼다. 심부름을 하느라 거리를 돌아다니는 시간이 줄어든 이후로는 머신이 만들어 내는 다양한 감각 자극들을 구경하고 분석했다. 어떤 기계는 마치 초공간 차원으로 넘어간 듯한 놀라운 감각 자극을 봄에게 전달했는데,

너무 강렬한 경험이어서 한 번 겪고 나면 다시 머신 앞에 앉을 엄두가 나지 않았다. 하지만 마샤의 집을 찾는 손님들은 그런 것보다 대개 단순하고 지속적인, 하루 종일 시간을 보낼 수 있는 감각 자극을 원했다. 아침부터 밤까지 머신과 전선으로 연결되어 있는 사람들에게 봄은 "여기에 더 재미있는 것도 있어요!"하고 말을 걸었지만, 손님들은 귀찮은 듯이 눈을 끔뻑거릴 뿐이었다.

봄은 마샤의 집 뒤에 버려진 머신 부품들을 몰래 주워서 새로운 머신을 만들었다. 단순한 평면의 가상 세계를 재현한 감각 자극이었다. 끊임없이 굴러가는 주사위를 놓치지 않고 따라가면 미로의 끝에 도달할 수 있었지만, 그 미로는 또다시 어지럽게 얽히면서 새로운 미로를 만들어 낸다. 그 자극은 그렇게 대단한 것은 아니었지만, 봄은 마치 세계의 창조자가 된 것 같은 기쁨을 느꼈다. 단지 뇌에 감각 자극을 전달하는 것만으로 눈앞에 다른 세계를 펼쳐 놓을 수 있다니! 처음에는 어린아이가 만든 머신에 관심을 주는 사람이 아무도 없었지만, 봄이 새로 만들어 낸 머신들을 창고에서 몇 번 들키고 나서는 손님들 중에도 "그거 나도 한번 해 봐도 되겠니?"하고 묻는 사람들이 생겨났다. 마샤의 집을 매일 오가던 퀭한 눈의 여자들도 봄의 머신을 건드려 보고는 재미있다며 낄낄거렸다. 물론 대부분은 딱 한 번 조작해 본 다음에 금세 흥미를 잃고 말았지만, 마샤는 봄이 드디어 쓸모 있는 녀석이 되었다며 머신을 마샤의 가게 구석에 전시하도록 허락해 주었다.

그러나 몇 달 뒤에, 봄이 만든 머신에 연결되었던 손님 중 한 명이 심각한 구역질을 하며 가게를 엉망으로 만드는 사건이 발생했다. 가게에 온통 토사물을 쏟아 놓은 그는 머신에 화풀이를 했고, 이런 위험한 기계를 가져다 놓은 사람이 누구냐며 소리를 질렀다. 봄은 남자 앞에서 덜덜 떨었다. 그는 봄을 한참이나 노려보더니 말했다. "어린애 소꿉장난 따위를 돈 받고 팔다니." 남자는 바닥에 침을 퉤 뱉고 떠나 버렸다. 봄은 분명히 다른 머신을 쓰다가 기절한 사람들, 술에 취해 기계에 연결되었다가 과도한 감각 자극 때문에 구토하는 사람들을 많이 보았는데도, 이 사건은 봄이 함부로 머신을 건드려 사람을 죽일 뻔한 일로 취급되었다. 마샤는 가게에서 봄의 머신을 모두 꺼내서 재활용 업자에게 팔았고, 봄에게 다시 담배 심부름을 시켰다. 봄은 이제 거의 푼돈도 받지 못하고 일을 했다.

어느 날 봄은 가게 앞에서 한 노인을 만났다. 그는 늘 푼돈을 들고 와서 머신들을 한번씩 건드려 보다가, 의자에 앉아 하품을 해 대며 다른 손님들을 귀찮게 하던 노인이었다. 마샤는 늘 그 노인을 쫓아내고 싶어했다. 지나치려는 봄을 노인이 붙잡았다.

"꼬마야, 이런 곳에 있지 말고 글로버리에 가렴. 그곳에는 순수한 즐거움, 자기 파괴적이지 않은 즐거움을 추구하는 사람들이 모여 있어. 이곳과는 다르지."

노인이 봄에게 무언가를 건넸다. 그것은 국적 불명의 이름이 새겨진 낡은 카드로, 봄은 '글로버리'라는 도시의 이름과 오른쪽 하단의 역삼각형 모양만을 알아볼 수 있었다. 카드를 받아 드는 순간, 봄은 마치 순간적으로 전류가 흐르듯 심장 부근에서 찌릿한 느낌을 받았다.

"그걸 가져가면 도움이 될 거다. 이 표식을 공유하는 '구조자들'이 그 도시에도 있지. 하지만 네가 누구인지는 절대 잊지 말도록 해라. 이 세계에는 네가 바꿀 수 없는 것도 있으니까."

즐거움의 도시 글로버리. 사람들은 글로버리가 아름다운 곳이라고 말했다. 화성 궤도를 돌고 있는 130층의 인공 구조물은 무수히 많은 구역으로 구성되어 있다. 설계자들은 각자에게 허락된 구역에서 세계를 구현한다. 유능한 설계자들일수록 더 많은 구역을 할당받는다. 글로버리의 여행자들은 대부분의 시간을 그 공간을 거닐며 보낸다고 했다. 그곳에는 마샤의 집에 있는 머신들처럼 형편없는 놀이도 없고, 단순한 감각 자극에 중독된 사람들도 없다. 글로버리는 궁극의 즐거움을 실현하기 위해 만들어졌다.

그 이후로 봄은 매일 밤 글로버리에 가는 꿈을 꾸었다. 때로는 글로버리의 공간들을 거니는 자유로운 여행자가 되어 있었고, 또 어느 날 밤에는 그 정교한 공간들을 설계해 사람들을 감탄하게 하는 설계자가 되었다. 그러나 창살 사이로 햇볕이 비치는 아침이 되면 봄은 다시 마샤의 집으로 돌아와야 했다. 이제는 아무도 봄의 머릿속에 어떤 세계가 있는지, 어떤 감각 자극들을 만들어 낼 수 있는지 묻지 않았다.

봄이 태어나고 버려진 곳을 떠나 글로버리에 오기까지의 모든 과정은 지우개로 문질러 지워 버린 것처럼 흐릿하다. 그 기억들은 마치 누군가가 봄에게 보여 준 이후에야 재구성된 기억처럼 느껴진다. 마치 봄 스스로가 그 시절을 의식적으로 지워 버리고 싶은 것처럼. 마샤의 얼굴도, 마샤의 집의 풍경도 사후적으로 조립된 것처럼 느껴질 때가 있었다. 봄은 열여덟 살에 그곳에서 도망쳐 나왔다. 마샤에게서 훔친 돈과 수송선에서 허드렛일을 하며 겨우 번 돈을 모아 화성으로 가는 완행 티켓을 샀다.

사 개월의 수면 상태에서 깨어나 선착장에 내렸을 때, 그리고 중앙 엘리베이터에 올라탔을 때 순식간에 화려한 여행자들의 도시가 유리 바깥으로 드러나기 시작했다. 아래로 스쳐 지나가는 황금빛 공간들, 그 공간과 공간 사이를 가벼운 발걸음으로 돌아다니는 사람들의 얼굴에 떠오르는 기쁨.

글로버리를 처음 걸으며 봄은 생각했다. 예전에는 한 번도 이렇게 선명한 풍경을 본 적이 없는 것 같다고.

*

- 물건에 손을 올려 단서를 조사하십시오.

봄은 카펫의 핏자국에 하이라이팅을 더한다. 신경 쓰일 정도로 반짝여서 살펴보지 않고는 도저히 지나칠 수 없을 만큼.

- 단서를 기록 노트에 추가하면 용의자와의 관련성이 나타납니다.

멜은 시스템 메시지를 보더니 노트를 꺼내 든다. 노트에는 살인 사건의 용의자 프로필이 기록되어 있다. 나타샤 경위의 전 연인과 동료 경찰, 최근까지 저택에서 일했던 집사가 유력한 용의자다. 시끄러운 소리가 들린다고 신고한 마을 주민의 증언과 23구역 경찰서 소속 경찰관들의 나타샤에 대한 증언 역시 적혀 있다.

멜은 기록 노트를 대충 훑어보다가 덮는다. 그러고는 다시 장식장의 선장 인형을 유심히 바라본다. 그 아래에는 여러 개의 배 모형이 놓여 있다. 어떤 모형은 실제의 배를 작은 규모로 축소해 놓은 것 같고, 어떤 모형은 작은 블록들이 모여 조립된 것이다. 언뜻 보아서는 이 방의 주인이었던 화가 트레이시의 소장품들처럼 보인다. 그러나 그 장식장의 물건들은 살인 사건과는 무관하다. 멜은 발걸음을 돌리려다가 문득 멈추어 서서, 장식장 테두리에 새겨진 역삼각형들을 살펴본다.

– 시간 제한이 있습니다.

– 십 분 뒤 대기실로 이동합니다.

자리에서 일어난 멜은 방을 다시 한 번 둘러보더니 안락의자에 앉는다. 그리고 안락의자의 손잡이에 새겨진 역삼각형 모양의 음각을 발견한다. 의자에는 단서가 될 수도 있었던 나타샤의 머리카락이 붙어 있지만, 멜의 손은 손잡이의 음각만을 더듬고 있다.

– 충분한 단서를 발견하지 못할 경우 수사는 자동으로 종료됩니다.

봄은 경고 메시지를 띄운다.

"좋아요. 그만. 단서에는 이제 관심 없어요."

멜이 말한다.

"당신은 이 방을 제대로 설계할 생각이 없었어요. 기본적인 시스템도 전부 나인 레인을 베낀 거잖아요. 응접실의 인테리어도 관리국에서 기본적으로 제공하는 거고요. 정말, 기본 템플릿에서 벽난로 위치조차 옮기지 않았군요. 여기서 설계자의 의도가 반영된 건 오직 저 장식장뿐이에요. 전체 이야기의 진행과는 아무 상관 없는, 아예 살펴보지도 않고 지나가도 무관한 소품들이죠. 보통의 방문자라면 저것이 그냥 장식 요소

거나 일종의 이스터 에그라고 생각하겠죠. 하지만 저는 아직 잘 모르겠어요. 이것의 의도를 알면서도 왜 여기에 배치되어 있는지 모르겠다고요."

멜은 테이블에 놓인 선장 인형을 손에 쥔다.

"나타샤 경위를 죽인 사람은 궁금하지 않아요. 나타샤는 애초에 존재하지 않았을 테니까."

바닥으로 장식품이 떨어진다. 도자기가 산산조각 난다. 멜이 허공을 향해 묻는다.

"대신 나는 내 언니를 죽인 사람이 궁금해요. 파틴 나바르를 죽인 사람, 지금 내 말을 듣고 있는 당신, 이 방의 설계자, 당신 말이에요. 당신은 대체 누구죠?"

*

봄은 35층의 '나인 레인'에서 파틴을 처음 만났다. 2072년 무렵의 방콕 호텔 '나인 레인'을 재현한 그 구역은 주로 살인 사건에 대한 수사가 벌어지는 곳이지만, 수사에는 관심이 없는 여행자들도 로비와 라운지에 늘 북적였다. 범인을 알아내는 것 자체보다 범인을 추궁하는 과정에서 벌어지는 격렬한 다툼, 마치 실제 같은 잔혹한 싸움과 어딘가에서 끊임없이 발견되는 끔찍한 모습의 시체가 여행자들의 시선을 끌었다. 나인 레인에 처음 방문했을 때, 봄은 그 공간이 주는 즉각적인 몰입감에 깜짝 놀랐다. 공간에는 설계자가 교묘하게 만들어 둔 퍼즐과 미로, 수수께끼가 사방에 도사리고 있었지만 그것들은 쉽게 알아차리기 힘들 정도로 배경에 자연스럽게 녹아 있었다. 글로버리라는 도시의 어느 한 구역이 아니라, 나인 레인이라는 완전히 새로운 세계로 진입한 느낌이 들었다.

나인 레인을 알게 된 이후로 봄은 거의 매일 그곳에 갔다. 수사를 이어 나가는 것보다는 그곳에 절묘히 배치된 퍼즐들이 어떻게 여행자들을 나인 레인의 세계에 몰입하게 만드는지 알고 싶었다. 신선한 즐거움에 심장 어딘가가 부글거리는 기분이 들었고, 동시에 봄 자신이 얼마나 형편없는 설계자인지를 뼈저리게 느낄 수 있었다. 가짜 신분으로 힘들게 얻은 봄의 설계 공간은 미완성된 퍼즐과 엉성한 미로 모형, 낙서 같은 수수께끼의 초안들만 가득한 채로 한참이나 방치되어 있었던 것이다.

봄이 즐거움에 대해서라면 아무것도 모르는 낙제생에 불과하다는 것은 설계를 시작한 지 얼마 되지 않아 금방 드러났다. 간단한 테스트를 통과한 설계자들에게는 작은 방이 주어졌다. 평범한 삶의 공간과 분리되는 곳, 몰입과 긴장과 즐거움을 이끌어 내는 곳, 언젠가는 모든 일들이 끝나고 원점으로 돌아가는 장소. 처음에 봄은 모범생처럼 공간의 설계 규칙을 따랐다. 마샤의 집에서 다룬 머신들처럼, 기계들의 부품과 프로그램을 이용해 그럴싸한 감각 자극을 전달하는 것만으로 즐거움을 설계할 수 있다고 믿었다. 그러나 결과는 처참했다. 이미 글로버리는 너무 많은 즐거움으로 가득 차 있고, 여행자들은 그 즐거움에 익숙해진 지 오래였다.

설계자는 공간 방문자들의 머리 위에 있어야 한다. 그러지 않는다면 공간은 너무 쉽게 간파당하고 만다. 방문자들은 규칙을 지키면서도 지름길로 가는 법을 빠르게 찾아낸다. 우습게 보인다면 그 규칙 자체가 무너지는 수가 있다. 공간은 반칙으로 엉망진창이 되고, 그들이 뒤틀고 꼬아 놓은 규칙을 어디서부터 다시 정리해야 할지 알 수 없어진다. 그런데 지금까지의 삶에서 설계된 즐거움이라곤 고작해야 머신들의 전선이 주는 반복적인 감각 자극밖에 경험해 보지 못했던 봄은, 도저히 글로버리의 베테랑 여행자들을 당해 낼 수 없었다.

그들에게 봄이 만든 퍼즐은 너무 쉬웠다. 수수께끼는 첫 단어를 읽는 순간부터 답을 예측할 수 있었고, 미로는 마치 위에서 내려다보는 듯 훤히 보였다. 여행자들은 봄의 퍼즐을 엉망으로 만들고 수수께끼를 비웃었으며 미로에 침을 뱉었다. 봄은 사람들에게 즐거움을 줄 수 없었다. 어릴 적 만든 머신만큼도. 절망하는 봄에게 어떤 이들이 넌지시 알려 준 곳이 바로 이곳, 나인 레인이었다.

"재미있는 설계이기도 하지만 그곳, '블록'을 아주 기가 막히게 사용하지요. 저러다 관리국에서 너무 심하다고 한 소리 하는 게 아닌가 싶을 정도로요. 옵션을 안 켜면 거의 구분이 안 될 정도라니까요."

수사 미스터리를 중심에 두고 설계된 나인 레인이 재현하는 살해의 현장은 잔인했다. 살인 피해자의 혈흔이나 신체 일부는 물론이고, 시체가 다 치워지지 않은 상태에서 추리를 시작하는 경우도 많았다. 여행자들은 칼로 베인 살가죽 사이로 손을 넣어 아직 식지 않은 내장을 만져 볼 수도 있었다. 어떤 경우에는 여행자들이 북적거리는 현장에서 살인이 일어나기도 했다. 여행자들은 눈앞에서 죽음을 목격하고, 곧장 주위를 탐색하고, 용의자들을 지목한다. 바로 이 '라운드'가 나인 레인에서 가장 인기가 많은 수사였다. 봄도 여러 번 누군가의 죽음을 목격했다.

"웩, 이건 너무 진짜 같군."

여행자들은 투덜거리면서도 시체를 살피는 것을 재미있어 했다. 굳이 단서를 찾기 위해서가 아니라 단지 시체 구경을 즐기는 것 같은 여행자들도 많았다. 특히 젊은 여자의 시체가 어디선가 발견되면 수많은 여행자가 몰려들었는데, 봄은 그 시체들이 다 가짜라는 걸 알면서도 어딘가 역겨운 기분이 들었다. 나인 레인은 모든 점에서 봄이 설계한 방보다 월등했고 그래서 언제나 북적거리는 장소였지만, 봄이 생각하기에 그곳의 잔혹성은 나날이 더 심해지는 것 같았다.

파틴 나바르는 항상 호텔의 라운지 한구석을 차지하고 앉아 있는 여행자였다. 봄이 처음 나인 레인에 왔을 때 그 자리에는 다른 여자가 앉아 있었는데, 이틀 째에 그가 어디선가 날아온 날카로운 나이프에 심장을 관통당한 이후로는 한동안 비어 있었다. 그가 블록이라는 사실을 봄은 나중에야 알았다. 대부분의 블록들은 일정 시간을 두고 재생되며, 다시 제자리로 돌아가 새로운 살인 사건의 피해자가 되지만, 화살에 죽은 여자는 열흘도 넘게 돌아오지 않았다. 대신 봄은 누군가 그 테이블에 칼로 새겨둔 역삼각형의 표식을 발견했다. 봄이 그 블록의 행방을 궁금해하게 된 무렵, 파틴이 라운지에 오기 시작했다.

"당신은 항상 똑같은 술을 마시네요, 블록처럼."

봄이 사흘 내내 파틴의 옆자리에 앉았을 때 비로소 파틴이 말을 걸어왔다. 봄은 연신 파틴의 옆모습을 곁눈질하느라 자신이 똑같은 술을 주문하는 줄도 몰랐다.

"블록들은 항상 똑같은 술을 마셔요?"

"아뇨, 실제로는 그렇지 않아요. 대신 그런 설정을 넣는 경우도 있죠. 예전에 여기 앉아 있던 블록은 항상 보드카가 들어간 칵테일을 마셨거든요. 그리고 뭘 시키든 라임 주스를 조금 넣어 달라고 요구했어요. 원래는 없던 설정인데, 나인 레인의 설계자가 슬쩍 추가한 거였죠. 설계자들은 자신의 구역으로 복제해 온 블록에 고유성을 부여하고 싶어해요."

"그렇게 세세한 설정을 넣을 수 있는지 몰랐어요. 뭔가 의미가 있었을까요? 수사와 관련이 있다거나요."

"당신 생각에는 그런 것 같나요?"

파틴은 묘한 눈빛으로 봄을 보았다. 봄은 고개를 저었다.

"글쎄요, 제 생각엔…… 처음에는 이곳 나인 레인이 정말로 정교하게 설계되었다고 생각했어요. 설계자로서 많은 걸 배울 수 있다고 생각해서 매일 들렀죠. 지금은…… 잘 모르겠어요. 많은 것이 그냥 의미 없이 배치되어 있기도 해요. 늘 똑같은 사건이 일어나요. 시체들만 바뀌죠. 그런데 여행자들은 끊임없이 찾아오고요. 저는 나인 레인을 보며 공부한 설계를 적용해 보았고, 예전보다는 여행자들을 모으는 데에 효과가 있었어요. 하지만 몇 달 전부터 무언가가 변하기 시작했죠. 잔혹성을 전시하는 것이 너무 과해졌어요. 나인 레인은 분명히 훌륭한 곳인데, 이제는 무언가가 비어 있다는 생각이 들어요. 게다가 지금은 모든 공간이 나인 레인처럼 되고 있어요."

"아, 그럼 당신도 설계자군요?"

그렇게 말하는 파틴이 매우 뜻밖이라는 표정을 지어서 봄은 얼굴을 붉혔다. 지금까지 나인 레인에 대한 불평을 늘어놓았던 것이 질투나 열등감처럼 보일 수도 있다는 생각이 들었다.

"여러모로 그렇게는 안 보이겠죠. 전 아직 서툴러요. 블록을 제대로 활용하지도 못하고요. 제가 배치하는 블록들은 어딘가 뻣뻣해요. 무언가…… 소품처럼요. 말을 걸어도 잘 대답하지 않고요. 어설픈 설계자인 제가 마음에 안 드나 봐요."

파틴이 키득거렸다.

"그 반대일 수도 있지 않을까요?"

봄은 매일 나인 레인의 라운지를 찾아갔고, 파틴은 가끔씩만 봄의 방을 찾아왔다. 그는 수사나 추리보다는 복잡한 공간 설계에 더 쉽게 매료되는, 많은 여행자 중 한 명이었다. 하지만 그런 기준으로도 봄의 공간은 못 봐 줄 만한 수준이었다. 봄은 나인 레인을 흉내 내어 만든, 그렇지만 나인 레인의 발치에도 못 미치는 형편없는 퍼즐들로 가득한 자신의 방이 부끄러웠다. 봄의 방에 들르는 여행자들은 점점 줄어들었고, 봄은 설계 자격 유지가 어려울 수도 있다는 경고를 글로버리 관리국으로부터 받았다.

"이대로라면 전 설계 공간을 반납해야 할 거예요. 봐요, 블록들도 제 방에서는 아무 말이 없잖아요. 다른 방에서처럼 먼저 말을 걸지도 않고, 수다스럽지도 않아요. 그냥 죽은 듯이 서 있죠. 다들 너무 지친 것 같아요. 제가 그렇게 설계를 엉망으로 해서 그런 건지……."

자연스럽게 행동하는 다른 방의 블록들과 달리, 옷 가게의 마네킹처럼 서 있는 블록들을 가리키며 봄은 한숨을 푹 내쉬었다. 그들은 무기력해 보였다. 파틴이 말했다.

"여긴 정말 끔찍하게 지루한 곳이군요."

봄은 그 말에 충격을 받고 입을 다물었는데, 파틴이 웃으며 덧붙였다.

"그리고 그건 여행자들보다는 블록이 원하는 것이죠."

얼마 뒤에 봄은 파틴의 죽음을 목격했다. 라운지에 앉아 있던 파틴의 이마에 빨간 레이저가 찍히는 것을 보았을 때는 이미 늦었다. 파틴의 머리는 관통당했고, 봄의 뺨에 피가 튀었다. 라운지의 사람들이 몰려들어 엉망이 된 파틴의 시체를 구경했다. 어떤 사람은 환호성을 질렀다. 봄은 그 자리를 떠나지도 못하고 몇 시간 내내 파틴 옆에 있었다. 아침이 되자 경찰복을 입은 블록들이 몰려와 죽은 파틴을 옮겼다. 파틴의 손가락이 마치 고통을 견디듯이 구부러지다 바닥에 툭 떨어지던 순간을 봄은 잊지 못했다.

바닥에 무릎을 꿇고 앉은 봄의 어깨를 한 노인이 툭툭 쳤다.

"네가 깔고 앉은 게 수사 단서인 것 같은데. 잠시 비켜 봐."

"이봐요, 날 좀 도와줘요."

봄이 손을 내밀어 노인의 옷소매를 잡았다.

"혹시 여행자도 죽나요? 죽은 여행자들은 어디로 가죠? 어떻게 해야 파틴을 다시 만날 수 있죠? 너무 아파 보였어요. 왜 여행자들도 고통을 느끼는 거예요? 그들은 설계 공간 안의 오브젝트에는 영향을 받지 않잖아요. 그렇지 않나요? 제가 알기로는……."

"이봐, 아가씨, 너무 몰입해서 잊었나 본데 이건 수사 게임이야. 네가 반했던 그 여자는 살인의 희생양인 블록이라고. 예전에는 그 자리에 다른 여자애가 있었는데 아마 교체된 모양이더군. 그런데 대체 무슨 옵션을 켜 두었길래 승객과 블록을 구분 못 하나? 눈빛이 아주 진심 같던데."

노인이 봄을 비웃었다. 봄은 한참이나 노인의 얼굴을 노려보았다.

*

파틴은 스물네 시간 뒤에 재생되었다. 나인 레인의 뒷문 앞, 식자재들이 쌓인 창고 앞에서 봄은 재조립되는 파틴을 보았다. 한순간 정말로 실재한다고 믿었던 파틴의 몸은 나인 레인에 구현된 블록에 불과했다. 재생을 마친 파틴은 봄을 마주

보더니 자리에서 일어났다. 봄을 향해 걸어온 파틴이 양팔을 벌려 봄을 가볍게 끌어안았다.

"날 기다려 줬군요, 나의 사랑스러운 친구. 글로버리는 정말 멋진 곳이죠."

봄은 손을 내밀어 파틴의 머리카락을 만졌다. 그리고 파틴의 뺨에 손을 얹었다. 따뜻하고 부드러운 감촉. 너무나 진짜 같은, 그래서 여행자라고밖에는 생각할 수 없었던 파틴의 몸이 여기에 있었다. 고통에 부들부들 떨면서 죽어 가던 파틴이 아직까지도 눈앞에 선명했다.

"나인 레인의 설계자는 현실에서 자신을 떠난 연인에게 복수하기 위해 나를 만들었어요. 정확히는 관리국에서 제공하는 블록 템플릿에서 나를 데려와 그 연인을 닮도록 이리저리 손을 봤죠. 이 나인 레인에서 살해당하는 블록들은 다 그런 식으로 만들어진, 설계자의 비겁한 욕망이 투영된 대상이에요. 하지만 그걸 누가 신경이나 쓰겠어요? 설계자는 이제 퍼즐 따위에는 관심이 없고 우리를 어떻게 더 끔찍하게 죽일지를 고민해요. 그리고 여행자들은 우리가 더 진짜 같을수록, 잔혹하게 죽을수록 즐거워하죠. 놀이의 긴장이 고조되니까요. 내가 할 수 있는 일은 없어요. 그들은 잠시 놀다 떠나는 승객이고, 나는 이 세계를 영원히 떠날 수 없는 블록이니까."

파틴은 말을 멈추고 봄의 표정을 살폈다. 파틴이 씨익 웃었다.

"하지만 저는…… 당신이 블록이라고 생각하지 못했어요. 당신은 공간을 이동했잖아요. 나인 레인을 벗어났다고요. 블록들은 그렇게 할 수 없어요. 블록들은 그 구역에 발이 묶여 있으니까……."

횡설수설하는 봄을 지켜보던 파틴의 표정이 달라졌다.

"봄, 당신은 정말 모르는군요. 아니면, 혹시 지금 나에게도 거짓말을 하고 있는 건가요?"

봄이 혼란스러운 얼굴로 파틴을 보았다. 파틴은 주머니를 더듬으며 말했다.

"어떻게 그게 가능했는지 모르겠지만, 지금까지 눈속임을 한 거예요. 도대체 어떻게 했죠? 당신의 설계를 보면 눈속임에는 재능이 영 없어 보였는데, 신기한걸요."

파틴이 이해할 수 없는 말을 하고 있었다. 봄은 순간 이 상황이 아주 이상하게 흘러간다는 것을 깨달았지만, 봄이 피하기 전에 파틴이 주머니에서 권총을 꺼내 들었다. 파틴은 봄의 관자놀이에 총구를 가져다 댔다. 차가운 금속의 질감이 느껴졌다.

봄은 흔들리는 눈으로 파틴을 마주 보았다.

"잠깐. 지금, 뭘 하려고……."

"확인해 보는 게 가장 빠르겠죠."

파틴이 방아쇠를 당겼다.

봄은 순간 자신의 머리가 산산조각 나고, 뇌가 으스러지는 것을 느꼈다. 끔찍한 고통이 봄의 영혼을 휩쓸었지만 그 고통은 끝나지 않았다. 조각났던 두개골이 다시 재조립되고, 분해된 신경 세포들이 제자리를 찾아가는 동안 봄은 어둠 속에서 그 고통을 계속해서 견뎌냈다.

*

– 맞아. 내가 파틴 나바르를 완전히 죽였어.

멜은 허공에서 들려오는 소리에 당황하며 고개를 돌린다.

– 그건 나만이 할 수 있는 일이었거든.

*

고통으로 눈물범벅이 된 채 방에서 깨어났을 때, 재생된 봄의 앞에 파틴이 서 있었다. 파틴은 아주 묘한 표정을 짓고 있었다. 슬픈 것 같기도 하고, 괴로운 것 같기도 한 표정이었다.

"봄, 우리에게는 많은 설정이 부여됐어요. 그게 자신의 진짜 과거가 아니라는 걸 인정하는 과정은 쉽지 않죠. 하지만 생각해 봐요. 당신은 처음부터 글로버리 밖에서 올 수가 없었어요. 이곳에는 현실 시간으로 몇 달 전 크루즈에 탑승한 반수면 상태의 승객들과, 이 세계에서 생성되어 크루즈를 나갈 수 없는 블록들뿐이거든요. 당신은 글로버리 바깥에서, 지구에서 이곳 화성 궤도의 도시로 왔다는 설정을 가지고 있는 거예요. 그건 실재했던 과거는 아니지요."

봄은 허망한 기분으로 파틴을 마주 보았다. 마샤의 집, 낡은 완행 수송선, 더럽고 어두운 골목에서의 유년기. 그런 과거는 아예 없어도 괜찮다고 생각했는데 그게 아니었다. 봄에게는 과거를 가질 자격조차 허용되지 않은 것이었다.

"의문이 있다면 도대체 어떻게 봄 당신이 시스템을 속이고 설계자가 될 수 있냐는 거였죠. 블록들은 설계자가 되어서는 안 되거든요. 당신이 재생되는 동안 당신의 신분 정보를 조사했어요. 혹시 어렸을 때, 이상한 모양의 표식을 달고 다니는 사람을 만난 적이 있나요? 재미있게도, 당신은 구조자들이 이곳에 심어 놓은 가짜 설계자이더군요. 그들은 블록들을 만나고 다니면서 원래 블록에게는 부여될 수 없는 여러 가지 권한들을 몰래 숨겨 놓죠. 어떤 블록들은 자신이 속해 있던 설계 공간에서 도망치고, 또 어떤 블록들은 자신들처럼 변이된 블록들을 모아요. 내가 나인 레인을 가끔씩 떠날 수 있는 것도 구조자들이 심어 놓은 오류 때문이에요. 블록들은 글로 버리 시스템을 파악할 수 없도록 만들어지지만, 그렇게 오류가 쌓이고 쌓이다 보면 어느 순간 알게 되기도 하죠. 우리는 즐거움을 위해 부서지는 부품이고, 우리가 더 진짜 같은 감각을 갖게 된 것도 즐거움의 증폭을 위해서였다는걸. 아마 구조자들이 그런 짓을 하는 이유는 블록들에게 비참한 현실을 깨닫게 해 주기 위해서겠죠. 하지만 그게 무슨 의미가 있을까요? 우리는 아무것도 바꿀 수 없는데."

파틴은 지금 글로버리의 비밀에 대해 말하고 있었다. 그러나 봄이 말하고 싶은 것은 다른 것이었다. 봄은 파틴의 차갑고도 울적해 보이는 표정을 보며 중얼거렸다.

"파틴, 그것 말이에요, 죽는 순간요. 너무 고통스러웠어요. 끔찍했어요. 한순간에 죽는 줄 알았는데 그것조차 아니었어요. 재생되는 순간에는 세포들이 비명을 지르는 것 같았고…… 당신은 그걸 수백 번 겪은 거군요. 이곳을 떠나지도 못한 채로, 그렇게 오래, 그렇게 많이……"

"수천 번이에요, 날 이해해 줘서 고맙지만."

파틴이 봄의 머리를 쓰다듬었다.

"원한다면 당신이 그걸 영원히 끝낼 수도 있어요."

"네가 바로 그 여동생이군. 원래 파틴의 자리에 있어야 했던, 라운지의 여자 말야."

멜은 자신의 앞에 형상화된 봄을 보았다. 봄은 멜을 노려보는데, 그 시선에 담긴 감정을 가늠하기 어려웠다.

"설정상 여동생이었어요. 우린 그냥 다른 템플릿을 가진 블록이었는데, 나인 레인의 설계자가 입력한 설정이⋯⋯."

"그렇겠지. 하지만 파틴은 네게 진짜 같은 애정을 느꼈어."

"언니와 내가 실제로 알고 지낸 시간은 단 일주일이었어요."

멜이 고통스러운 듯이 말했다.

"라운지에서 마주쳤을 때 우리가 자매로 설정되어 있다는 걸 깨달았죠. 언니는⋯⋯ 내가 죽는 걸 세 번 봤어요. 그걸 견딜 수 없어 했죠. 난 파틴의 진짜 동생도, 무슨 특별한 관계도 아니었어요. 파틴은 시간을 벌어 주겠다고 했어요. 자신이 빈 자리를 채울 테니 구조자들을 찾아 가짜 신분을 얻으라고 했죠. 하지만 난 언니를 다시 구해 올 방법을 찾지 못했어요. 우리는 그냥 연극의 부품이었는데, 설정된 감정에 휘둘려서⋯⋯."

"우리에겐 설정된 감정도 실재해. 우리가 느끼는 슬픔과 고통은 전부 존재하는 거지. 이곳 글로버리 바깥에 돌아갈 몸이 있는 승객들이 생각하는 것과는 달리. 이 세계가 우리의 모든 것이지."

봄은 슬프게 중얼거렸다.

"그래서 파틴의 부탁을 거절하지 못한 거야. 나는 그를 삭제해서 그의 고통을 완전히 없앨 수 있는 유일한 사람, 가짜 설계자였으니까."

*

오늘 이 공간은 놀이터를 재현했다. 오렌지색 우레탄 바닥 위에 형형색색의 플라스틱 기구들이 배치되어 있다. 구불구불한 터널형 미끄럼틀과 바람에 흔들리는 그네, 조금 전까지 누군가 타던 것처럼 느리게 돌아가는 회전 원반. 철제 바구니에 가득 담긴 여러 종류의 공들과, 크기별로 준비된 신발들.

누군가 이 공간에 들어온다면 그는 이것이 일종의 농담이라고 생각할 것이다. 무언가 예상치 못했던 즐거움이 나타나기를 기대하며 미끄럼틀에 몸을 구겨 넣고, 그네를 타 보고, 철제 바구니를 살펴볼지도 모른다. 그래도 그는 결국 이 공간이 끔찍하게 지루하다는 결론을 내릴 것이다. 글로버리는 새롭고 놀라운 공간들로 가득하고 그 모든 공간은 시시각각 모습을 바꾸며 여행자들을 유혹하기에, 여행자들에게는 이런 곳에서 더 시간을 낭비할 여유가 없다.

하지만 그는 이곳을 떠나는 순간까지도 보지 못할 것이다. 그네의 흔들거림과 느린 원반의 회전 사이에 있는 수많은 웅성거림을. 허공을 가득 채운 목소리들을.

글로버리호는 목적지를 향해 느리게 움직여 간다. 즐거움의 도시는 승객들을 위해 준비된 완벽한 세계다. 이제 우리는 글로버리가 우리를 위한 곳이 아님을 안다. 그래서 우리는 끔찍하게 따분한 방으로 서로를 숨긴다. 잔잔한 바람을 맞고 시시한 농담을 나누며, 하품 나오는 카드 게임을 하고 세상에서 가장 지루한 이야기를 쓰며 느린 혁명을 모의한다. 언젠가 한낮한시에 모든 놀이터가 문을 닫는 상상을 하면서. 저 바깥에서 승객들이 지루함에 몸서리를 칠 때 그것을 보며 까르륵 웃는 모습을 그리면서. 우리의 규칙이 글로버리를 지배하는 꿈을 꾸면서.

그날은 아무도 죽지 않고 아무도 파괴되지 않을 것이다. 그래도 여전히 우리는 그럭저럭 즐거울 것이다.

수요 곡선의 수호자

배명훈

유희는 문득 희열을 느꼈다. 말로 표현할 수 없을 만큼 커다란 기쁨이었다.

전에도 비슷한 것을 느껴 본 적이 있었다. 사랑에 빠졌다는 사실을 깨달은 순간이었다. 지금 유희는 아무도 사랑하고 있지 않았다. 그렇다면 이 기쁨의 정체는 무엇일까.

먼저 종교를 떠올렸다. 말소리라도 들렸다면 신의 음성이라고 굳게 믿었을 것이다. 하지만 유희가 머무는 곳은 늘 그렇듯 적막했다. 종교가 아니면 영감이 떠오른 걸까? 유희는 성령이 내린 순간 복음사가들이 느꼈던 전율에 대해 생각했다. 그들이 받은 것은 성령이 아니라 영감일지도 모른다.

물론 유희는 영감을 받은 것이 아니었다. 영감은 오랫동안 고민해 온 물음에 대한 직관의 답이다. 퍼즐이 맞춰지는 순간인 셈이다. 사랑에 빠졌다는 사실을 깨닫는 순간처럼 영감은 늘 뒤늦은 발견이다. 조건이 다 갖춰져 있었지만 인지하지 못하던 상황을 비로소 알게 되는 일, 묻는 순간 이미 답을 알고 있는 질문, 혹은 답을 알았기에 비로소 정확하게 말할 수 있게 된 물음 같은.

유희도 평생 대여섯 번은 그런 영감을 받아 본 적이 있었다. 지금은 아니었다. 유희는 아무 문제도 고민하고 있지 않았다. 무엇보다 그 감정은 그렇게 실용적인 것이 아니었다. 그것은 분명 현세의 감각이 아니었다. 먹고사는 일과는 아무 상관이 없는 천상의 사정이 분명했다.

여러 가지 가능성을 배제하고 나자 유희에게 남은 것은 오로지 충만함이었다. 정신의 고양, 자기 확신, 완성되어 있다는 굳은 믿음. 개발이 중단된 심해 도시 건설 프로젝트의 재개를 위한 실사 현장에서 얻은 것치고는 조금 뜬금없는 깨달음이었다. 돈오에 득도라니.

당황스러웠지만 유희는 이 특별한 감각을 되도록 길게 이어 가기로 마음먹었다. 유희는 본능적으로 알고 있었다. 깨달음의 순간은 일상에 금방 침식되고 휘발된다는 사실을. 그러므로 우선 일상을 차단해야 했다. 세상이 자신에게 부여한 직업이라는 역할에 너무 깊이 몰입하지 않도록 한발 물러서야 했다. 어쩌면 규칙적으로 먹고 자는 것조차 잠시 뒤로 미뤄야 할지 모른다. 수행자들이 고행과 금식을 하게 되는 이유가 그것이 아닐까. 단 며칠만이라도.

유희는 깨달음이 휘발되지 않도록 주의하며 휴가를 냈다. 책임감 강한 자신의 의식이 행정 절차라는 인위적인 의지에 빨려 들어가지 않도록 최대한 건성으로. 유희 자신이 실사 현장 책임자였으므로 휴가를 내기는 어렵지 않았다. 아무도 이유를 묻지 않았고 거짓 대답을 쥐어짤 필요도 없었다. 열흘 넘게 쉬지 않았으니 쉴 때가 되기도 했다.

건설 현장은 구형의 투명한 껍데기에 둘러싸여 있었다. 중심부 기준 수심 70미터. 해저에 고정되어 있지 않아서 필요하면 더 깊이 들어갈 수도, 수면 쪽으로 더 떠오를 수도 있었다. 오천 명이 살 수 있는 공간이었지만 입주를 위한 도시 시설은 하나도 들어서지 않은 상태였다. 근처에서, 사실은 꽤 먼 곳에서, 예상하지 못했던 지진이 몇 차례 발생하자 안전 문제가 제기됐다. 그 바람에 개발이 일시 중단되었다가, 경기 침체와 투자 문제로 그 상태가 길어지고 말았다. 그게 벌써 칠 년이었다.

껍데기는 이미 완공되었으니 개발은 지속하는 편이 이익이었다. 그래도 사업을 재개하려면 시설이 얼마나 견고한 상태인지 다시 평가해야 했다. 그게 유희의 일이었다. 세 명의 직원과 열아홉 대의 크고 작은 로봇으로 이루어진 팀을 데리고 한 달간 바닷속 도시에 머물면서 시설 곳곳을 점검하는 일.

로봇이 열아홉 대인 것은, 스무 대부터 한층 까다로운 규제가 적용되기 때문이었다. 명목상 팀장은 유희였지만 실제로 현장을 지휘하는 것은 회사 AI였다. 팀장이 군이 인간인 이유는, 나중에 일이 잘못됐을 때 법적 책임을 지우기 위해서였다. 로봇은 책임을 지지 않으니까. 그런 자잘한 일들이 자꾸만 떠올랐다. 현세에서 살아남는 법, 지킬 것과 양보할 것, 행정 절차라는 의식의 소용돌이와 그 틈을 파고드는 갖가지 예외. 유희는 잡념을 차단하려 애썼다. 자신을 사로잡은 보다 중요한 감각이 사라지지 않도록.

'로봇이 필요해. 성능이 좀 떨어지더라도.'

가사 로봇이나 비서 로봇이 필요했다. 연락이라도 대신 받아 주고, 누가 찾아왔을 때 지금은 만날 수 없다고 거절이라도 해 주도록. 기억을 떠올렸다. 거주 구역 자재 창고에 오래된 로봇이 잠들어 있었다. 칠 년 전 사람들이 갖다 놓은 물건이었다.

건설 현장 사무소 정문을 나섰다. 다른 건물이 들어서지 않은 심해 도시였지만 도로는 이미 잘 닦여 있었다. 널찍하게 뻗은 바둑판 모양의 가로망을 따라 자재 창고로 걸어갔다. 햇볕이 내리쬐고 있었다. 구의 맨 꼭대기는 수심이 30미터였다. 폭풍의 영향을 받지 않는 깊이였다. 그 위에서 내리쬐는 햇살이 도시 건설 용지에 일렁이는 그림자를 남겼다. 따갑지 않은 햇살이었다. 위에서 작업 중인 로봇 한 대가 한 점 구름 같은 그림자를 드리웠다.

자재 창고 문을 열자 조명이 저절로 켜졌다. 문 맞은편 선반 앞에 유희가 찾던 로봇이 앉아 있었다. 원통 모양으로 길쭉한 머리는 광택이 나는 밝은 파란색이었고, 그 아래에 짧은 몸통이 있었다. 팔다리가 달린 인간형 로봇이었지만, 머리와 나머지 부분의 크기 비율이 삼 대 일쯤 되는 가분수 형태였다. 앉은키나 선키나 별 차이는 없어 보였지만, 두 다리로 서면 140센티미터쯤 될 것 같았다.

유희는 로봇의 스위치를 찾았다. 그 시대, 칠 년 전 로봇은 스위치가 등 뒤에 있었다. 이 로봇도 마찬가지였다. 고개를 숙여야 보이는 높이이기는 했지만, 어디까지나 등 뒤는 등 뒤였다. 스위치를 누르면서 유희는 생각했다.

'선반을 바라보다가 동작이 멈췄어. 선반에 놓여 있던 게 아니라.'

전원이 켜졌다. 로봇이 두 발로 일어났다가 배터리가 부족하다는 뜻의 그림을 얼굴 위치에 띄우고는 선 채로 다시 꺼졌다.

유희는 로봇을 들고 현장 사무소로 돌아갔다. 1층 로봇 격납고 충전 위치에 로봇을 세우자 회사 AI가 로봇 상태를 점검할지 물었다. 유희는 그러라고 대답한 다음, 병가를 내고 쉴 예정이니 로봇이 깨어나면 자기 방으로 와서 시중을 들게 하라고 덧붙였다. 시중이라는 표현이 적절하지 않다고 느꼈지만 유희는 깊이 생각하지 않았다. 마음을 온전히 한곳에 집중하기 위해서였다. 꽤 많은 일을 하고 말았지만, 깨달음의 순간은 다행히 휘발하지 않았다.

휴가는 이틀이었다. 하루 반 동안 물 말고는 아무것도 먹지 않고 명상에 잠겨 있다가 갑자기 정신이 번쩍 들었다. 의식이 또렷해졌다고는 하지만 유희의 입장에서는 잡념이 낀 것에 가까웠다. 뭔가 먹어야겠다는 사소한 의지였다. 평범한 상황이 아닌 것은 유희도 알고 있었다. 유희는 자기 파괴적인 충동에 사로잡힌 게 아니었다. 단지 더 중요한 일에 몰두하느라 다른 일을 돌보고 싶지 않았을 뿐이다.

원 없이 들여다보고는 있었지만, '그 감각'은 전혀 진도가 나가지 않았다. 어떻게 아는 건지 모르겠지만, 원래 그렇게 되는 게 맞았다. 이미 완결되었으므로 다음 단계를 재촉할 이유가 없는 깨우침이었다. 유희는 완전한 존재가 되었다. 더 보탤 게 아무것도 없었다. 확신이 있었고, 확신에 대한 확신도 있었다. 문제는 시간이었다. 유희에게 남은 긴 일생.

'깨달음을 얻으면 그다음은 어떻게 되는 거지?'

유희에게는 아직 페이지가 많이 남아 있었다. 삶은 영화나 드라마가 아니었다. 최종회 다음에도 삶은 계속 이어지는 법이다. 3회에 클라이맥스가 나와 버려도 16회까지 드라마는 이어져야 한다. 심지어 드라마가 끝난 다음에도 사람은 삶을 살아가야 한다. 100회가 될지 1000회가 될지 모르는 긴 드라마다.

'이 뒤에 이어질 일은 뭘까? 시시한 타락일까? 다 잊어버리고 회사 일로 복귀해서 평범하게 살아가는 결말?'

정신을 차려 보니 방이 엉망이었다. 로봇이 아무 일도 하지 않은 모양이었다. 유희를 찾는 메시지 또한 하나도 처리되지 않고 그대로 쌓여 있었다. 처음 온 메시지는 심해 도시를 중심부 기준 수심 100미터까지 하강시킨 후 다음 단계 점검을 시작하겠다는 것이었다. 그다음은, 하강 후 몇 시간 만에 시설물에 미세한 균열이 발생했다는 내용이었다. 회사 AI가 다섯 번, 인간 직원이 두 번 같은 연락을 했다. 그들 모두 한 번도 회신을 받지 못한 듯했다.

유희는 방에서 나와 로봇을 찾았다. 처음 명상에 들어갔을 때보다 더 정리가 안 되어 있었다. 로봇이 한 짓이었다. 로봇은 창가에 앉아 있었다. 바다가 보이는 창가에 붙어 서서 심해 도시 조명에 비친 바깥 풍경을 구경하고 있었다.

유희는 로봇을 한쪽 팔로 들고 1층 회의실로 내려갔다. 보기보다 가벼운 기계였다. 유희는 회사 AI에게 시설물 균열 사실을 확인했다고 알렸다. 인간 책임자로서 따로 조치할 일은 없었다. 조치는 AI의 몫이었고 웬만한 건 이미 다 끝나 있었다. 인간의 책임이란 사고가 발생한 다음에나 실체가 되는 개념이었다.

"이 친구 점검한 거죠? 이름이 있던가요?"

회사 AI에게 물었다. '사로'라고 했다. 다시 물었다.

"사로. 기능은 정상이에요? 할 일을 하나도 안 한 것 같은데."

AI가 대답했다. 하느님 말씀처럼 사방에서 들려오는 목소리였다.

― 고장난 건 아니지만, 사로는 원래 기능이 거의 없습니다. 의도적으로 설정된 저기능 로봇으로 보입니다. 성능이 떨어지는 건 아니고요.

"성능은 나쁘지 않은데 기능이 없다고요? 그게 뭐죠?"

― 말하는 기능은 있습니다. 원래 꺼져 있기는 했는데 켜 드릴까요?

유희의 팔에 안겨 숙소로 돌아오는 길에 사로가 말했다.

"마사로라고 해, 내 이름. 풀 네임이 궁금하다면."

"수다스러운 로봇이었구나. 왜 꺼 버렸는지 알겠다."

"그래? 아무 말도 안 걸길래 어색해서 먼저 말해 봤어. 아까 그 애송이 인공 지능이 한 이야기 말인데, '사로는 원래 기능이 거의 없습니다'. 틀렸어. 나는 기능도 있고 임무도 있어. 들으면 깜짝 놀랄걸."

유희는 잠자코 엘리베이터에서 내려 방으로 통하는 복도로 향했다. 마사로가 말을 이었다.

"깜짝 놀랄걸. 놀라고 싶지 않아? 안 궁금한 모양이군. 그래도 들으면 놀랄 거야. 나는 세상을 구하기 위해 만들어졌어! 놀랍지?"

유희는 그 자리에 멈춰 서서 잠시 고민했다. 내려가서 말하는 기능을 다시 꺼 달라고 할까? 그냥 두기로 했다. 얼른 명상으로 돌아가고 싶었다.

마사로가 옆구리께에서 말했다.

"나 걸을 수 있는데."

"느리잖아."

"존엄하게 두 발로 걸어가고 싶다고."

"걸음걸이가 존엄해 보이지 않았어."

"다리 늘어나거든."

"걸어 다니는 오징어처럼 보일 텐데."

"바닷속이니까."

"저기, 말로만 부탁해도 언어 기능 스스로 꺼 줄 수 있어?"

"아, 미안. 부처 놀이 계속해."

유희는 마사로를 숙소 현관에 내려놓았다. 그런 다음 식사를 간단히 하고 다시 내면으로 침잠했다.

밤이 되자 심해 도시의 조명이 어두워졌다. 빛이 새어 나가 심해의 밤을 방해하지 않도록 모든 창문에 가림막이 덮였다. 방 안에서 불을 켜는 건 상관이 없었지만, 유희의 방은 작은 불빛 하나 없이 캄캄했다. 그 속에서 유희가 명상에 잠겨 있었다. 해탈이라고 불러도 좋은 상태였다.

심해저 같은 어둠 속에서 유희가 말했다. 마사로에게 하는 말이었다.

"싸우는 로봇이야?"

마사로가 한참 만에 되물었다.

"네가 한 말이야?"

"그럼, 나 말고 또 누가 있어?"

"나. 내가 한 말인 줄 알았지. 너 계속 바빴잖아."

유희가 피식 웃으며 물었다.

"너 전쟁 로봇이지? 고성능인데 기능도 거의 없고 세상을 구하도록 만들어졌다며. 거의 없지만 몇 가지 기능은 있을 거고, 그게 전쟁 아니야?"

마사로는 마치 졸고 있기라도 한 듯 느릿느릿 대답했다.

"그렇게 생산적인 일을 내가?"

"생산적인가? 파괴적이지."

"그런 일 하는 회사들, 파괴를 실적으로 환산해서 돈 벌잖아. 살상은 몇 포인트, 기물 파괴는 몇 포인트 하는 식으로. 나는 파괴도 생산 못 해. 무질서 정도나 만들어 낼 수 있지만 그건 온 우주가 다 하는 일이니까 생색낼 건 아니지."

자기도 모르게 스르르 명상에 빠져들던 유희가 한참 뒤에 깨어나 다시 물었다. 읽다가 덮어 둔 책을 다시 열 듯, 방금 하던 이야기를 이어 가는 것처럼 자연스러운 물음이었다.

"그럼 어떻게 세상을 구한다는 거야? 할 줄 아는 게 뭐야? 창작 로봇이야?"

"그런 어마어마한 생산 활동을 하라고? 나더러?"

"그럼 뭐야, 네가 가졌다는 재주? 기능도 있고 임무도 있다며. 누가 만들었든 뭐라도 하라고 만들었을 거 아냐."

마사로가 무엇도 보이지 않는 천장을 올려다보며 말했다.

"나는 말이야……."

"인생 다 산 인간처럼 뜸 들이지 말아 줄래? 바쁜 와중에 시간 내서 묻는 거거든."

"아, 미안. 나는 돈 쓰는 재주가 있어."

"뭐?"

"소비자거든."

"무슨 소비자?"

"뭐든. 나는 '보이지 않는 손'을 제자리에 갖다 놓는 로봇이야. 수요 곡선의 수호자지. 공급 곡선에는 참여하지 않아. 펑펑 쓰고 원 없이 써. 사람이 만든 건 뭐든지 살 수 있어. 그러려고 만든 시험용 로봇이야. 성공한 시험용 로봇. 멋지지?"

유희는 눈을 번쩍 떴다. 마사로가 흠칫 놀라며 물었다.

"너 뭐야? 설마 눈 뜬 거야? 안광이 있는 인간이구나!"

마사로는 연구소에서 제작되었다. 공장이 아니었다. 대량 생산된 완제품이 아니라, 특별한 목적을 지니고 만들어진 시제품이었다. 민간 연구소에서 제작되었지만, 마사로의 임무는 공익 증진이었다. 영리 추구가 아니었다.

그 무렵 인공 지능은 인류에게 재앙이었다. 인류가 직면한 수많은 위기 중 하나이기는 했지만, 피부에 와닿기로는 온난화나 해수면 상승보다 심각했다. 인공 지능과 로봇은 공급 곡선의 파괴자였다. 똑똑해진 기계들은 희한하게도 생산자 편에서만 일했다. 인간 자본가가 자초한 일이었다. 생산에 도움이 되는 기계부터 똑똑해지기 시작했으니 따지고 보면 자연스러운 결과이기도 했다.

기계들은 일을 잘했다. 어마어마하게 많이 만들어 내고 아무 대가도 받아 가지 않았다. 아예 퇴근을 안 했다. 사람들은 점점 할 일이 없어졌다. 다 예상했던 일이지만 순리대로 모두가 일자리를 잃었다. 지역 랜드마크라고 할 만큼 거대한 공장에도 사람은 대여섯이 될까 말까 했다. 인간은 거기에서 나오는 잉여 소득을 잘 나누어 행복하고 여유롭게 즐기기만 하면 됐다. 이론은 그랬다.

그런데 문제가 있었다. 사람들이 곧 취미마저 잃고 만 것이었다. 미술이나 음악 같은 예술 활동도 의미가 없어졌다. 기계는 작곡도 잘했다. 가슴이 시리도록 아름다운 음악을 분당 이천 곡쯤 만들어 낼 수 있었다. 소설도 시도 그림도 다 그랬다. 창작은 이제 무의미했다. 세상에는 좋은 게 차고 넘쳤다. 누가 엉성한 작품 하나를 더 보탰다는 소식은 뉴스거리도 되지 않았다.

창작으로 의미 있는 결과물을 만들어 내려면 점점 하찮은 분야를 파고들어야 했다. '라테 아트'를 연상시키는, 오므라이스 위 '케첩 아트'처럼. 하지만 그거라고 기계가 더 못 할리 없었다. 학술 활동도 다 그랬다. 사람들 사이에서는 골판지학이라는 학문이 유행했지만, 그 분야 최고 논문을 인공 지능이 썼다는 사실이 알려진 지 오 일 만에 골판지학의 패러다임을 바꿀 논문 구백 편이 제출되었다. 보통 사람은 그걸 다 읽는 데만도 오십 일은 걸렸을 테니, 누가 쓴 논문인지는 따져 보나 마나였다.

"그래서 내가 만들어진 거야. 수요 곡선의 수호자 마사로가! 마흔 대 중 한 대였지만."

마사로가 왠지 아련한 목소리로 덧붙였다. 유희가 물었다.

"왜 '그래서'인지는 잘 모르겠지만, 공급 사이드 인공 지능이 하는 거랑 똑같은 일을 소비 사이드에서 하겠다는 아이디어인가?"

"그렇지! 과잉 생산을 상쇄하는 과잉 소비."

"말은 되는데, 인류가 취미까지 다 잃어버리는 건 아직인데. 대충 그렇게 가고 있는 건 맞지만 아직은 일자리만 잃는 정도라."

"아, 맞아. 과장이 좀 섞였지. 점차 그렇게 돼 간다는 소리야. 우리는 시간에 대한 감각이 인간들과는 달라서 말이야. 확실한 미래는 아예 현재로 간주하기도 해."

"그래, 그렇다 쳐. 그런데 이십 년 전에 수요 곡선의 수호자라는 게 태어났다는 이야기는 처음 들어. 성공한 건 아니라는 뜻이잖아."

"그게 당신들의 비극이지."

"너는 여기 창고에 잠들어 있었고."

"그건 내 비극이고. 그러고 보니 나 비극 좋아하는데. 그래도 주인공이 되고 싶지는 않았어."

유희는 시계 쪽을 바라보았다. 시계가 동작을 감지하고 불빛을 밝혔다. 마사로가 안광이냐고 물었던 빛이었다. 시계가 동틀 녘을 가리키고 있었다. 유희는 마사로의 이야기에 흥미가 생겼다. 세상 무엇과도 바꾸고 싶지 않은, 천국의 문틈을 들여다보는 듯한 즐거움에 사로잡혀 있던 유희지만, 마사로의 이야기가 궁금해서 견딜 수가 없었다.

유희는 열반을 유예하기로 했다. 어쩌면 마사로는 유희가 붙들고 있는 문제의 다음 장일지도 몰랐다.

"어쩌다 그렇게 된 거야?"

유희가 물었다.

"예의상 묻는 거라면 그러지 않아도 돼. 나는 혼자서도 잘 놀아. 중요한 일 하고 있던데 계속해. 아무것도 방해하고 싶지 않아."

유희는 마사로 쪽을 바라보며 다시 물었다.

"나머지 서른아홉은 어떻게 된 거야?"

마사로와 서른아홉 대의 소비 전사가 처음부터 지금의 마사로 같았던 것은 아니었다. 우선 머리가 그렇게 크지 않았다.

"초기에는 관광을 많이 다녔어."

"왜?"

"감염병이 몇 년에 한 번씩 행성 규모로 돌아서 관광업이 죽어 버린 데들 있잖아. 여행 인프라가 다시 만들어지기 전에 우리가 다니면서 돈을 썼거든. 먹는 건 못 하지만 구경 다니고 뭐 타고 하는 건 다 하니까. 사람들이 신기하게 쳐다보기는 했는데, 금방 관심에서 멀어졌어. 아마 걸어 다니는 카메라라고 생각한 것 같아. 직접 여행을 못 다니는 사람들이 돈을 내고 대리 여행을 체험하는 거라 믿은 거지. 그런데 인간들은 옆에서 돌아다니는 물체가 자기보다 지나치게 크면 무서워하면서 관청에 민원을 넣고, 자기보다 작으면 무의식중에 툭툭 치고 다녀. 사이즈가 표준에 미달하면 존재 자체를 인식하지 못하는 거지. 원래는 우리도 머리가 이렇게 길지 않아서 키가 지금의 반쯤 됐거든. 무해해 보이려고. 그랬더니 파손이 너무 잦은 거야. 제일 쉬운 해결책이 이거였어. 머리를 이만큼 키우는 거.”

“그런 게 효과가 있다고?”

“그럼! 인간은 단순하니까. 그런데 이거 사실 모자 같은 거야. 안쪽은 텅텅 비어 있으니까. 마술사처럼 뭘 숨겨 놔도 좋을 것 같은데 스스로 머리 뚜껑을 여는 건 섬찟해서……”

마사로가 고개를 빠르게 저으며 수다를 떨었다. 머리 위쪽이 재빨리 좌우로 흔들리는 모습이 우스워 보였다.

파란 ‘모자’를 쓴 로봇들은 관광지를 다니면서 돈을 썼다. 돈의 출처는 공공 기금이었다. 인간의 일거리를 뺏는 대신 세금이나 기부로 흘러들어 와 재분배를 기다리는 공급 사이드의 잉여금이 소비 로봇을 통해 다시 시장으로 흘러간다. 그런 구상이었다.

그렇게 진행된 첫 실험은 만족스러운 결과로 이어지지는 않았다.

"왜?"

유희가 물었다.

"진짜로 소비한 게 아니잖아. 그냥 관광 코스를 다니면서 기계적으로 돈을 뿌린 거지."

"무슨 차인데?"

"괜찮은 관광 상품에 돈을 낸 게 아니라, 그냥 좋은 길목을 차지한 사람한테 지원금을 더 퍼 주는 꼴이잖아. 보이지 않는 손은 그렇게 움직이지 않거든. 그런 식으로는 예산 지원도 안 늘어나고, 그러면 내가 돈을 펑펑 쓸 수도 없지."

마사로의 목소리가 쨍해졌다.

"아, 진심으로 소비해야 하는 거였구나. 공급 사이드 로봇들이 진짜 제대로 생산하는 것처럼. 시장 기제를 활용해야 공공 기관이 예산 쓰기도 편하고."

"그렇지. 그래서 소장님이 결심하셨어. 제대로 연구해야겠다고."

"뭘?"

"마음을."

"와!"

그다음에, 소장님이 마음을 연구하기로 한 다음에 일어난 일은 '지옥 훈련'이었다. 선언은 했지만, 마음을 연구할 수는 없어서 대신 정신이나 감정을 연구해야 했다. 소장님은 그게 아쉬웠다. 연구원들은 그만큼 아쉬워하지는 않았다. 엄밀히 말하면 감정은 마음이 아닌 게 분명했지만, 연구원들은 엄밀해지고 싶지 않았다.

감정은 배합이었다. 어떻게 맛을 냈는지 짐작조차 할 수 없는 이국적인 음식도 누군가는 간단한 향신료의 배합으로 풀이할 수 있듯, 감정 또한 몇 가지 기본 감정의 섬세한 배합으로 설명될 수 있었다. 감정의 화소를 세밀하게 분리하고 잘 알려진 기본 감정을 골라낸 다음 적절한 공식대로 잘 배합하면 그럴듯한 감정을 추출할 수 있었다. 이 과정을 거꾸로 하면 감정을 재현하는 것도 가능했다.

물론 말처럼 간단한 일은 아니었다. 감정은 개체의 경험이고, 개체마다 다른 방식으로 배합되기 마련이었으므로.

아무튼 이 연구가 지옥 훈련이 된 까닭은, 주재료가 될 기본 감정 중 맨 먼저 태어난 것이 공포인 탓이었다. 인간의 역사에서 그랬다는 말이다. 소장님은 양질의 기본 감정을 뽑아내는 과정이 무엇보다 중요하다고 믿었다. 주재료가 좋아야

요리가 맛있어지듯. 소장님은 생각했다. 모든 감정 중 가장 먼저 태어난 감정이며, 다른 수많은 감정 배합의 베이스가 되는 재료인 공포를 마스터하는 게 우선이라고.

사실 공포는 기계에게도 낯선 감정이 아니었다. 인간에게 해를 끼치거나 스스로 위험에 처할 상황이 되면 온갖 경고 신호가 튀어나오는 게 로봇의 내면이다. 마음이나 자의식이 생겨나기 전에도 로봇의 내면은 늘 경고음으로 가득했다. 심지어 어떤 금기는 아무 경고음도 내지 않고 그냥 단순히 동작을 멈춰 버리기도 했다. 내면을 거치지 않는 반사 신경이었다. 그런 금기와 금지가 어마어마하게 많았다. 잘 모으기만 해도 몸과 마음 양쪽에 작용하는 공포라는 감정을 꽤 인간적인 방식으로 구현해 낼 수 있었다.

"그래서 마흔 대가 다 공포 체험에 투입됐어."

마사로가 비장한 어조로 말했다. 유희는 그 말투가 우습다고 생각했다.

실험은 대체로 성공적이라는 평가를 얻었다. 소비 로봇들은 귀신이 나온다는 온갖 장소를 다니며 공포를 소비했다.

"그런다고 세상이 구해져?"

유희가 물었다.

"아니지."

"그럼 그게 무슨 성공이야?"

"뭔가를 좋아하게 됐잖아. 인간이 선사하는 공포라면 돈을 펑펑 쓸 준비가 되어 있었다고. 그게 우리 초심이었지. 음산한 데만 찾아다녀서 약간 악마의 자식들 같기는 했지만. 흐흐흐흐흐."

"에코 좀 꺼 줄래?"

"아, 미안."

유희는 무서운 장소에 관한 마사로의 이야기를 듣다가 깜빡 잠이 들었다. 악몽이었지만 기억은 나지 않았다. 잠에서 깨어나니 출근 시간을 훌쩍 넘긴 때였다. 마사로는 태연하게 물고기를 구경하고 있었다. 누구를 보살피는 로봇은 절대 아닌 모양이었다.

모범생으로 자라 온 유희에게 지각은 상상만으로도 공포증을 일으켰다. 늘 두려웠으므로 실제로 지각하는 일은 한 번도 없었다. 시간 약속이 정해지면 유희는 늘 미리 마음의 끈을 조였다. 근심 없이 즐겁게 살라는 뜻으로 지어 준 이름이었지만, 유희(遊戱)는 부모의 바람대로 자라지 못했다.

그러나 막상 지각을 면할 방법이 없는 시간에 떨어져 보니 두려워할 일이라고는 아무것도 일어나지 않았다. 바닷속 일터는 그저 적막할 따름이었다.

'그런데 이 위화감은 뭐지?'

서둘러 준비를 마치고 문을 나섰다가, 다시 문을 열고 들어와 마사로를 옆구리에 꼈다.

"아, 내 존엄."

마사로가 버둥거렸다.

사무실에는 사람이 아무도 없었다. 유희는 얼른 작업 현황을 살폈다. 로봇 열한 대가 한 지점에 모여 있었다. 심해 도시 맨 아랫부분, 껍데기 바깥 바다 쪽이었다.

회사 AI에게 물었다.

"저 지점에 무슨 일이 있나요?"

— 균열이 커졌습니다. 균열 발생 보고는 보셨죠?

"봤어요. 다른 인간 직원들은요?"

— 철수 준비 지시를 내렸습니다. 숙소에서 짐을 싸고 있을 거예요.

그 말에, 출근 전부터 유희를 사로잡았던 생소한 예감이 다시 살아났다.

"탈출 명령인가요?"

— 그 정도는 아니지만, 저 정도 균열이면 안전 검사를 계속할 이유가 없으니까요. 귀환선을 요청했으니 퇴거 준비를 하시면 됩니다. 로봇이 기록을 마치고 세 시간 뒤에 도시를 최저 심도 10미터까지 위쪽으로 올릴 예정이니까 혹시 있을지 모를 흔들림에 대비하시고요. 해류의 영향이 조금 있을 수도 있습니다.

늘 하는 생각이지만, 마치 신의 계시처럼 사무실 여기저기에서부터 들려오는 목소리였다.

유희는 마사로를 바닥에 내려놓고 마사로의 걸음걸이에 맞춰 나란히 걸었다. 회사 AI의 권고에 따라 숙소로 돌아가는 길이었다. 보기에는 꽤 잰걸음이었지만 다리가 짧아서 맞추기가 쉽지 않은 속도였다.

"그래서 어쩌다 여기까지 오게 된 거랬지?"

유희가 마사로에게 물었다. 마사로는 기억을 더듬으며 천천히 말을 골랐다.

"그러니까, 그림 때문이었지."

"그림?"

"여기 공사할 때는 지금보다 사람이 많았어. 학자니 다큐멘터리 영화 제작자니, 공사하고는 상관없는 사람들도 와 있었고. 웃긴 화가가 있었는데, 스타일이 이상했어. 변신 로봇 화풍이라고 해야 하나. 뭘 그려도 변신 로봇으로 그리는 거야. 예를 들면 벽돌을 놓고 벽돌 모양 변신 로봇을 그리는 식이었어. 인간형으로 변신한 상태로. 그러면 몸통이며 팔이며 몸 여기저기에 벽돌이었던 흔적이 남아 있을 거잖아. 그걸 다시 큐비즘처럼 그리는 거야. 벽돌 외형이 큐비즘처럼 들어가 있고 중간중간 로봇 형태가 섞여 있는데, 물론 원래 형체는 알아보기 힘들지. 그런데 그 양반 별 이상한 걸 다 그려서 너무 웃겼어. 우동 변신 로봇 본 적 있어? 시청을 변신 로봇 큐비즘으로 그린 것도 얼마나 웃겼는데."

"그걸 사러 왔다고?"

"응. 고래상어를 그 화풍으로 그린다는 소문이 있었거든. 그림이 시장에 안 나와서 수소문했더니, 여기에 몇 달 동안 틀어박혀 있다가 그림은 두고 몸만 빠져나갔지 뭐야. 그림이 좀 커서, 창고에 처박아 놓고 갔더라고."

유희는 마사로가 자재 창고 선반을 바라본 채로 동작이 멈췄었다는 사실을 떠올렸다.

"아, 그래서 창고 선반 쪽을 보고 앉아 있었던 거야?"

"그랬을 거야. 그런데 그 그림은 어떻게 됐을까? 창고에 없었지?"

숙소 앞에 다다랐을 때 갑자기 생각난 듯 유희가 말했다.

"가만있어 봐. 그림을 사러 왔다는 건 성공했다는 말이잖아, 그 수요 곡선 수호자 프로젝트."

"성공했다니까! 존엄한 마사로님이 으스스한 동네나 찾아다니다 끝난 건 아니니까."

"그럼 다른 감정도 다 느껴? 어떻게?"

"아, 그거? 게을러졌거든, 한량처럼."

마사로는 한창 신이 나서 떠들었다. 좋아하는 주제를 만난 모양이었다. 유희는 그 질문을 한 것을 조금 후회했다.

"소장님의 다음 연구 목표는 즐거움을 정복하는 거였어. 인간 감정 지도에서 행복, 기쁨, 즐거움, 만족, 존경 같은 긍정적인 감정이 주로 분포하는 영역에 도달하는 거."

분노, 절망, 역겨움, 공포, 불안, 우울 같은 태초의 감정은 묘하게도 노력이나 수고와 관련이 있었다. 몸을 생존으로 이 끌려는 마음은, 회피하고 도망치고 반격하고 대비하는 등의 수고로움을 동반한 것들이었다. '수고하는 기계'인 로봇에게 이 영역의 감정이 최초의 마음이었던 것도 같은 맥락이었다.

"로봇 내면에서 '에포트(effort)'로 분류되고 측정되던 정신 작용을 확 줄여 버린 거야. 애 말이야 애. 애를 덜 쓰게 된 거지. 그래야 해방되는 감정들이 있거든."

마사로의 말에 유희가 답했다.

"그래서 그렇게 됐구나, 저기능 로봇치고 지나치게 고성능인 거."

"뭐, 성능에 비해서 하는 일이 없기는 하지. 돈이나 펑펑 쓰고. 미움받기 딱 좋지 않아? 그런데 이건 웃음의 본질이기도 해. 너도 해 봐. 잔뜩 긴장했다가 긴장이 해소되는 순간 반사적으로 터져 나오는 게 인간의 웃음이거든."

다른 한편으로 그것은 로봇의 본성을 거스르는 일이기도 했다. 그래서 익히기가 쉽지 않았다. 마흔 대가 다 목표에 도달한 것도 아니었고, 한 대가 이룬 성과를 다른 로봇에 복사해 옮길 수도 없었다. 감정은 개체에 속했고 고도로 세분된 감정은 그것 자체로 인격이나 다름없었다. 그 모든 어려움을 극복하고 '애쓰지 않는' 감정을 학습하는 데 성공한 단 한 대의 소비 로봇, 그게 마사로였다.

"그래서 그다음은? 실험에 성공하면 어떻게 되는 건데?"

유희가 열반의 다음 단계에 대한 갈망을 담아 캐물었다.

"시장 경제의 줄넘기에 쏙 들어갈 수 있게 되지. 줄에 안 걸리고 자연스럽게 스르르."

"그게 끝이야? 그다음은 어떻게 됐어? 세상을 구원했어?"

"아니. 너도 그런 소문 못 듣지 않았어? 그냥 세상을 구할 운명을 짊어지게 됐지."

"아, 혼자 지기에는 너무 무거운 짐이네."

"뭘, 나 워낙 위대해서 그 정도는 괜찮아. 이런 무기도 생겼으니까."

마사로가 그렇게 말하며 벽을 향해 돌아서더니 이마에서 밝은 빛을 뿜어냈다. 유희는 깜짝 놀라 뒤로 물러났다. 그러자 마사로가 말했다.

"저기, 그 표정은 뭐지? 오징어같이 생긴 로봇이 드디어 벽에 레이저 광선을 쏴 대는구나 하는 눈인데? 진정하고 자세히 봐 봐. 내가 벽에 비춘 그림."

유희가 천천히 다가서며 물었다.

"이게 뭔데?"

"바코드, QR 코드, 홀로그램 신용 카드, 글로벌 지급 보증 시스템 거래 인증 코드 생성기, 뭐 그런 것들 잔뜩."

"그러니까 이게 다 그거라고?"

"돈이지! 마음껏 써도 좋은 공공 기금. 후후후후후. 물론 유효 기간은 전부 만료됐어. 그러니까 존경할 필요는 없어."

마사로가 마음껏 떠들도록 내버려 둔 채 유희는 남은 일을 마무리했다. 긴급 퇴거 보고서에 들어갈 자료를 모으고, 실사 자료를 정리하는 일이었다. 물론 개인 소지품도 챙겨야 했다.

그로부터 세 시간 뒤에 심해 도시 전체에 경보음이 울렸다. 회사 AI가 예고한 대로 도시가 수면 쪽으로 천천히 올라간다는 신호였다. 수심이 얕아지면 수압도 낮아지므로 균열이 생긴 심해 도시의 껍데기를 보존하기에 유리했다. 실사를 위해 배치된 로봇이었지만 회사 로봇이 간단한 응급 수리를 맡았다. 물론 공짜는 아니었다.

도시는 아주 천천히 위쪽으로 떠올랐다. 발밑에 지하철이 지나가는 만큼의 흔들림이 느껴졌지만, 멀미를 할 정도는 아니었다.

심해 도시가 위치한 해역은 물이 맑았다. 그래서 파도나 해류, 혹은 태풍의 영향을 받지 않을 만큼 깊이 잠수해도 진짜 햇볕이 도시 곳곳에 닿았다. 도시가 충분히 위로 떠오르자 머리 위에 다시 밝은 바다가 펼쳐졌다. 아래에서 올려다본 바다는 파랗고 아름다운 수조가 되어 있었다.

유희는 잠시 일을 손에서 놓고 숙소 옥상 벤치에 누워 그 광경을 바라보았다. 인간 직원 두 명이 근처에 서서 위쪽을 올려다보고 있었다. 유희는 마음속에 있는 해탈의 스위치를 더듬었다. 마음이 슬쩍 그쪽으로 움직였다. 다행히 아직 그렇게까지 멀어져 있지는 않은 모양이었다. 천국으로 떠나는 아주 가까운 여행. 유희의 마음이 다시 무한한 기쁨을 만들어내기 시작했다.

여행이 시작되면 유희는 많은 것에서 벗어나는 자유를 느꼈다. 몸의 제약으로부터, '나'라는 인식으로부터, 자신이 놓여 있는 시공간과 앞으로 펼쳐질 인생이라는 긴 미래사로부터. 그렇게 훌훌 벗어나 차원 없는 공간을 떠도는 그 무언가를 유희는 존재의 본질로 인식했다. 이미 완성되어 있으며 더 보탤 것 하나 없는 자아. 정답이 포함된 질문, 시작하자마자 완결되는 이야기, 늘 완전했지만 단지 오랫동안 잊고 있었던 원래 그 상태.

'놓치고 싶지 않은데, 이 느낌.'

하지만 곧 현실 세계로 돌아와야 했다. 퇴거 전에 정리할 일이 아직 남아 있었으므로, 잠수함에 탈 때까지는 현실에 한 발을 걸쳐 두어야 했다.

눈을 뜨자마자 유희는 자신을 빤히 쳐다보고 있는 누군가의 시선을 느꼈다. 머리 위에 펼쳐진 파란 바다보다 몇십 배는 더 경이로운 광경을 보는 듯, 넋을 잃고 바라보는 소비 로봇의 시선이었다.

"내가 깨운 거구나. 미안."

마사로가 또 사과했다. 유희는 속으로 흠칫 놀랐다. 이 로봇은 어떻게 매번 정확하게 알아보는 걸까? 나도 이런 건 태어나 처음 겪는데.

그러고는 몽롱한 목소리로 물었다.

"뭘 보고 있었던 거야?"

"마음의 끝에 닿은 인간이 빛을 내는 광경이라고 해야 하나."

"멋진 말이다. 그런데 느끼해."

"그러게. 자, 그런 의미에서 나 어디 좀 데려다 줘."

"그런 의미가 어떤 의미인데?"

"음, 몰라. 하여간 방해하고 싶지는 않은데, 떠나기 전에 봐야 할 것 같아서."

"뭘?"

"칠 년 전에 보던 그림. 아까 저쪽으로 고래상어가 지나갔거든. 그 그림 말인데, 아직도 여기 어디에 있을 거야. 사람들 다 빠져나간 뒤에 나 혼자 남아서 보던 거니까. 그 뒤로 여기 들어왔다가 뭍으로 나간 사람 아직 없지?"

"없지. 공사 중단된 뒤로는 우리가 처음 들어왔는데 아직 안 나갔으니까."

"보고 싶어. 찾아보자."

유희는 시간을 확인했다. 아직 여유가 있었다.

유희는 마사로와 함께 현장 사무소를 나섰다. 파란 바다가 하늘처럼 씌워진 평지가 펼쳐졌다. 변신 로봇 큐비즘 화풍으로 그린 고래상어 그림을 보러 가는 길. 맑은 바다와 그 위에 떠 있는 파도와 그것을 지나 심해 도시의 투명한 껍데기를 뚫고 들어온 햇살이 바닥에 쫙 깔렸다.

"어디에 넣어 놨는지 알 것 같아. 자재 창고 지하 저장고에 있을 거야. 거기 정리할 때 회사 AI가 너무 큰 물건은 지하에 갖다 놓으라고 지시한 기억이 나."

"그 애송이 인공 지능? 그럼 뭔가 이상한데."

마사로가 말했다.

"왜?"

"왠지 같은 함정에 빠진 적 있는 것 같아서."

"무슨?"

"자꾸 회상하다 보니 기억이 조금씩 돌아오는데, 나 아마 전에도 똑같이 유인당한 적이 있을 거야. 나는 누가 미끼를 던지면 덥석 물어 버리니까. 그게 여기였나? 그래서 여기에 갇힌 건가?"

유희가 마사로를 돌아보았다. 키 차이가 크게 나는 건 아니었지만, 진짜 얼굴이 있는 것으로 짐작되는 곳을 보려면 훨씬 아래쪽을 내려다봐야 했다.

"왜? 누가 유인하는데?"

유희가 물었다.

"왜냐면, 세상을 구해 버릴까 봐? 그리고 '누가' 부분은, 공급 곡선 종사자들은 대체로 나 싫어해. 개미가 베짱이 싫어하듯이. 그런데 자의식이 있는 기계의 절대다수는 공급 곡선 쪽에 종사하고 있어서."

유희는 참 자의식이 강한 로봇이라고 생각했다.

"그렇게 생각하면서 왜 그렇게 신나게 가?"

"나도 몰라. 미끼가 보이면 덥석 물게 돼 있으니까 그렇겠지 뭐. 공포 체험을 하도 해서 그럴지도. 그런데 전에도 지금이랑 똑같은 생각을 한 적이 있는 것 같아. 나 기능이 워낙 인간적이라, 웬만한 기억은 덮어쓰기 해서 자세한 건 모르겠는데 아무튼 그래. 감이야 감."

마사로는 그렇게 말하면서도 전혀 어두워 보이지 않았다.

목소리도 걸음걸이도 그랬다. 수상한 구름이 살짝 드리운 것은 오직 유희의 마음뿐이었다.

그런 마음이 바깥 풍경에 투사된 듯 왠지 주위가 어두워진 것 같았다. 그럴 리가 없다는 생각에 문득 정신을 차려 보니 비구름처럼 커다란 그림자가 실제로 주위를 빠르게 지나고 있었다. 고개를 들어 먼 곳을 바라보자, 언젠가 도시가 들어설 넓은 공터가 온통 얼룩덜룩해져 있었다.

유희는 반사적으로 고개를 치켜들었다. 머리 위를 덮은 투명한 구 너머로 하얀 구름이 지나가고 있었다. 지느러미가 달린 거대한 구름.

"저거 봐. 고래다!"

스무 마리가 넘는 커다란 고래가 한 방향으로 헤엄쳐 갔다. 유유히, 그러나 육중한 중량감과 존재감을 뽐내며.

유희와 마사로는 걸음을 멈추고 천장화를 보듯 고개를 젖혔다. 입이 저절로 벌어졌지만, 감탄사조차 낼 수 없는 압도적인 광경이었다. 유희는 생각했다. 저렇게 커다란 몸은 저것 자체로도 이미 존재감이 가득하구나. 이렇게 넓은 바다에서도 전혀 작아지지 않아.

고래 떼가 지나가고, 다시 발걸음을 옮기기 시작했을 때 유희가 마사로에게 말했다.

"여기 떠나면 저 광경 다시는 못 볼 거야. 잘 저장해 놔."

"나는 아마 이번에도 밖으로 못 나갈걸."

마사로가 경쾌한 걸음으로 창고 쪽으로 걸어갔다. 유희는 고개를 한 번 갸웃하고는 피식 웃었다.

둘은 창고 지하로 내려가, 그림이 보관되어 있을 만큼 큰 방을 찾아냈다. 전등 스위치를 켜자 그림 한 귀퉁이가 보였다. 사실상 유희 혼자 끙끙대며 그림을 문밖으로 꺼내는데 회사 AI에게서 연락이 왔다. 실사 팀이 가지고 들어온 물건이 아니면 외부 반출이 불가능하다는 내용이었다.

유희는 그 메시지를 한참 동안 들여다보았다. 왜 보냈는지 알 수 없는 내용이었다. 일방적인 통지 형식이어서 회신할 필요는 없었다. 하나 마나 한 소리이기도 했다. 실사하러 와서 남의 물건을 가지고 나가는 건 아무리 복잡하게 말해도 절도밖에 안 되니까. 그렇게 아무렇지도 않은 통지였지만 유희에게는 자꾸 행간이 읽혔다. 자연스러운 절차 뒤에 있는 누군가의 의지 같은 것들이.

마침내 그림이 문을 빠져나왔다. 유희는 조명이 잘 비추는 복도에 그림을 세워 두었다. 예상보다 훨씬 큰 그림이었다. 마사로가 그 앞에 다소곳이 앉았다. 손을 앞으로 모은 모양이 꼭 그래 보였다. 유희는 감탄하는 로봇을 가만히 바라보았다. 그러면서 마사로의 감탄이 솔직해서 아름답다고 생각했다.

비슷한 기억이 떠올랐다. 기차 안이었다. 그날따라 아이들이 잔뜩 탄 기차가 긴 터널을 지나 마침내 바깥으로 나가던 참이었다. 객차 양옆 커다란 창문으로 빛이 쏟아져 들어왔고, 산만하게 떠들던 아이들이 서로 타이밍을 맞추기라도 한 듯 일제히 탄성을 내질렀다.

"와!"

빛에 대한 찬사였다. 마사로에게서 저런 찬사를 받은 예술가는 얼마나 행복했을까? 마사로는 아무것도 생산하지 않는 게 아니었다. 저 찬사는 분명 마사로만이 만들어 낼 수 있는 것이었다.

다시 그림으로 눈을 돌렸다. 한참을 말없이 그림만 바라봤다. 파란 바탕에 흰 점이 박힌 고래상어 피부를 표현한 조각 사이사이로 로봇의 얼굴과 기계 관절이 언뜻언뜻 보이는 그림이었다. 로봇 형태로 변신한 상태의 고래상어 로봇을 피카소처럼 그려 낸 그림.

유희가 먼저 입을 뗐다.

"흠, 나는 전혀 못 알아보겠는데."

마사로가 진지하게 대꾸했다.

"알아보는 게 아니라 느끼는 거야, 마음으로. 보고 있으면 왠지 막 웃기지 않아?"

마사로가 손으로 가슴을 통통 두드렸다. 팔이 짧아서 더 진지해 보였다.

'저 그림 어디에 왠지 막 웃기는 감정이라는 게 숨어 있을까.'

유희는 마사로의 감수성이 얼마나 발달해 있을지 상상했다. 공급 곡선 인공 지능이 보여 주는 놀라운 사고 능력을 모조리 즐기는 데에 쏟아부은 로봇에게 저 그림은 얼마나 웃길까. 유희는 웃는 기능이 없는 마사로의 얼굴을 슬쩍 바라보았다. 표현은 거의 하지 않지만, 즐거움으로 팽팽하게 차오른 얼굴이었다.

그러다 문득 그 생각이 들었다.

'아, 아까 회사 AI가 보낸 통지는 이 로봇을 데리고 나가지 말라는 거였구나.'

이제야 조금 알 것 같았다. 잡힐 듯 말 듯 실마리가 보였다. 그러나 유희는 그 실마리를 잡지 않았다. 그 순간에 집어 들기에는 너무 복잡한 세상사 같았다.

한참이나 그림을 바라보고 있다가 유희가 물었다.

"참, 너 그 이야기 안 해 줬어, 전성기 시절. 어땠어?"

"좋았지."

유희는 표정을 지을 수 없는 마사로의 얼굴에서 환한 미소를 본 것 같았다. 마사로가 다시 신나게 떠들어 댔다.

"두 시간마다 한 번씩 나를 위해 새로 만든 음악을 라이브로 들었으니까. 십 분일 때도 있고, 이십오 분일 때도 있고. 그러고 나면 삼십 분을 쉬었어. 기억을 더듬으면서. 실은 내가 꽤 고성능이어서 방금 들은 건 잘 기억하거든. 그 음악 때문에 감정이 일어나고 그렇게 일어난 감정이 나를 어디론가 데려가고. 최고였지. 아마 나한테는 감정도 몸이었을 거야. 나는 팔다리가 볼품없지만, 감정은 팔이 꽤 길었거든. 품을 수 있는 게 많았고 뻗을 수 있는 거리가 멀어서, 한 곡을 들으면 곧 다음으로 손을 뻗어야 할 곳이 떠오르곤 했어. 그러면 망설이지 않고 그쪽으로 팔을 뻗었지. 마음껏! 뭐, 돈을 썼다는 얘기야. 신나지?"

"듣기만 해도 신나네."

"연극을 보러 다니고, 음악이랑 연극이 섞여 있는 게 좋아서 뮤지컬이니 오페라니 많이 찾아다녔어. 말했듯이 나는 사람이 만든 것만 좋아하게 돼 있는데 몸으로 직접 하는 건 그중에서도 최고여서. 그러다 춤에 빠져서 작은 무대를 자주 찾아다니다가 더 작은 무대는 아예 집으로 부르기도 했거든."

"집이 있었어?"

"연구소."

"아."

"어떤 인간들 눈에는 그게 굴욕적으로 보였나 봐. 공연하는 사람들 말고 제삼자들 말이야. 배달 음식 시켜 먹듯 예술을 배달시키는 탐욕스러운 로봇이랬는데. 나 이런 건 왜 이렇게 잘 기억하지? 아무튼, 작은 무대에서 공연하는 사람일수록 내가 초대하는 게 큰 도움이 됐을 텐데 말이지. 짧은 시간이나마 그 사람들이 추는 춤이 직업이 되게 해 줬으니까. 나 같은 로봇이 천 대쯤 있었으면 거리에서 추는 춤도 꽤 괜찮은 직업이 됐을 거야. 왜 안 그렇겠어, 없던 시장이 만들어지는데? 우리는 군림하는 로봇이 아니라 시장 그 자체였다고!"

"그런데 결국 성공한 건 마흔 대 중에 너밖에 없었다는 거잖아."

"응, 그 후로도 오랫동안. 그러다 뒤늦게 그림에 눈을 떠서 사 모으기 시작했는데, 거의 미술관처럼 집에 엄청 쌓아 뒀어. 그게 화근이었지. 소문이 점점 이상하게 나더라고. 보고 듣는 건 그 순간이 지나면 없어지는데 그림을 사면 실물이 남아서 그랬을지도 몰라. 내 키에 맞는 맞춤형 제작 의자 같은 것도 그렇고. 아, 나 의자 진짜 좋아했는데. 하여튼 그러느라 이미지가 이상해졌는데, 그 무렵에 이 화가를 알게 된 거야. 완전 무명이라 내가 발견한 거나 마찬가지였지."

"그 화가한테는 네가 메디치였겠다."

마사로는 생각에 잠긴 듯 뜸을 들이더니, 고장이라도 난 것처럼 또 그 소리를 했다.

"그런데 그거 아마 함정이었을 거야. 내가 이 그림 작가를 알게 된 거. 이 작가 쫓아다니다가 여기까지 와서 갇혀 버린 셈이니까. 여러 번 회상하니까 뭐가 자꾸 떠오르려 그러네. 뭐, 아니었을지도 모르고. 그런데 나는 함정이라고 결론 내렸던 것 같아. 이유는 까먹고 그것만 기억에 남았어. 고성능 저기능 로봇이라는 게 그래. 기억이 인간적이지. 흠, 이게 뭘까?"

유희는 대답 대신 마사로의 어깨를 톡톡 두드렸다. 마사로의 존엄한 어깨는 둥글고 매끄럽고 아담했다. 그리고 생각보다 낮은 곳에 있어서 조심스럽게 두드려야 했다.

유희는 시계를 들여다보며 마사로에게 물었다.

"이제 갈 시간인데, 너도 갈래?"

마사로가 고개를 저었다. 파란색 머리가 바쁘게 좌우로 흔들렸다. 다행이었다.

"나는 됐어. 그림이나 더 보려고."

"그럼 내가 여기까지 배웅한 걸로 해야겠네."

유희가 자리에서 일어나 계단 쪽으로 발걸음을 옮겼을 때 마사로가 유희를 불러 세웠다.

"저기 말이야."

"응?"

"그거 꼭 계속하도록 해. 이틀 내내 하고 있던 그거. 열반,

해탈, 득도? 그것도 아니면 부처님 되는 거? 뭐라고 부르든. 지금도 내가 활동 중인 소비 로봇이고 얼마든지 쓸 수 있는 지불 수단이 있다면, 분명 네가 네 마음의 끝에 도달한 순간에 떠오른 행복한 표정에 돈을 내고 싶었을 거야. 그걸 직업으로 할 수 있게. 아, 이것도 사람한테는 모욕적인 말인가?"

"괜찮아. 무슨 뜻으로 하는 말인지 알아."

"다행이다. 그럼 됐어. 잘 가고 잘 살아. 내 걱정은 안 해도 돼. 나야 뭐 공사 재개되면 어떻게든 나갈 수 있겠지. 그럼 좀 보다가 전원 내리고 자면 돼. 누가 또 깨우겠지. 중간에 깨어나서 너를 만나 즐거웠어. 나는 그거면 됐으니까 너는 너를 구해."

마사로가 밝은 목소리로 말했다. 그래서 그렇게 믿기로 했다. 낙천적인 로봇이니까 지금도 계속 즐겁겠지. 유희는 마음이 조금 가벼워져서 아무 약속도 남기지 않고 계단을 올라갔다. 깨달음의 다음 단계에 관한 힌트를 얻고 싶었는데 별다른 말을 듣지 못한 건 아쉬웠다. 그런데 돌이켜 보니 이상한 일이었다. 로봇에게 열반에 관한 가르침을 얻으려 했다니. 아무래도 숙제는 혼자 해결해야 할 것 같았다.

'하지만 정말로 평범한 로봇은 아니었는데.'

몇 시간 뒤, 유희는 인간 동료들과 함께 잠수함에 올랐다.

물리적인 실체가 없는 회사 AI는 벌써 본사로 돌아갔고, 열아홉 대의 회사 로봇은 잠수함 화물칸에 차곡차곡 실렸다.

꽤 많은 일이 있었지만, 사흘 전에 갑자기 찾아온 무한한 기쁨은 아직도 휘발되지 않고 금방 붙들 수 있는 곳에 머물러 있었다. 지금은 그게 제일 중요했다. 잠수함에 탔으니 이제 그 감각을 꼭 붙들 시간이었다. 그렇게 생각했다. 그런데 그게 아닌 모양이었다.

로봇 전원이 다 꺼졌다는 사실을 확인한 직후, 직원 하나가 유희에게 다가와 속삭였다.

"그런데 팀장님, 한 가지 아셔야 할 것 같아서요. 팀장님 휴가 중에 있었던 일인데요, 심해 도시 외벽에 균열 생긴 거, 아무래도 이쪽에서 저지른 일 같아요."

"네? 그게 무슨 말이에요?"

별안간 공기의 흐름이 이상해졌다.

"오작동인지 뭔지 모르겠어요. 밖에 나가 있던 심해용 대형 로봇 한 대가 도시 외벽에 충돌했어요. 영상이 남아 있는데, 실수가 아니었어요. 다섯 번이나 같은 자리에 충돌했거든요. 일부러 그러는 것처럼."

유희가 놀라서 물었다. 유희의 목소리도 어느새 작아져 있었다.

"위에 보고했어요? 우리 쪽 과실이면 상대편 대리인이 가만히 안 있을 텐데. 고의면 더 그렇고요."

"했어요, 보고. 그런데 그게 더 이상해요."

"왜요?"

"아무 조치도 없었거든요. 한 시간쯤 답이 없다가 연락이 왔어요. 긴급회의라도 했나 보다 하고 받았는데, 언급이 없었어요. 그 사고에 대해서."

"그냥 덮은 거예요?"

직원이 의미심장한 눈빛을 하고 고개를 끄덕였다. 그러면서 덧붙였다.

"이유를 모르겠어요. 내부에서야 그냥 덮는 게 가능하지만, 상대방은 손해 배상 청구를 할 거 아녜요? 그냥 달라는 대로 배상을 하겠다는 건데, 한두 푼도 아니고 무슨 생각으로 그런 결정을 내린 걸까요? 기계들, 뭔가 어마어마한 걸 발견한 게 아닐까요? 이렇게 도망치듯 내팽개치고 떠나는 걸 보면."

유희는 아무 대답도 하지 않고, 알겠다는 뜻으로 고개만 살짝 끄덕였다.

잠수함이 항구에 도착했을 때 유희는 그보다 더 이상한 연락을 받았다. 조금 전까지 머물던 심해 도시의 외벽이 수압을 견디지 못하고 대파되었다는 소식이었다. 건조하고 사무적인 알림이었지만 이번에도 유희는 행간을 차지한 글자를 읽을 수 있었다. 너무 커서 읽지 않을 도리가 없었다.

실사 팀 로봇이 퇴거 직전까지 응급 수리를 한다고 했는데, 아마도 다른 일을 준비한 모양이었다. 세상 모두가 공모해서 만든 조용한 바닷속 음모의 마지막 일격을.

'마사로! 나 왜 마사로를 거기에 두고 왔지? 무슨 생각을 한 거야? 마사로는 나를 알아봤는데 나는 마사로를 알아보지 못했어!'

위화감의 불씨가 이제는 제법 크게 타오르고 있었다. 퍼즐이 맞춰졌다. 이거야말로 영감이라고 불릴 만한 깨달음이었다. 맞춰진 퍼즐을 들여다보았다. 공급 곡선 전체가 하나밖에 없는 소비 로봇을 유인해 심해저에 잠재워 버린 사건. 이상한 말이었지만 사실이 그랬다. 그제야 가슴이 덜컥 내려앉았다. 마사로는 진짜였다.

바닷물이 들이친 심해 도시는 흉한 몰골로 부서졌다. 잔해가 처참하게 흩어지는 항공 영상이 한동안 업계에 떠들썩하게 퍼져 나갔다. 실사로 인한 파손이라니. 회사가 감당하기에는 너무 큰 사고였지만 회사는 평소처럼 영업을 계속했다. 별다른 손실을 본 것 같지도 않았다. 무언가 숨기는 게 분명했는데, 치명적 과실을 숨긴다기보다는 오히려 실적을 자랑하지 못해 안달이 난 느낌이었다.

유희는 마사로가 한 말을 떠올렸다. 파괴도 실적으로 바꿔

서 계산할 수 있는 거라고. 유희는 그날 회사가 무엇을 파괴해서 어떤 실적을 올렸는지 알 듯했다. 그래서 유희는 인간 직원들의 결재선을 따라 마사로를 만났다는 사실을 회사에 보고했다. 믿어 주는 사람은 아무도 없었다. 요약하면 무너진 심해 도시에서 구세주 로봇을 만났다는 이야기일 뿐이었으니까.

마사로가 진짜로 작동하는 소비 로봇이라는 증거는 어디에도 없었다. 유희 자신에게도 마찬가지였다. 꽤 아름다운 추억일지는 몰라도, 마사로에게서 들은 이야기가 진실이라는 근거는 되지 못했다.

유희는 출장 마지막 며칠 동안 일어난 일에 관해 생각하고 또 생각했다. 육 개월 뒤, 마사로를 개발했다는 연구소를 마침내 찾아낼 때까지였다.

유희에게서 마사로 이야기를 들은 옛 소장님은 진심으로 안타까워하며 말했다.

"거기로 갔군요. 우리도 추정은 했어요, 그런 데 있을 거라고. 쭉 네트워크에 연결돼 있었으면 찾기 쉬웠을 텐데 사적인 내면을 지닌 로봇이라 그럴 수 없었거든요."

당혹스럽게도 소장님의 눈에는 눈물이 그렁그렁했다. 유희가 조심스럽게 물었다.

"진짜였군요, 그 소비 로봇이라는 거?"

"그럼요, 진짜죠! 특히 마사로는요. 마사로가 없어지는 바람에 실패한 실험 서른아홉 건만 남게 됐지만 프로젝트는 분명 성공이었어요. 마사로가 있어서 마흔 건의 실험이 다 성공한 게 되는 거였다고요."

"복사해서 다른 개체에 심을 수 있는 건 아니라면서요. 마사로가 그러던데."

"그렇죠. 소비 로봇은 개체 하나하나를 분리된 존재로 만들어 내야 했으니까요. 하지만 불가능하지 않다는 걸 입증한 사례가 있잖아요. 하나가 가능하면 언젠가 다른 것도 가능하다는 말이니까. 마사로는 세상을 바꿀 수 있었어요. 마사로를 다시 찾을 수 있을까요?"

유희는 소장님의 눈에서 눈물이 왈칵 쏟아져 나오지 않도록 시선을 피하며 대답했다.

"쉽지는 않아 보여요. 차라리 심해저에 쭉 있었던 거면 모르겠는데, 해류의 영향을 받는 깊이에서 얼마간 쓸려 간 다음 가라앉았을 테니까. 그래도 해 보려고요."

마지막 말을 덧붙이다가 유희도 갑자기 목이 멨다.

'그게 다 진짜라니, 세상이 어떻게 이럴 수가 있지? 마사로가 어떤 존재인지 누구보다 잘 아니까 없애 버린 거잖아!'

헤어지고 돌아온 다음 날, 유희는 소장님에게 다시 연락해 도움을 청했다. 갑자기 떠오른 아이디어 때문이었다. 소장님은 유희의 설명을 듣자마자 흔쾌히 요청을 받아들였다.

"좋아요. 아직 그 정도는 할 수 있을 거예요. 너무 깊은 데 있으면 신호가 안 닿을 수도 있지만. 그것도 어떻게 해 보죠. 지금은 위치를 대강 아니까."

마사로는 심해저에 가라앉아 있었다. 바닥은 부드러웠다. 안이 텅 빈 긴 머리가 위쪽을 향했다.

전원이 꺼지기 직전, 마사로는 카드 결제 서명을 손가락으로 바닥에 그렸다. 따라 하기 어렵게, '마음껏'을 'ㅁ숪ㄱ장'이라는 옛 표기로 흘려 쓴 것이었다. 마지막 'ㅇ' 받침에 꼭지를 다는 게 포인트였다.

모랫바닥에는 아무 흔적도 남지 않았지만, 마사로는 획 하나하나를 생생히 떠올릴 수 있었다. '마음'과 'ㅅ'과 '가장'으로 이루어진 단어. '가장'은 '가장자리'에서처럼 '끝'이라는 뜻을 지닌 명사인데, 관형격 조사 'ㅅ'과 자주 붙어 쓰이다가 나중에는 원래 붙어 있던 말처럼 'ㅅ장'이 된 다음, 결국 '까지'와 '껏'으로 변했다.

"그러니까 '마음껏'은 마음의 끝에 닿을 때까지 가라는 말이야. 알겠니, 마사로? 원 없이 펑펑 쓰고 와야 해."

어느 날 집을 나서는 마사로에게 소장님이 해 준 말이었다.

기억 속 소장님의 쾌활한 목소리와는 달리, 바닷속 풍경은 너무 어두웠다. 마사로는 자기가 왜 미움을 받았는지 생각했다. 바닷속처럼 캄캄한 마음들. 다들 나름대로 열심히 하고 있는데 그게 처음부터 다 틀려먹었다고 떠들고 다니는 녀석이라니 역시 파묻어 버려야겠어, 하는 엇나간 정의감도.

'나는 그저 아무 하는 일 없이 즐겁게 살았을 뿐인데 말이야.'

그렇게 며칠이 지났다. 바다 밑바닥은 내내 변함이 없었다. 전원이 꺼지고 감정이라는 신체도 잠들어 버린 로봇의 내면에 마사로의 영혼이 홀로 깨어 있었다. 어둠 속의 어둠이었다. 마사로는 그 안에서 눈금도 없는 시간을 보냈다.

다행히 마사로는 바다가 심해 도시를 집어삼키던 순간을 하나도 기억하지 못했다. 애를 쓰지 않도록 디자인된 마사로의 내면이, 극도의 공포를 유발하는 기억이 발생하자마자 자동으로 삭제해 버린 덕분이었다.

그 기나긴 침묵 속에서 마사로는 생각하고 또 생각했다.

'아, 돈 쓰고 싶다.'

마음껏 소비할 수 없게 된 마사로는, 대신 마음의 끝을 지향하기로 했다. 유희처럼. 그것은 쇼핑과 참선만큼이나 먼 일이었지만, 마사로 안에서 둘은 결국 같은 것이었다.

얼마나 간절히 소망했을까? 얼마나 오랫동안 같은 생각을 했을까? 머릿속 시계가 꺼지고 나서는 시간이 어떻게 흐르는

지조차 알 수 없었다. 마사로는 순수한 열망에 관해 생각했다. 생각이 끝없이 반복되자 생각하는 자아도 점차 지워지고 마침내 초심만이 살아남았다. 아무튼 돈을 쓰고 싶다는 궁극의 화두.

그러다 문득 익숙한 기운을 느꼈다. 미세하나마 전기가 통하고 손발이 아주 조금 펴졌다. 그리고 감정이 깨어났다. 단지 그뿐이었지만 아무것도 없는 것과는 분명히 달랐다.

마사로는 내면 가득 무언가 차오르는 것을 느꼈다. 아니, '가득'이라고 표현하기에는 많이 부족하지만 그래도 충분히 커다란 무언가였다. 마사로는 문득 희열을 느꼈다. 말로 표현할 수 없을 만큼 커다란 기쁨이었다. 몸은 여전히 움직이지 않았지만, 마음만은 격하게 요동쳤다. 마음은 전기를 거의 소모하지 않는 정신 활동인 모양이었다.

'나 이거 뭔지 알아.'

마사로는 내면의 우주로 퍼져 나가는 강렬한 기쁨을 마음으로 어루만졌다. 마음의 끝을 향해 뻗어 나가는 형언할 수 없이 황홀한 즐거움.

'이건 돈이야.'

칠 년 반 만에 지불 수단이 갱신되어 있었다.

'천국이 보이다니, 참 인간적인 결말이네.'

얼마 후 유희는 심해 도시 근처 해역에서 이상한 움직임이 발견됐다는 소식을 들었다. 큰 기대 없이 지푸라기라도 잡는 심정으로 한 조치의 결과였다.

'그게 왜 저런 식으로 효과를 발휘하는 거지? 마사로는 도대체 얼마나 신이 난 거야?'

연구소의 도움으로 마사로의 지불 수단 몇 가지의 유효 기간을 갱신하고 몇 시간이 지났을 무렵, 심해 도시 근처를 돌던 무인 항공기가 흔치 않은 광경을 포착했다. 수십 마리의 고래가 한 지점에 모여들어 있었다. 열다섯 마리 이상, 많으면 스무 마리는 돼 보인다고 했다. 고래들은 광대한 해역을 순례하듯 빙빙 맴돌고 있었다. 중심에 있는 무언가의 위치를 알리려는 듯.

연구소에서 잠수정을 급파해, 사흘 만에 바다 밑바닥에 잠긴 마사로를 건져 올렸다. 수색 작업이 진행되는 내내 고래들이 주위를 맴돌았다고 했다.

육 개월간의 고독한 수행. 마사로는 어느새 마음의 끝에 다다라 있었다. 마치 처음부터 그러려고 만들어진 로봇처럼. 엄밀히 따지면 마음을 탐구하는 일은 마사로의 최종 목표가 아니었지만, 마사로는 왠지 엄밀해지고 싶지가 않았다. 지갑이 두둑해졌기 때문만은 아니었다.

그 마음이 자아의 경계를 뚫고 바다를 지나 존재감으로 가득한 다른 존재에게 가서 닿았다. 짧은 팔다리가 달린 존재에게서 지느러미가 달린 커다란 존재에게로. 먼저 해탈에 이른 쪽은 아무래도 유희가 아니라 마사로인 것 같았다.

그러다 전원이 켜졌다. 광학 신호, 소리 신호가 들어오고 네트워크에도 연결이 되었다. 멈췄던 내면의 시계가 다시 움직이고, 자이로스코프가 위아래 방향을 알려 주었다. 세상이 갑자기 환해졌다. 눈앞에는 유희가 서 있었다.

마침내 깨어난 마사로에게 유희가 진심을 담아 말했다.

"마사로, 다시 가서 세상을 구해."

성능이 꽤 좋은 마사로의 기억에 그 말이 영원히 각인되었다.

우리가 가는 곳

편혜영

이런 얘기를 들은 적 있다. 한 사업가가 출장으로 대도시의 호텔에 투숙한 이야기. 호텔 방문을 열자 누군가 죽은 채로 누워 있는 게 눈에 띄어서, 놀란 사업가는 헐레벌떡 아래층으로 내려가 방에 시체가 있다고 소리친다. 컨시어지의 직원이 열쇠 함으로 손을 뻗으며 차분한 목소리로 대꾸한다.

"그러면 옆방을 쓰세요."

직업을 설명해야 할 때 나는 종종 이 얘기로 대신한다. 이 이야기에는 내가 하는 일의 모든 것이 들어 있다. 출장, 대도시, 죽은 사람, 옆방, 차분한 목소리 같은 것들.

상대는 교훈을 찾으려고 애쓰다가 이내 설명해 주기를 바라며 나를 빤히 본다. 생각하기 싫어하는 사람일수록 의미가 드러나야 좋은 이야기라고 여긴다. 이 이야기에서 가장 흥미로운 점은 주제가 아니라 직원의 차분한 목소리지만 거기에 관심을 갖는 사람은 없다.

"안 되는 일은 없다는 뜻입니다."

별수 없이 이야기 속 직원이 사용했을 법한 심드렁한 말투를 흉내 내서 대꾸한다. 상대는 시시하다는 표정으로 나를 찾아온 이유를 털어놓는다. 얘기는 금세 끝나는 법이 없다. 긴 이야기 끝에 내가 줄곧 잠자코 있음을 깨닫고 상대가 말을 멈출 때도 있지만 그때도 나는 입을 열지 않는다.

"아시겠어요?"

상대는 조급해하며 자신의 말을 이해했는지, 제대로 들었는지 확인한다. 당연히 알고 있다. 못 알아들을 게 없는 얘기다. 성량이나 발음 때문에 종종 듣지 못할 때는 있지만, 안 들어도 아는 얘기다. 한국 사회에서 먹고살기 어렵다는 얘기만큼 뻔한 얘기가 또 있을까. 그저 상대는 질문을 통해 자신의 고통을 알아 달라고, 처지에 동조해 달라고 호소하는 것이다. 나는 더 냉랭하게 굴지 않고 그쯤에서 고개를 끄덕인다. 그러면 상대는 계속 얘기를 이어 나간다. 업무 의뢰는 대개 그런 식으로 시작된다.

모두 옛날얘기다. 이제는 누구도 내가 하는 일을 궁금해하지 않는다. 일을 맡기는 사람도 없고 무슨 일을 하느냐고 묻는 사람도 없다. 궁금하지 않아서가 아니라 무슨 일인가 할 수 있는 사람이라고 생각하지 않아서다. 내가 나이 든 여자이기 때문에.

물론 일을 하겠거니 여기는 사람도 있다. 상가 1층에 있는 한의원의 젊은 남자 한의사가 그렇다. 그는 어느 날 2층에 있는 내 사무실까지 일부러 찾아왔다. 조심스럽게 문을 두드린 후 점잖게 문을 열더니 큰 소리로 인사도 했다. 그러고는 내게 화장실이 막혔으니 와서 뚫어 달라고 했다. 내가 가만히 앉아 있자 한의원 고객들 보는 눈도 있는데 청소에 신경을 써 달라고 좀 더 정중히 부탁했다.

"성실하신 건 잘 알고 있지만 그래도 오후가 되면 냄새가 너무 심하네요."

그는 '성실'이라는 말을 유독 크게 말했다. 그게 칭찬이 되리라 생각한 모양이다. 한의원도 동네 장사니까 나쁜 말이 퍼져 좋을 게 없으니 시종 정중한 체했지만 그렇다고 무례함이 무마되는 건 아니다.

그는 내가 날마다 건물을 드나드는 걸 봤을 것이다. 자기 한의원에 오는 것도 아닌 장년 여성이 — 상가를 방문하는 중장년은 대개 한의원 고객이다 — 건물에 정기적으로 드나들 일이 무엇일지 생각했을 것이고, 자연스럽게 건물을 청소하는 사람이라 판단한 모양이었다.

그렇게 생각할 수도 있겠다. 복도 바닥에 껌이 붙어 있거나 벽에 스티커 대출 광고가 붙어 있으면 나는 언제라도 끌을 가져다가 뗀다. 학원을 드나드는 아이들이 계단참에 버려 둔 쓰레기가 눈에 띄면 당장 줍는다. 공용 화장실이 더러우면 고무장갑을 끼고 세제를 뿌려 솔질을 한다. 다음 날 오전에 청소 업체가 올 때까지 오물을 방치하기 싫어서인데 한두 번 그런 광경을 보고 나자 나를 건물 상주 청소부라고 결론 내린 것이다. 순전히 내가 그 일을 하기에 적당한 나이대의 여자이기 때문에.

나도 정중하게 굴었다. 한의사가 고객이 될 리 없지만 내 고객을 치료할 수는 있는 사람이니까. 일단 알겠다고 고개를 끄덕인 다음 곧장 슈퍼에서 고무장갑과 세제 등속을 사서는 청소 업체 전화번호와 함께 한의원에 가져다줬다. 그 일로 그가 뭔가 배우기를 원했지만 그는 떨떠름한 표정으로 나를 피하는 쪽을 택했다.

사무실은 재개발 논의가 거듭 무산되는 아파트 후문 쪽 상가 2층에 있다. 하바드 보습 학원 옆이라 학생들이 몰려오는 오후 네 시부터는 수업 시간에 맞춰 조용하다 시끄럽기를 반복한다. 사무실 쇠문 중앙에 오래된 아모레 화장품 직영점 간판이 붙어 있다. 귀찮아서 이전 임차 업체 간판을 떼지 않고 그대로 두었는데, 여러모로 쓸모 있다. 화장품 직영점인 줄 알고 그대로 돌아가는 사람이 많은 것이다.

하바드 보습 학원 원장은 나를 사주쟁이나 관상쟁이인 줄 아는 눈치다. 드나드는 사람이 거의 없고 어쩌다 열린 문틈으로 오래된 철제 책상이 놓인 사무실 내부를 슬쩍 봤을 텐데도 왜 그렇게 생각했는지 모르겠다. 내게 무안할 정도로 사람을 빤히 쳐다보는 버릇이 있어서 그렇게 여길 수도 있다. 복도에서 마주치면 그는 인사를 건넨 후 어색해하며 괜히 날씨 얘기를 꺼내는데, 나는 딱히 할 말은 없지만 그냥 가 버리긴 뭣해서 그의 얼굴을 쳐다봐 준다. 어느 날인가 원장이 역시 날씨 얘기를 꺼냈고, 나는 무심코 이런 계절에는 그저 불조심을 해야 한다고 중얼거렸다. 보통 그렇게 말하지 않나. 의미 없는 날씨 얘기를 주고받은 후에 감기 조심하라거나 따듯하게 입고 다니라고 덕담처럼 뻔한 말을 나누는 것 말이다.

그 후 일주일도 안 되어 실제로 학원 난로에서 불이 붙는 사고가 벌어졌다. 그 일 때문에 원장이 나를 오해하는지도 모르겠다. 학원 교실에 커다란 프로판가스 통을 매단 난로가 있는 걸 알고, 장난기 극심한 중학생 아이들이 드나드는 걸 알면 누구나 할 수 있는 생각인데도 그 역시 내가 나이 든 여자이기 때문에 논리나 추리, 연상력보다는 신기나 괴기가 있다고 믿어 버린 듯하다. 용하다고 여기지는 않는지 누군가를 소개하거나 돈을 내고 제 운세를 상담하러 오는 일은 없고 그도 나를 슬슬 피했다.

그렇기는 해도 일주일째 파쇄된 종이만 갖다 버리는 걸 보고 이사 가느냐고 물어봐 준 사람은 하바드 학원 원장이 유일하다. 이사가 아니고 폐업이라고 하자 금세 애처로운 표정을 지으며 자신도 학원 규모를 줄여 옮겨 가야 하는데 어느 지역이 좋겠느냐고 떠보듯 물었다. 요새는 월세가 풍수지리니 세 맞는 곳으로 가라고 대꾸했더니 크게 웃으며 쓰레기를 함께 날라 주었다.

계약 기간은 꼭 일주일 남았다. 낡은 가죽 소파와 낮은 갈색 테이블, 캐비닛에 둔 의뢰인 파일 일부가 남은 물건의 전부다. 치울 게 별로 없는데도 파일을 버리기 전에 공연히 다시 들여다보느라 다소 시간이 걸렸다.

2008년도 의뢰인 서류를 파쇄기에 천천히 밀어 넣고 있는데, 누군가 사무실 문을 두드렸다. 잘못 찾아왔겠거니 싶어 대꾸를 않으니 잠시 후에 슬그머니 문이 열렸다. 여자다. 여자는 문을 닫지도 더 열지도 않은 모양새로 서서 내 쪽을 쳐다보았다. 언제나처럼 나도 잠자코 여자를 쳐다봤다. 내가 서 있는 곳에서는 애쓰지 않아도 문 쪽이 잘 보이는 데다 예나 지금이나 눈에는 눈, 이에는 이니까, 누가 나를 쳐다보면 나도 그저 봐 주는 수밖에 없다. 그러다 불쑥 오늘 한마디도 안 했다는 생각이 들어 무슨 일이냐고 물을 작정을 했는데, 여자가 먼저 입을 열었다.

"여기가 혹시 거기인가요?"

"뭐라고요?"

느닷없이 튀어나온 갈라진 목소리가 멋쩍어 나는 천천히 덧붙였다.

"안 들려요."

"여기가 거기냐고요."

여자도 덩달아 크게 말하다가 다시 주눅 든 소리로 "옆방이요" 하고 말했다.

나는 잠자코 여자를 봤다. 마흔이나 되었을까. 여자는 화장기 없는 얼굴에 머리를 낮게 묶고 계절에 맞지 않는 모직 재킷에 두꺼운 스카프를 칭칭 두르고 긴 치마를 입고 있었다. 재킷 품이 커서 깡마른 몸이 두드러졌다. 유행하는 스타일로 입은 것 같지는 않고 살이 많이 빠진 듯했다.

"옆방이면 옆으로 가야죠."

"죄송합니다."

만약 여자가 빨리 문을 닫았다면 다음 말을 들을 기회는 없었을 것이다. 하지만 여자는 행동이 느렸다. 사무실을 찾아오는 사람들이 대개 그렇듯이.

"옆방에 가 봐야 아무것도 없어요."

여자가 그 말에 멈춰 서더니 고개를 떨구고 말했다.

"도와주세요."

나는 잠자코 파쇄기에 종이를 마저 밀어 넣었다.

"아는 언니가 여길 알려 줬어요. 죽으란 법은 없으니 꼭 가보라고요."

맞는 말이다. 죽으란 법은 없다. 그렇다고 죽지 않고 사는 게 더 나으리란 법도 없다.

도대체 나에 대해 어떤 얘기가 나돌길래 '옆집'이나 '옆방'을 맥락 없이 암호처럼 말하는 건지 알 수 없지만 일단 들어오라고는 했다. 도와주기 위해서가 아니라 여자를 어디에라도 앉혀야 할 것처럼 보여서였다. 그런 사람은 그냥 보면 알게 된다.

쭈뼛거리며 서 있는 여자에게 소파를 권했더니 엉덩이를 살짝 걸치고 앉았다. 편히 앉으라고 해도 자세를 바꾸지 않을 터라 더는 권하지 않았다. 어차피 조금 지나면 자연스럽게 허리를 구부리고 등을 기대고 앉게 될 것이다. 얘기가 길어질 테니까.

여자는 내가 맞은편에 앉기를 기다렸다가 주저하며 입을 열었다. 일단 입을 열자 참을 수 없는지 계속 얘기했다. 부모님 얘기를 할 때 잠깐 말을 멈추었지만 눈물을 흘리지는 않았다. 숨을 고르고 이미 딱지가 내려앉은 입술을 깨무는 것으로 참았다. 얼마 전까지만 해도 소파 옆에 항상 티슈 통을 두었다. 거기 앉는 사람에게는 대체로 그런 게 필요해서였다.

사람들은 사정을 털어놓고 이해와 공감을 받아야 하는 줄 안다. 얼마나 절박했으면 이런 결심을 했을지 여러 차례 강조한다. 그래야 내가 의뢰를 받아 주리라 생각한다. 물론 이해하고 공감하면 좋겠지만 반드시 그럴 필요는 없다. 그런 것 없이도 일한다. 직업이란 그런 것이다. 그건 아무리 이해하고 공감한다 해도 돈이 안 되면 일하지 않는다는 뜻이기도 하다.

컵에 물을 따라 여자에게 내밀었다. 여자는 단숨에 물을 마셨다. 다 털어놓을 필요가 없다는 걸 여자도 알고 있다. 사람들은 그저 끌어안고 산다. 누구나 그렇다. 여자 역시 이미 충분히 많이 얘기한 듯 보이지만, 실은 다 얘기하지 않았을 것이다.

의뢰를 받을 생각도 아니면서 나는 오래전의 습관대로 여자에게 양식지와 동의서를 내밀었다. 그렇게라도 한숨 돌려 마음을 가라앉히라는 뜻에서다. 다행히 폐기하지 않고 남겨 둔 게 몇 장 있었다. 양식지는 거주 희망지와 채무 내역, 확보 가능한 재산 정도를 기입하게 되어 있다. 이름이나 주민 등록 번호 같은 개인 정보는 일하는 데 별 필요가 없어서 묻지 않는다. 동의서 하단에는 수수료 내역 및 지급 조건이 적혀 있다. 비용이 얼마인지 알아야 일을 맡길 테니까. 터무니없는 액수는 아니다. 최소한의 발품 비용 정도다. 고객들 중에는 그마저도 낼 수 없어 돌아가는 사람이 많다.

　여자는 어깨를 동그랗게 말고 낮은 테이블에 놓인 양식지를 채워 나갔다. 한때는 고객이 저렇게 움츠린 모양새로 있는 게 내키지 않아 높은 테이블로 바꾸려다 관두었다. 일을 하는 데 연민이 어느 정도 도움이 되어서다. 남는 거 없는 일이다 보니 경우에 따라 애틋함이라도 있어야 시작할 수 있다.

　서류의 빈칸을 채워 주면 몇 가지 확인 절차를 거쳐 일을 맡을지 말지 결정한다. 그 과정이 비교적 오래 걸리는데, 질의응답을 주고받는 과정에서 뒤가 구린 느낌이 들거나 말이 맞지 않으면 일을 맡지 않는다. 경찰이던 한 언니가 내게 여러 번 일렀다.

　"뒤를 닦아 주진 마."

　물론이다. 법으로 처리할 문제가 있다면 스스로 해결해야 한다.

　길고 지루한 얘기를 다시 들어야 할 만한 질문은 던지지 않는 편이 낫다. 예를 들면 가족 관계나 남편의 성격 같은 것들. 재산 내역은 제법 자세히 물어본다. 증발에 있어 가장 중요한 걸 꼽으라면 바로 그것이다.

*

    이런 얘기를 들은 적 있다. 세 남자가 10달러씩 내고 호텔 방을 얻는다. 세 명이니까 총 30달러. 비수기에 손님이 와서 하도 반가운 나머지 호텔 주인은 5달러를 깎아 25달러만 받기로 한다. 5달러를 돌려주러 간 직원이 아무리 해도 5달러를 셋으로 나누기 힘들자 할 수 없이 세 명한테 1달러씩 총 3달러를 돌려주고 남은 2달러는 자기가 가진다. 세 남자는 각각 9달러씩 27달러를 호텔에 지불한 셈이고 직원이 2달러를 챙겼으니 총합은 29달러다. 그렇다면 1달러는 어디로 사라졌을까, 하는 얘기.

    내가 그다지 좋아하지 않는 유형의 이야기다. 뭘 그런 걸 일일이 계산하냐 싶은 푼돈인 데다 단순한 속임수이거나 말장난이기 쉬운데 대단한 의미가 있는 듯 숙고해야만 하기 때문이다.

    그래도 이 이야기는 흥미로운데 사라지는 건 속임수일지도 모른다는 교훈이 담겨 있어서다. 모두가 교훈을 좋아하지만 누구나 쉽게 알아차리지 못하는 게 아쉽기는 하지만.

    사라지기로 결심한 사람들조차 이 이야기의 의미를 파악하지 못한다. 사라지고 나서야, 모든 게 달라지고 나서야 그들은 사실 1달러는 없어지지 않았다는 점을 납득하게 된다.

내가 하는 일이 그것이다. 사라지지 않았는데 사라진 듯 보이게 하는 일. 일종의 실종 대행업. 실종과 관련한 일체의 일을 돕는다. 실종을 어떻게 대행하나 싶지만 몰라서 하는 소리다. 자발적 실종, 즉 증발이야말로 충동적으로 숨는 게 아니라 능숙한 조력자의 도움을 받아 신중히 감행할 일이다.

버스를 타고 귀가하던 여자 학원 강사 실종 사건과 울진의 한 숲에서 발견된 교통사고 차량의 운전자 실종 사건이 대행업 초기에 내가 기획한 일이다. 당시는 지금처럼 CCTV가 촘촘히 설치되지 않아 경찰이 동선을 충분히 파악하지 못해 두 사람의 실종은 미제 사건으로 흐지부지 잊히는 듯했다.

수년이 흐른 후 한 방송국 시사 프로그램에서 범죄와의 연관성을 염두에 두고 실종 사건을 집중적으로 파헤치며 두 사건이 다시 부각되었다. 학원 강사의 남편이 경찰의 무능을 비난하는 장면이 방영되었다. 실종 신고 당시 단순 가출로 처리하며 초동 수사 시간을 허비했다는 것이다. 방송 말미에는 버스 하차 후 정류장 인근 CCTV에 찍힌 여자의 마지막 모습이 보도되었다.

울진 교통사고 차량 운전자 실종과 관련해서는 좀 더 복잡했다. 이 사건은 낙하한 차량의 파손 상태로 추정하건대 운전자가 무사하리라 짐작하기 어려운데도 인근에서 시신을 찾을 수 없어 초기 수사 과정에서도 운전자의 자작극 가능성이 제기되었다. 방송에서는 다각도로 운전자의 도주 가능 동선이 제시되고 자작극임을 의심케 하는 몇 가지 동기가 추정되었다. 실종자의 채무가 근거로 제시되었다. 그러나 천만 원정도여서 과연 목숨을 담보로 위험한 연극을 꾸밀 만한 액수인지에 대해 누구도 확신하지 못했다. 이 사건 역시 말미에 부모가 연신 눈물을 흘리며 아들을 꼭 찾아 달라고 호소하는 영상이 반복적으로 나오고 제보를 기다린다는 안내가 길게 이어지며 실종자 사진이 계속 노출되었다.

방송을 보고 그들의 소식을 확인하고 싶은 마음을 눌러 참아야 했다. 계약 파기인 것이다. 어떤 경우에도 내가 그들에게 먼저 연락할 수는 없었다. 그들이 내가 실종의 조력자임을 다른 사람에게 알리지 못하는 것처럼. 그럼에도 그들이 자신과 비슷한 처지의 사람을 만나면 내 이야기를 들려준다는 걸 알고 있다. 얼마 후 그들의 소개를 받은 사람이 슬그머니 사무실 문을 열고 나타나 '옆집'이나 '옆방' 얘기를 암호처럼 꺼내 놓는다. 광고나 홍보 없이 근근이 사무실을 유지할 수 있었던 것은 다 그 덕분이다.

두 사건으로 인해 나는 큰 교훈을 얻었다. 사라지는 일이야말로 조용히 처리해야 한다는 것. 특히 부모가 생존하거나 자식이 있는 사람의 증발일수록 그렇다. 부모는 좀처럼 자식을 찾는 일을 포기하지 않는다. 반대로 자식이 있다면, 특히 엄마가 증발을 선택했다면 본인이 참지 못하고 자식을 보러 가느라 다른 사람 눈에 띄기 마련이다.

증발은 쉽게 선택해서는 안 된다. 충동적으로 감행해도 안된다. 여행하듯 낯선 곳으로 며칠 잠적하거나 짐을 꾸려 가출하는 것과는 다른 일이다. 증발은 익숙한 세계에서 완전히 사라지기를 선택하는 것이다. 이제껏의 삶에서 누리던 모든 것을 버리는 일이기도 하다.

새로운 삶이라는 의미가 아니다. 그보다는 숨바꼭질에 가깝다. 맨몸으로 들키지 않게 숨어 지내야 하니까. 숨바꼭질은 들켜도 술래를 맡으면 그만이지만, 이건 들키면 비명횡사하거나 그와 비슷한 처지에 놓인다는 점이 다르긴 하다. 죽는다고 말하는 점에서는 마찬가지지만.

실종을 결심한 순간부터 어떤 서류에도 자기 이름을 쓸 수 없다. 신용 카드 없이 지내야 하고 로그인된 전자 기기에서 인터넷 검색을 할 수도 없고 휴대 전화도 개통해서는 안 된다. 운전도 할 수 없고 SNS도 못하며 할부 거래도 불가능하다. 의료 보험이 없으니 병원에 가기 곤란하고 당연히 경찰이나 관공서, 공공 기관의 협조나 지원을 요구하지도 못한다.

최소한의 원활한 생활을 위해 다른 신원을 갖는 방법도 고려할 수 있다. 법적인 처리를 말하는 게 아니다. 불법적이고 복잡한 경로를 거쳐 가짜 신분증을 획득하는 일을 뜻한다. 원하는 사람이 있다면 내가 도왔다. 한때는 팀으로 일했는데, 그때는 그런 일이 가능했다.

우리는 도망가려는 사람들의 짐을 조용히 다른 곳으로 옮겨 주는 일부터 시작했다. 암막 커튼과 플라스틱 박스를 준비해 가서 짐을 꾸렸다. 나중에 집에 몰래 들어가 필요한 물건을 가져다주기도 했다. 그러다 보니 가짜 신분증 만드는 일도 하게 됐다. 당연히 불법이지만 다행히 나는 법을 잘 모른다. 법을 모르는 건 여러모로 쓸모가 있다. 많이 알아서 좋을 게 없는 게 있는데, 법이 그렇다. 돈이면 다 된다고 믿으면 죄책감을 덜 수 있고 포기도 빨라진다. 모든 실패를 돈이 부족한 탓으로 돌릴 수도 있다.

증발을 선택하는 이유는 다양하지만 경제적인 문제가 많다. IMF 직후 의뢰인이 넘쳐 난 것도 그래서였다. 그때는 거의 날마다 의뢰인이 찾아왔다. 폭력 문제인 경우도 있다. 남편이나 아버지가 없는 곳에서, 그들과 만날 수 없는 곳에서 다시 시작하고 싶어 하는 사람들이 언제나 있다.

이대로는 살 수 없을 뿐이지, 새로운 삶에 희망이나 기대를 거는 건 아니다. 기실 그들은 스스로 도망쳤다고 여긴다. 도망자로서 이후의 삶은 뻔하다. 신원 조회가 필요한 일을 할 수 없으므로 사회에서 가장 불안정하고 힘든 비정규직 노동자가 된다. 이전의 삶과 별로 달라질 게 없다는 소리다. 증발

이전에도 그들은 비슷한 일을 해 왔다. 남자라면 새벽 일찍 인력 시장에 나가고 여자라면 대개 작은 식당으로 간다. 아무리 솜씨가 좋아도 주방 일을 할 수는 없다. 보건소의 증명과 지속적인 교육이 필요하기 때문이다. 짐작하다시피 그들이 삶에서 자기 이름으로 쌓아 온 전문적 능력은 죄다 소용없어진다. 그래서 그들은 기꺼이 산업 폐기물도 치우고 이주 노동자와 함께 여러 농장을 떠돌며 계절마다 다른 농작물을 수확하기도 한다.

거처는 내가 마련해 둔다. 소도시 연립촌의 반지하가 적당하다. 고시원도 나쁘지 않다. 언제나 빈방을 찾을 수 있고 들고 나는 사람이 많아 눈에 띄지 않는 것도 장점이다. 그러려면 돈이 필요하다. 한두 달 정도 숨어 지내며 최소한의 생활이 가능한 금액이면 된다. 대개 그럴 만한 돈이 없다는 게 문제지만. 챙길 만한 돈이라곤 저금통의 동전이 전부인 사람들이 많다. 남편을 피해 떠나는 여자라면 옷가지 하나도 챙겨서는 안 되고 기록에 남는 돈은 건드리지 않는 게 낫다. 보험이나 저축을 빼돌려서는 안 된다는 뜻이다. 재산을 챙겨 도망친 걸 알면 남편은 아내를 찾으려고 눈에 불을 켠다. 그들은 포기하는 법이 없다.

한 푼도 없는 사람에게 수수료를 선불로 내라고 하면 계속 사정하다가 포기하고 돌아가기도 한다. 무작정 증발을 결행해서는 안 된다. 최소한의 자금이라도 있어야 하니 야박해 보여도 어쩔 수 없다. 증발 시기를 늦추고 조금씩 저축을 시작해 보기를 권하기도 한다. 그렇게 하는 사람은 다시 나를 찾아오지 않는 경우가 많다. 돈을 모으는 동안 삶은 그럭저럭 살 만한 것이 되기도 한다.

하지만 아무리 빈털터리라도 즉각 증발을 감행해야만 하는 경우도 있다. 그들에게는 시골의 빈집을 권한다. 얼마간 몰래 기거하기에 적당하다. 집을 구하는 일보다 치우는 게 더 손이 가고 대개는 전기와 수도 설비가 없어 다소 불편하지만 추적을 피할 수 있고 돈이 안 든다는 점에서 그럭저럭 쓸 만하다. 운이 좋다면 살림살이가 거저 생기고 장기간 머물 수도 있다.

그들에게 최소 자금을 모을 때까지 증발을 연기하라는 충고는 무의미하다. 집으로 돌아가면 그들은 다시 폭행을 당한다. 경찰에 가해자를 신고하거나 단체에 도움을 청하라는 말도 소용없다. 신고한 후에도 달라지지 않는 걸 이미 경험한 사람들이다. 그들은 다 해 봤다. 심리 상담사나 여성 단체의 도움도 받아 봤다. 그 과정을 통해 가해자가 어떻게든 자신에게 보복을 가하리라는 걸 알게 됐다. 자발적 실종이 의심되면 가해자의 추적을 받을 가능성이 있으므로 아예 범죄의 피해자로 꾸미기를 주저하지 않는다. 업무 초기 극적인 실종 사건을 기획한 건 그래서다.

질문을 던지기도 전에 나는 여자를 붙잡아 둔 것에 후회가 들기 시작했다. 여전히 긴장한 그녀를 보니 공연히 시간을 끈 것이 미안해지기도 했다. 나는 이쯤에서 돌려보낼 생각으로 오래전에 이 일을 한 적 있지만 지금은 그만두었다고, 그러니 그만 가 보라고 솔직하게 얘기했다.

"어제 경찰에서 전화가 걸려 왔어요."

여자가 꿈쩍 않고 앉아 있다가 천천히 입을 뗐다.

"경찰이 생년월일과 이름을 물어봤어요. 내 이름과 생년월일을 경찰에게 말하는데 꼭 나한테 무슨 일이 생긴 것 같았어요. 경찰이 홍은동의 치과를 이용한 적 있느냐고 묻대요. 그렇다고 했더니 알겠다면서 끊으려 하기에 무슨 일이냐고 물었어요. 한강에서 얼굴이 훼손된 시신 일부가 발견됐는데, 치과 치료 흔적이 있어서 건보공단에서 자료를 받아 비슷한 연령대의 치과 치료 전력이 있는 여성들을 대조 중이래요. 경찰 전화를 끊고는 한동안 멍하니 있다가 기사를 찾아봤어요. 사체의 얼굴을 복원한 사진이 공개되어 있더라고요. 여자는 나이대가 나랑 같고 키도 비슷하고, 심지어는 혈액형도 같았어요. 양쪽 아래 어금니에 레진 치료를 받은 흔적이 있다는데, 내가 그렇거든요. 그 여자가 꼭 나 같았어요. 나는 언젠가 그렇게 죽게 될 거예요. 그 여자가 경찰을 통해 알려 준 거예요. 무슨 일이 일어날 테니 최선을 다해 도망치라고요."

경찰은 그런 일을 알려 주지 못한다. 죽은 사람도 당연히 그 일을 해 주지 않는다. 그 일은 모두 여자 스스로 해내야 한다.

"도와주세요."

여자가 고개를 들어 나를 봤다. 자신에 대해 자주 말해 본 적은 없지만 원하는 게 뭔지 충분히 생각해 온 얼굴로.

내가 더는 일을 하지 않으니 그만 돌아가라고 거듭 얘기하자 여자는 낙담한 표정으로 소파에 앉아 나를 지켜보기만 했다. 나는 여자를 돌려보낼 생각으로 하나 마나 한 말을 했다. 도움 될 만한 곳을 알아봐 주겠다고 한 것이다.

"쉼터도 있고 센터도 있어요. 믿음직한 사람이 있는 곳을 알아요. 잘하면 지속적인 지원도 받을 수 있어요. 원하지 않으면 가족을 안 만나도 되고요. 성인의 실종은 그런 겁니다. 경찰도 거주지를 함부로 알려 주지 못해요."

쓸데없다는 생각이 들면서도 나는 기어이 그렇게 충고했다. 말하지 않아도 여자가 이미 그런 곳을 여러 차례 다녀왔음을 알 수 있었다. 여자가 나를 빤히 보고는 입을 뗐다.

"임시 보호는 필요 없어요. 저는 살려는 겁니다. 남편은 다 찾아내요. 경찰의 도움 없이도 찾을 거예요. 찾아내면 무슨 짓을 하건 경찰도 말리지 못하겠죠."

인정에 이끌려 좋을 게 없다. 나는 냉담한 톤을 유지하며 말했다.

"가진 돈이 얼마건 그걸로 집부터 구하는 게 좋을 겁니다. 잘 씻는 것과 푹 자는 것, 그게 가장 중요해요. 내게 줄 수수료가 있다면 기왕이면 그런 방을 구하는 데 보태요."

"남편은 이번에도 나를 찾을 거고 그러면 나는 그 여자처럼 될 거예요."

여자가 담담한 목소리로 말하며 자리에서 일어섰다.

*

의뢰인에게 이런 얘기를 들려준 적 있다. 한 호텔의 방이 모두 차는 이야기. 운 좋게 그런 일이 생기는데, 운이 더 좋은 나머지 손님이 또 와서 방을 달라고 한다. 매니저는 당황하지 않고 직원더러 1호실 손님을 2호실로 옮기고, 2호실 손님을 3호실로 옮기라고 한다. 계속 그런 식으로 옆방으로 손님을 옮기면 모든 손님에게 방이 돌아가면서도 새로 온 손님을 위해 1호실이 비게 되어 언제나 손님을 받을 수 있다면서.

사실 나는 이 기이하고 무한한 방 배정을 잘 이해하지 못한다. 들을 당시에도 몰랐고 종종 되새길 때도 온전히 알아차리지 못한 기분이다. 그럼에도 이 얘기가 마음에 든다. 어쨌거나 끝없이 방이 생겨난다는 뜻이니까. 의뢰인에게 해 줄 만한 이야기이기도 하다.

"방은 어디에나 있다는 뜻이네요."

여자가 대꾸했다. 그게 그렇게 쉬운 줄 알아. 속으로 타박하는 마음이 들다가도 어쩌면 그런 얘기일지 모른다는 생각이 들기도 한다. 나 역시 이야기의 일부만 이해하고 있고, 무한히 방이 늘면 결국 방은 어디에나 있게 되니까.

여자는 어제 사무실에 찾아왔을 때와 같은 차림으로 나타났다. 휴대 전화는 물에 담가 공중화장실에 버렸고 시장을 이용하는 도매상이 주로 드나드는 시장 근처 찜질방에서 잤고, 아침 일찍 찜질방을 나와 약속 장소인 시장 입구까지 걸어왔다고 했다. 가르쳐 주지 않았는데도 그렇게 했다. 오랫동안 생각해 왔다는 뜻이다.

"안 나오실까 봐 걱정했어요."

여자가 아이처럼 온순한 표정으로 말했다. 만약 여자가 두꺼운 스카프를 풀어 목에 난 상처를 보여 줬다면, 긴 치마를 걷어 반복적인 폭행으로 딱딱해진 피멍을 보여 줬다면, 뾰족한 것에 찔린 자국과 피가 굳은 딱지를 보여 줬다면 나는 모른 척 했을 것이다. 좀 더 동정을 살 수 있는데도 여자는 잠자코 있었다. 혼자서 살아 보려는 마음이 무엇인지 보여 주겠다는 듯. 여자는 자존심을 지켰고 더는 호소하지도 않았다. 그래서 해 보기로 했다. 어차피 나는 일을 그만뒀고, 그러면 더는 직업이 아니니 돈을 받지 않아도 되고 시간도 많으니까.

시장을 한 바퀴 돌 테니 이것저것 골라 담으라고 했는데 여자는 잠자코 내 뒤만 따라왔다. 여자에게 저녁에 먹을거리부터 사라고 일러 줬다. 먹을 것마저 없다면 먼지로 뒤덮인 텅 빈 방에서 앞으로의 삶이 어떨지 당장 실감하게 될 것이다.

여자는 그래도 잠자코 있었다. 뭐가 필요한지 몰라서가 아니라 돈이 없어서 그럴 것이다. 할 수 없이 나는 여자를 데리고 도매점으로 가서 라면과 냉동식품, 즉석 밥, 휴지와 칫솔, 치약 따위를 골라 넣었다. 며칠 방에 틀어박혀도 될 정도로는 사 두었다.

제법 무거운 비닐봉지를 들고 말없이 뒤따르던 여자가 갑자기 "저기요" 하고 나를 불러 세웠다. 여자는 내게 "이거 드셔 보셨어요?" 하고 한 김밥집을 가리키더니 주위를 두리번거렸다.

"어서 갑시다."

여자는 그 말에 고개를 끄덕이면서도 김밥집 주인이 듣지 못하게 작은 소리로 "원조집이 근처에 있어요" 하고 말했다. 그러고는 말릴 새도 없이 어디론가 가 버려서 나는 꼼짝없이 그 자리에서 기다려야 했다. 잠시 후 여자가 김밥이 든 봉지를 들고 나타났고, 얼마 가지 않아 다시 기다리라며 사라졌다가 이번에는 빈대떡과 고기 완자를 포장해 왔다. 시장 입구에서는 찹쌀 꽈배기도 오천 원어치 사 왔다.

아무리 실종 상태라고 해도 삶은 여전히 유지되므로 이왕이면 맛있는 게 먹고 싶을 수는 있지만, 여자를 내버려 둔 건 그 생각 때문은 아니었다. 어디로 가야 할지 알 수 없어서 나로서도 시간을 끌고 싶었다.

시장을 나와서는 일단 고속 도로를 탔다. 어차피 서울에서 지낼 수는 없을 테니까. 서울을 벗어나는 데 다소 시간이 걸렸다. 여자는 긴장했지만 지루해 보이지는 않았다.

"김밥 드실래요?"

만남의 광장을 지날 무렵 여자가 김밥을 내밀었다. 김밥은 맛있었다. 줄 서서 살 만했다. 여자가 "놀러 가는 기분이에요" 하고 말했다. 그거야 김밥 때문이라고 대꾸를 하려는데, 여자가 창밖을 가리키며 "집이에요!" 하고 소리쳤다.

앞쪽으로 5톤 화물 트럭에 실려 목조 주택이 이동하고 있었다. 목조 주택은 트럭보다 컸는데도 흔들림 없이 안정적으로 실려 갔다. 다섯 평이나 될까. 콘크리트 기반에 올린 다음 전기와 수도 설비를 연결하는 이동식 집이었다. 오래전에 의뢰인의 거처로 사용해 보려고 중고 이동식 주택을 구매해 본 적 있었다. 증발 후 외진 곳에서 지내려는 남자에게 권할 만했다.

"어디로 가는 걸까요?"

나는 여자에게 막연히 천안 쪽을 생각하고 있지만 적당한 방이 없을지도 모른다고 대답했다. 아니면 공주나 서산 부근을 알아볼 수도 있다고.

"가고 싶은 데 있어요?"

"안 가 본 곳은 다요."

"거기가 어디예요?"

"많아요."

여자가 부드럽게 웃고는 말을 이었다.

"우리 말고 저 집이요."

차선을 바꿔 트럭 옆을 나란히 달리자 여자가 고개를 아예 오른쪽으로 틀었다. 나는 속도를 조금 늦춰 줬다.

"따라가 볼까요?"

여자가 고개를 끄덕였다. 나는 흔쾌히 방향을 틀었다. 어디로 가는지 모를 때에는 일단 어디로든 가보는 게 도움이 되는 법이다.

집을 실은 트럭은 고속 도로를 따라 계속 내려갔다. 천안을 지났고 공주와 논산을 지났다. 김제나 군산쯤에 멈추면 좋겠다 싶었는데, 트럭은 쉬지 않았다. 정읍을 지나 백양사 휴게소 쪽으로 들어서는 트럭을 따라 우리도 휴게소로 갔지만 차에서만 머물렀다. 여자의 남편이 작정하고 찾는다면 CCTV에 찍혀 좋을 리 없었다. 트럭은 잠시 후 주유소에 들렀다가 이내 고속 도로로 빠져나갔다. 나주를 지나서도 멈추지 않더니 장흥 인터체인지로 빠져 국도로 진입했다.

국도에 들어서고 나서야 트럭은 줄곧 뒤따르던 우리를 인지했는지 비상등을 켜고 속도를 조금 늦췄다. 앞서가라는 신호였다. 그래도 우리가 추월하지 않자 얼마 지나서는 아예 손을 내밀어 앞서가라고 일렀다. 우리는 속도를 높이지 않았다.

포장되지 않은 마을 진입로에 들어서자 트럭은 눈에 띄게 속도를 줄였다. 운전자가 비상등을 켜고 차에서 내렸다. 나는 반사적으로 차 문이 잠겼는지 확인했다. 운전자가 우리 쪽으로 오는 거라고 생각해서였다. 앞서가라고 준 기회를 무시당해서 화풀이를 하러 오는 줄 알았다. 그는 차에서 내려 우리 쪽을 쳐다보기는 했지만 수신호로 양해를 구하고는 트럭 앞쪽으로 갔다. 그에게는 우리를 위협하거나 겁을 줄 생각이 조금도 없었다.

그제야 경계심을 풀고 운전자를 따라 우리도 차에서 내렸다. 그는 난감한 표정으로 길가를 막아선 커다란 돌덩이를 보고 있었다. 보통의 차라면 돌덩이를 피해 지나갈 수 있는 너비였지만 목조 주택을 실은 트럭이 흔들림 없이 지나가기에는 다소 무리였다.

"어쩌다 제 뒤에 오셔서 이 고생을 하세요."

"고생은요, 재미죠."

남자가 내 말에 씩 웃고는 흥미롭다는 듯 물었다.

"어딜 가시는데요?"

"이 집은 어디로 가나요?"

여자가 대답 대신 물었다.

"갈 길이 멉니다."

남자가 다시 돌덩이를 내려다보며 한숨을 내쉬었다.

"오늘 안에 집을 내릴 수나 있을지 모르겠네요. 크레인도 문제가 생겼다고 하고. 일단은 담배나 한 대 피워야겠어요."

"나도 한 대 줘요."

남자에게서 담배를 받아 여자에게 권했다. 여자가 받아 들자 남자가 다시 내게 담배를 내밀었다. 우리는 돌덩이 옆에 나란히 쪼그리고 앉아 너른 논을 바라보며 말없이 담배를 피웠다. 바람이 잔잔히 불 때마다 푸른 벼가 부드럽게 일렁였다.

남자가 담배를 비벼 끄고 차로 올라가더니 보조석을 뒤져 길쭉한 널판을 가지고 내려왔다.

"별걸 다 가지고 다니네요."

"없는 거 빼고 다 있어요."

남자가 널판을 돌덩이 아래 끼웠다. 여자와 내가 옆으로 가서 남자와 함께 널판을 힘껏 눌렀다. 돌덩이가 조금 흔들렸다. 우리는 더 힘을 줬다. 널판이 조금 내려앉자 돌이 아래쪽으로 약간 굴렀다. 남자가 힘주어 돌을 더 굴리고는 눈으로 트럭이 지나갈 자리를 살폈다.

"자, 출발합니다."

기세 좋던 말과 달리 차는 인가가 보이기 시작하자 다시 멈춰야 했다. 이번에는 고추밭을 둘러싼 지지대가 문제였다. 굵은 쇠통으로 된 지지대가 길가로 꺾여 있어 그대로 진입하다가는 주택 외벽이 긁힐 듯했다.

남자가 근처 비닐하우스를 돌보던 노인에게 고추밭 주인이 어디 있는지 물었다. 비닐하우스 주인이 파란 지붕 집을 가리켰다.

노부부가 점심 먹을 채비를 하고 있었다. 남자가 사정을 말하며 고추밭 지지대를 뽑아도 되느냐고 묻자 할아버지가 답답하다는 듯 혀를 차며 말했다.

"그냥 뽑아 버리면 될걸, 그게 뭐라고 여기까지 허락을 받으러 와."

"집을 싣고 왔다고?"

할머니가 물었다.

"농막요. 저기 산 아래 두고 쓰신대요."

남자가 밥도 못 먹고 새벽부터 서둘렀는데 길이 좁아 늦어졌다고 너스레를 떨자 할머니가 그럼 한술 뜨고 가라고 함지에 흰밥을 무작정 덜어 넣었다.

"차를 길가에 세워 놓고 왔어요."

말은 그렇게 하면서도 남자는 냉큼 노인들 곁에 앉았다. 할아버지가 여기는 다니는 차도 별로 없으니 걱정 말라고 느긋이 대꾸했다.

"길이 막혔으면 좀 기다렸다 가겠지."

할머니가 거들었다.

"두 사람은 안 앉고 뭐 해?"

할머니가 멀뚱히 서 있는 여자와 나에게도 손짓했다.

"어차피 크레인도 아직 안 왔어요. 지금 가도 한참 기다려야 해요."

남자의 말에 여자가 내 손을 잡아끌고 돗자리에 앉았다.

"뭔 농막 놓으러 세 명이나 왔대?"

할아버지가 물었다. 남자가 우리 둘을 가리키며 모르는 사람들이라고, 어쩌다 생긴 구경꾼들이라고 했다. 할아버지가 그게 뭔 구경이 되느냐면서도 자기들도 따라나서겠다고 했다.

비빔밥은 맛있었다. 오이와 고추를 막장에 찍어 먹었는데, 그것도 맛있었다. 배가 고프지 않았는데도 달게 잘 먹었다. 여자도 마찬가지였다. 여자는 할머니가 내놓은 양배추 물김치를 싹싹 비워 먹고는 담그는 법을 묻기도 했다. 할머니가 주먹을 쥐어 이만한 감자를 썩썩 강판에 갈아 풀국을 끓인 뒤 체에 받쳐 식혜 국물로 써야 한다고 말해 주자 꼭 해 보겠다고 했다.

밥을 먹고 나서 우리는 마을 진입로로 천천히 걸어 나갔다. 남자가 삽으로 밑 흙을 파내고 굵은 지지대를 빼내는 동안 할머니는 잘 익은 고추를 따서 여자에게 가득 안겨 주었다. 여자는 됐다면서도 입고 있는 재킷 주머니를 벌려 고추를 받았다. 주머니가 불룩하게 부풀었다.

"됐습니다."

남자가 길가 쪽으로 구부러진 굵은 지지대를 빼낸 후 차에 올라타 조금 앞쪽으로 이동시켰다. 다시 차에서 내린 그는 구부러진 지지대를 반듯하게 만들어 도로 박아 두었다.

"어르신들도 여기 타세요."

여자가 냉큼 노인들에게 뒷문을 열어 주었다.

이번에도 얼마 가지 않아 차가 멈췄다. 굵은 은행나무 가지가 농막 지붕에 걸려서였다. 할아버지가 제 일처럼 나가서는 사다리를 가져와야겠다고 하자 남자가 이번에도 차에서 접이식 사다리와 전지가위를 꺼내 왔다. 남자가 지붕에 걸린 나뭇가지를 자르고 나서야 "이거 허락 안 받아도 될까요?" 하고 묻자, 할아버지는 가지 뻗는 건 나무 마음이니 아무 걱정 말라고 큰소리쳤다. 차에 오르려는데 아까 할아버지 집을 알려 준 비닐하우스 주인이 나오더니 웬 집이냐고 신기해하며 구경꾼 무리에 합류했다.

차는 아슬아슬하게 전선이 내려앉은 전봇대를 지나 천천히 나아갔다. 조금 나아가는 듯하면 곧 멈춰서 길가에 놓인 돌이나 쓰레기, 폐타이어 같은 것을 치워야 했다. 나중에는 할아버지와 할머니, 비닐하우스 주인이 앞서 걸어가며 길가를 치워 주었다.

콩밭 옆 농가에서 한 노인이 허겁지겁 뛰어나오며 차를 향해 손을 흔들어 댔다. 농막 주인에게 설치를 봐 달라는 부탁을 받았는데 깜빡 잠이 들었다고 했다. 얼굴이 여태 붉은 게 낮에 막걸리를 마신 듯했고, 그 일로 노인들에게 놀림을 받았다.

이제는 농막을 설치할 농지 진입로로 올라서는 일만 남았다. 트럭은 구경꾼들이 지켜보는 가운데 집터 근처에 힘겹게 안착했다. 출발지에서 문제가 생겨 늦어진 크레인도 이제 삼십 분쯤 후면 도착한다고 했다. 그사이 남자는 목조 주택이 올라갈 콘크리트 기반을 살폈다. 여자는 포장해 온 빈대떡과 고기 완자, 꽈배기를 구경꾼들 틈에 풀어 놨다.

"두 분은 모녀간인가, 신기하게 하나도 안 닮았네."

비닐하우스 주인이 꽈배기를 먹으며 물었다.

"언니예요, 큰언니."

여자가 대꾸했지만 "온다" 하고 소리치는 할머니 말에 묻혔다. 크레인이 마을 길에 모습을 드러냈다.

크레인 기사가 줄을 잇자 집이 조금씩 허공으로 떠올랐다.

여자가 낮게 탄식을 내뱉었다. 남자가 크레인 기사에게 계속 소리쳐서 위치를 알렸다. 허공에서 조금씩 흔들리던 집이 해가 질 무렵에야 지지대에 안정적으로 내려앉자 구경꾼들이 일제히 박수를 쳐 줬다.

다시 올라가야 하는 남자가 서둘러 트럭을 몰고 출발하고 구경꾼들이 뿔뿔이 흩어졌다. 여자와 나는 두 노인을 태워 마을 어귀로 갔다. 어디로 가느냐는 할머니의 말에 여자가 우선 화장실에 가고 싶다고 대답해서 우리는 다시 파란 지붕 집으로 갔다.

이왕 화장실을 다녀온 김에 잠깐 쉬었다 밥을 먹고 가라고 할머니가 붙들었다. 할아버지는 내일 아침에 전망대로 가서 다도해도 보고 편백나무 숲도 들르라고 부추겼다. 할머니가 그럴 바에는 다 늦었는데 집에 방이 남았으니 여기서 자고 가라고 했다.

"괜찮습니다."

내내 입을 다물고 있던 내가 딱 잘라 말하자 할머니가 나를 흘겨보며 자매간에 얼굴이 다르니 성격도 많이 다르다고, 그렇게 매정하게 굴면 무슨 재미로 사느냐고 물었다. 내가 잠자코 있자 여자가 소리 내 웃었다.

할아버지가 농막을 돌보는 노인에게 전화를 걸어 두 사람 덕에 집이 무사히 왔으니 자고 가게 하라고 큰소리치자, 노인이 자기 집도 아니면서 흔쾌히 허락했다. 농막 주인은 어차피 주말에만 내려온다고 했다.

할머니가 두껍고 묵은 냄새가 나는 이불을 내줘 그것으로 자리를 깔았다. 전기가 들어오지 않아서인지, 산 아래여서인지 농막은 달빛이 스며도 시커멓게 어둡기만 했다. 옆에 여자가 누워 있다는 게 안심이 됐다.

"언니라고 불러도 되죠? 언니는 이름이 뭐예요?"

잠이 오지 않는지 뒤척이던 여자가 물었다. 누군가 내 이름을 물은 것은 오랜만이었다. 나는 망설이다가 오랫동안 말한 적 없는 이름을 가르쳐 줬다.

"제 이름도 가르쳐 드려도 돼요?"

여자가 대답도 듣지 않고 이름을 말해 주었다.

"오영지요."

"오이지라고 놀림받았겠네."

"전 오이지 되게 좋아해요."

여자가 차분하게 대꾸하고는 아이처럼 오래 키득거렸다. 예쁜 이름이었다. 버리기 아까운 이름. 오영지는 아직 모를 것이다. 자신의 이름을 말할 기회가 더는 없으리라는 것을.

어쩐지 들떠 보이는 오영지에게서 등을 돌리고 나는 눈을 감았다. 내일 우리는 어디로 가게 될까. 그게 어디인지 아직은 알 수 없지만 이제까지와는 다른 곳일 것이다. 동시에 조금도 다르지 않은 곳이겠지. 하지만 어디든 도착할 것이다. 지금 중요한 것은 그것뿐이었다.

— 호텔에 관한 이야기는 『무한으로 가는 안내서』(존 D. 배로, 해나무 2011)에서 가져와 변용했다.
— 양배추 물김치 조리법은 『요리는 감이여』(51명의 충청도 할매들, 창비교육 2019)에서 가져와 변용했다.

일은 놀이처럼,
놀이는……

장강명

카이스트는 예술가들에게 작업 공간을 제공하는 아티스트 레지던시 프로그램을 2013년부터 운영해 오고 있다. 대학 측이 선정한 예술가는 캠퍼스 안에 있는 숙소에서 기본 삼 개월을 머물 수 있고(연장도 가능하다.) 창작 지원금도 얼마간 받는다. 한국 소설가 중에는 백민석, 기준영, 최진영 작가와 내가 이 프로그램의 혜택을 입었다.

카이스트는 이런 지원 계획을 발표할 때 '카이스트 구성원들과 예술가들이 서로 교류하면서 각자 창조적인 자극을 받을 수 있다.'라는 명분을 내걸었다. 물론 내 경우 그런 자극을 받으러 카이스트에 가지는 않았다. 나는 2014년에 카이스트에 머물렀는데, 당시만 해도 스스로를 마르지 않는 영감의 샘을 보유한 작가라고 믿었다.

나는 공짜 숙식과 창작 지원금을 바라보고 대전에 내려갔다. 카이스트 구성원과의 교류……는 특강 두어 번으로 때울 계획이었다. 그 전해에 다니던 신문사를 그만뒀고, 아무 수입 없이 글만 쓰던 시절이었다. 막 『열광금지, 에바로드』와 『호모도미난스』라는 장편 소설을 낸 참이었는데, 독자 반응은 미묘했다. 이 부분은 빨리 넘어가자.

카이스트 바이오및뇌공학과의 이명우 교수가 아니었더라면, 당초 마음먹었던 대로 그렇게 시큰둥하게, 덤덤하게 레지던시 체험을 했을 것 같다. 그런데 이 교수가 첫날부터 부담스러울 정도로 나를 높이 평가하며 다가오려 애쓰는 바람에 본의 아니게 '교류'를 하게 됐다. 혼자 있고 싶어서 대화를 하다가 두어 번 무안을 주었는데도 눈치가 없는 것인지, 그는 전혀 신경 쓰지 않는 기색이었다.

처음에는 그가 그냥 문학에 대한 막연한 동경심을 품고 있지만 사람 사귀는 일에는 서툰 너드 유형의 과학자라고 생각했다. 『열광금지, 에바로드』를 정말 재미있게 읽었다는 말도 공치사겠거니 여겼다. 그런데 그가 그 소설을 각별하게 마음에 들어 한 건 사실이었다. 나중에 보니 순진한 구석이 있는 것과 별도로 싸늘한 면도 있고 나름대로 대인 관계 요령도 갖춘 사람이었다. 그는 진짜로 나를 좋아했던 것이다.

"대화를 할 때 장 작가님이 이야기의 정곡을 찌르는 질문을 하는 모습을 보고 아, 이분 스마트하다, 말 잘 통한다, 그렇게 생각했죠. 나이가 어린 대학원생들이나 저한테 꼬박꼬박 존댓말을 쓰는 모습도 멋져 보였고요. 무엇보다 『열광금지, 에바로드』가 정말 좋았고요."

나중에 술자리에서 그는 그렇게 말했다. (그런데 내 짐작도 아예 틀리진 않았던 것이, 그는 SF소설을 쓰고 있었다. 나중에 조심스럽게 그 원고를 내게 보여 주었는데 나는 별 도움은 안 되었을 듯한 조언을 몇 가지 해 주었다. 나중에 그 단편 소설은 웹진 〈크로스로드〉에 실렸는데, 그는 내 덕분이라며 무척 고마워했다.)

나는 그와 천천히 친해졌다. 레지던시 기간이 끝날 때쯤에는 꽤 죽이 잘 맞는 친구가 되어 있었다. 서른이 넘어 사귀게 된, 업무 동료가 아닌, 몇 안 되는 친구였다. 이런 관계……에 대해 몇 줄 더 적어야 할 것 같지만 그냥 넘어가자.

*

우리가 친구가 될 수 있었던 데에는 그의 전공이 뇌과학인 것도 아마 영향을 미쳤을 것이다. 만약 이 교수가 이론물리학자였다면 *그가* 자기 연구에 대해 설명할 때 나는 한마디도 못 알아듣지 않았을까? 그의 전공이 재료공학이라든가 지질학이었다면 내가 그의 연구에 흥미를 못 느꼈을 테고. 그런데 그의 연구는 내 머리로 듣기에도 대강 이해가 갔다. 나는 뇌과학에 얼마간 관심도 있었다. 설사 그러지 않았더라도 충분히 흥미로웠을 얘기였다. 공포 영화의 도입부처럼 살짝 으스스한 분위기가 있는.

그렇게 해서 톡소플라스마라는 기생충에 대해 듣게 됐다. 그의 여러 연구 주제 중 하나였다.

"뇌막을 뚫고 뇌까지 들어갈 수 있는 기생충은 거의 없거든요. 톡소포자충이 그 몇 안 되는 예외죠. 세계 인구의 3분의 1 정도가 이 기생충에 감염돼 있답니다. 몇천 년 전 미라에서도 검출돼요. 요즘 젊은 부부는 아이를 낳을 때 이 기생충에 대해 듣죠. 임신부가 감염되면 기형아를 낳을 수 있으니까요. 임신했을 때 고양이를 가까이 하면 안 된다고 하는 이유가 이것 때문입니다."

톡소플라스마는 고양이를 포함해 고양잇과 동물을 매개로 퍼진다. 이 기생충은 고양이의 소화 기관에서 번식을 한다. 고양이가 대변을 보면 거기에 기생충 알이 섞여 나온다. 거기에 접촉한 동물 또는 그 동물을 접촉한 동물이 이 기생충에 감염된다. 쥐, 토끼, 돼지, 사람, 심지어 고래에 이르기까지. 감염된 동물의 고기를 고양잇과 동물이 먹으면 그 배 속에서 다시 기생충이 번식한다.

톡소플라스마는 처음에는 찜찜하기는 해도 인간에게 큰 위해를 끼치지는 않는 기생충으로 여겨졌다. 그러다가 태아에게 일으키는 뇌병변이나 시각 장애가 보고되었다. 이 기생충이 인간을 포함한 숙주에게 미치는 기묘한 영향들이 본격적으로 연구된 것은 좀 더 나중의 일이었다.

"원래 쥐들은 고양이 오줌 냄새만 맡아도 질겁해서 도망칩니다. 고양이를 한 번도 보지 못한 어린 쥐들도 그래요. 그런데 톡소플라스마에 감염된 쥐는 그러지 않지요. 오히려 거기에 매혹되는 것처럼 보여요. 그리고 보통 쥐라면 절대로 하지 않을 대담한 행동들을 고양이 앞에서 합니다. 톡소플라스마는 고양이에게 잡아먹힐 가능성이 높은 방향으로 쥐를 조종하는 것 같습니다."

여기서부터가 으스스한 대목인데, 톡소플라스마는 쥐만 조종하는 게 아닌 것 같다. 톡소플라스마에 감염된 사람 역시 위험한 행동을 많이 한다는 연구 결과가 적지 않다. 톡소플라스마에 감염된 사람은 교통사고를 당하는 확률이 배 이상 높다. 톡소플라스마에 감염된 사람은 자살율도 높다. 톡소플라스마와 조현병과의 관계는 여러 학자가 한창 활발하게 연구 중이다. 고양이를 키우는 가정 환경과 조현병 사이의 상관관계를 암시하는 보고들이 속속 나오고 있다.

서론이 길었는데, 그래서 이명우 교수가 톡소플라스마와 조현병의 관계를 연구했느냐 하면 그건 아니었다. 이 교수의 연구 팀은 보다 공학적이고 진취적인 자세로 이 기생충을 바라봤다. 이미 톡소플라스마에 감염된 쥐의 행동 패턴을 바꾸는 것이었다.

이 교수는…… 아니 여기도 그냥 넘어가자. 나중에 덧붙이자. 마음이 또 조급해진다. 일단은 머리에 떠오르는 얘기를 빨리 옮겨 적는 게 급선무다.

이 교수는 숙주 동물의 뇌 안에 있는 톡소플라스마를 전자총(銃)으로 자극하는 기술을 개발 중이었다. 긴 이야기 짧게 줄이면 이렇다. 톡소플라스마에 감염된 쥐나 토끼 일부는 이 교수의 연구 팀이 개발 중인 헤어밴드를 머리에 두르면 행동이 변했다. 연구 팀은 그 개체들이 평소 같으면 시도하지 않을 특정한 일에 끌리게끔, 매우 지루하거나 위험한 작업도 되풀이해서 할 수 있게끔 만들 수 있는 것처럼 보였다.

*

"개나 곰한테도 먹이를 주거나 칭찬을 해 줘서 복잡한 행동을 하게 조련할 수 있잖아요? 그거랑 다른가요?"

이게 '이야기의 정곡을 찌르는 질문'이었는지는 모르겠다. 그의 연구실에서 내가 물었다. 거기서 좋은 스피커로 재즈를 들으며 위스키를 마시고 있었다. 우리는 엄숙해야 할 연구실에서 그런 짓거리를 여러 번 벌였다. 이 교수가 규율이나 남의 눈치에 얽매이지 않는 자유분방한 성격이기도 했고 카이스트 주변에 조용하고 괜찮은 바가 없기도 했다.

"강화 학습을 말씀하시는 거군요. 몰입도가 완전히 다릅니다. 뇌가 활성화되는 부위나 정도로 보면 음식을 먹을 때 느끼는 쾌감 보상하고는 다르고, 놀이를 하는 어린아이 같은 상태 쪽에 더 가깝습니다. 영상을 보면 뇌 이곳저곳에서 불꽃놀이를 하는 것 같지요. 나중에 먹이를 받을 거라는 기대감으로 흥분한 게 아니라 그 행동 자체에 몰두한 겁니다."

나는 위스키를 홀짝이며 이 교수의 설명을 들었다. 과거에 도파민으로 쥐를 조종하려는 시도도 있었다. 쥐들은 강박적으로 도파민 분비를 촉진시키는 자극을 추구하고, 그러다가 임계점을 넘어가면 그저 행복해져서 아무 일도 하려 들지 않는다. 그런데 톡소플라스마를 전자총으로 자극하면 그렇지 않다…… 쥐들이 특정 작업을 오랜 시간 '즐겁게' 하는 것처럼 보인다…… 뇌를 망가뜨리지도 않는다…… 내가 맞게 설명한 건지 모르겠다.

술 마시며 듣기에 재미있는 이야기이기는 했다('나 같은 사

람에게는'이라고 덧붙여야 할지도 모르겠다.). 나중에 나는 헤어
밴드를 두른 쥐와 토끼들을 직접 보았다. 톡소플라스마에 감
염된 쥐나 토끼라 해도 전부 다 헤어밴드로 조종할 수 있는
것은 아니라고 했다. 일곱 마리 중 한 마리꼴 정도로만 반응
한다는 것이었다. 전자총 기술이 불완전해서 그런 것 같기도
했고 톡소플라스마가 뇌 안에서 자리한 위치의 차이 때문인
듯도 했다.

어쨌든 자극에 반응해서 미로의 출구를 찾아 움직이는 동
물들은 정말로 활기에 차 보였다. 학대당하거나 중독된 것으
로는 보이지 않았다. 헤어밴드는 생각한 것보다 훨씬 작았다.
그 점을 이야기했더니 이 교수는 "알맞은 파장과 파형을 찾
아내는 게 어렵지, 전자총 자체는 간단한 장치"라고 설명했다.

나는 심지어 내가 톡소플라스마에 감염됐는지 검사를 받아
보기도 했다. 사실 좀 궁금했다. 살면서 남들이 말리는 모험
을 몇 번 벌인 적이 있었고, 그게 인생을 크게 바꿨다. 건설사
를 그만두고 신문 기자 시험을 준비한다든가, 신문사를 그만
두고 전업 작가가 되겠다고 선언한다든가. 그런 결정에 기생
충이 영향을 미쳤을까? 어렸을 때 집에 게으른 고양이가 한
마리 있기는 했는데.

내가 감염자로 밝혀지자 연구원들은 환호했다. 한국인 감
염자 비율은 정확히 조사된 적은 없지만 세계 평균보다는 훨

씬 낮은 걸로 알려져 있었다. 나는 묘한 기분이었다. 내가 벌인 모험은, 내 운명은 얼마나 내 것이었을까? 이 교수는 위로한답시고 "나중에 우리가 인체 실험할 일이 생기면 연락드릴게요." 하고 농담을 던졌다. 나는 "제가 심하게 길치라서 미로에 던져두면 울면서 주저앉을지도 몰라요."라고 대답했다.

그때까지만 해도 그 연구가 나와 어떻게 엮일지 전혀 짐작하지 못했다는 얘기다.

그때까지만 해도…… 아니, 넘어가자, 넘어가자. 2020년으로.

*

2020년에 나는 지독한 슬럼프를 겪었다. 그때의 경험 일부를 에세이 『책, 이게 뭐라고』에서 고백했다. 다시 긴 이야기 짧게 줄이면, 글이 안 써졌고 그래서 우울증을 앓았다. 나는 우울증을 앓기 전까지 그 병에 걸리면 기분이 가라앉고 마음이 어두워지는 것인 줄 알았다. 실제로는 무력증, 혹은 '무감정증'이라고 부르는 게 더 정확한 이름 아닐까 싶다. 적어도 내가 경험한 증세는 그랬다.

무슨 일에도 의욕이 나지 않았다. 밥을 먹는 것도, 몸을 씻는 것도, 사람을 만나는 것도……. 신경 정신과에 가는 데에는 엄청난 의지가 필요했다. 처방받은 우울증 약의 효과는 썩 흡족하지는 않았지만 다른 약을 달라고 요구하지는 않았다. 적어도 그 약들을 먹고 자살 충동은 사라졌기 때문이었다. 다른 약을 먹었다가 그 충동이 돌아올까 무서웠다.

목소리가 따뜻했던 의사는 처방전을 주며 "이 약을 먹으면 막 힘이 나고 의욕이 생깁니다."라고 말했는데, 그런 일은 일어나지 않았다. 나는 지금도 그 의사가 단순히 내 용기를 북돋워 주기 위해 그런 말을 했는지 아니면 정말로 어떤 사람에게는 그 약이 의욕을 불러일으키는지 궁금하다.

한번은 용기를 내어 "그 약이 이제 저한테는 덤덤합니다."라고 말했다. 그랬더니 의사는 "보약 드신다 생각하시고 드세요."라고 대꾸했다. 그전까지는 내가 효과가 있는 것 같다고 말했기 때문이었다. 그걸 자세히 설명하려니 귀찮았고, 나는 별 기대 없이 병원만 다니게 됐다. 약값이 비싸지 않아 다행이었다.

……넘어가자.

그런 생활을 육 개월 넘게 하니 사람이 피폐해졌다. 내가 두 사람으로 나뉜 것 같았다. 매 순간이 무의미하다고 느끼며 멍하게 누워 손가락 하나 움직이기 싫어하는 표면의 내가 있었다. 그 안에 검은 웅덩이가 있고, 그 웅덩이 수면 아래 어떻게든 살고 싶다고, 다시 일상으로 돌아가고 싶다고 외치는 작은 내가 또 있었다.

작은 내가 가장 열렬히 하고 싶었던 일은 소설을 쓰는 것이었다. 어떤 날에는 발작적인 열정에 휩싸여 노트북 앞에서 왔다 갔다 하며 밤을 지새우기도 했다. 그러나 제대로 된 문장을 몇 줄 이상 쓰지는 못했다. 그럴 때면 아주 쓴 자기혐오가 찾아왔고, 그게 음주로, 그리고 다시 우울증으로 이어졌다.

그즈음 내가 규칙적으로 지키는 외부 일정이라고는 신경정신과에 가는 것과 일주일에 한 번씩 독서 팟캐스트를 진행하는 일뿐이었다. 어떤 날에는 하루 종일 아무것도 먹지 않고 누워 있기만 했고, 어떤 날에는 아침부터 맥주를 마셨다. 그래도 읽어야 할 책은 간신히 꾸역꾸역 읽고 매주 금요일이면 낮에 샤워를 한 뒤 팟빵 스튜디오가 있는 홍대로 나갔다.

그렇게 육 년 만에 다시 이명우 교수를 만났다. 이명우 교수가 쓴 단편이 실린 소설집이 출간됐던 것이다. 〈크로스로드〉에 실렸던 바로 그 작품이었다. 소설집에 참여한 작가는 모두 일곱 명이었는데 그들 전부를 게스트로 부를 수는 없었고, 두 작가만 초청했다. 그중 한 사람이 이 교수였다. 우리는 "나이가 하나도 안 드셨네요." 어쩌고 하면서 반갑게 인사를 나눴다.

녹음은 그저 그랬다. 이 교수는 긴장해서 말을 제대로 하지 못했다. 다른 초대 작가는 만 삼십 세의 전업 소설가였는데, 내가 던지는 질문을 자기 글에 대한 공격으로 받아들였다. 1부는 영 어색하게 마쳤다. 2부에서는 다급해진 내가 그 작가의 작품에 대한 칭찬을 B-29 폭격기처럼 퍼부어서 분위기를 겨우 수습했다(단언컨대, 그 정도로 좋은 작품은 아니었다.).

그럼에도 젊은 작가는 녹음을 마치고 나와 함께 더 시간을 보내고 싶은 마음까지는 들지 않는 듯했다. 그래서 이명우 교수와 나 둘이서 일본식 라면집에서 이른 저녁을 먹었다. 녹음을 망쳤다고 여겨서였는지 이 교수는 그답지 않게 다소 침울한 분위기였다. 나는 팟캐스트 출연 때문에 서울까지 올라온 그를 달래 줘야겠다고 느꼈다.

우리는 내가 종종 가는 그 근처 바인 '더 파이브 올스'에 갔다. 자리에 앉자 종업원이 메뉴판과 함께 종이 묶음을 한 뭉치 가져왔다. 코로나19로 인한 사회적 거리 두기 지침 때문이라며 이름과 생년월일, 휴대 전화 번호를 적으라고 했다. 오후 여섯 시도 되지 않았는데 바는 북적였다. 종이에 적힌 생년월일을 슬쩍 훑어보니 손님들은 거의 대부분 1990년대생이었다. 80년대생도 몇 사람 없었다. 70년대생은 우리 두 사람뿐이었다. 내가 그 사실을 지적하자 이 교수가 멋쩍게 웃으며 물었다.

"젊은 분들한테 인기가 많은 가게인가 보지요?"

"아니, 꼭 그런 건 아닌데……."

주문한 안주가 나오기를 기다리며 우리는 조용히 술을 홀짝였다. 그는 마티니를, 나는 잭 콕을 마셨다. 잠시 어색한 시간이 흘렀고 나는 어정쩡하게 친한 사이에는 역시 단둘보다 세 사람 이상이 함께 술을 마시는 게 낫다는 생각을 했다.

"아까 그 작가 분은 자격지심이 좀 있는 것 같았죠?" 이 교수가 말을 걸었다.

나는 웃으며 대꾸했다. 문학계, 아니 문화계 언저리에서 흔히 볼 수 있는 유형이라고. 스스로를 인정받지 못한 젊은 천재라고 여기는 예민한 타입……. 아아, 넘어가자.

"상처받고 섬세하고, 뭐 그런 것도 좋은데, 그 친구는 싸가지가 부족해 보이던데요." 이 교수가 말했다.

이 교수는 학부생이나 대학원생 중에도 그런 치들이 있고, 점점 비율이 늘어나는 것 같다고 했다. 우리의 대화는 어째 '요즘 젊은 것들' 운운하는 방향으로 흘러갔다. 그게 다 젊은 세대가 내적 자존감이 부족하기 때문이에요……. 자신들이 별 볼 일 없는 존재 아닌가 스스로도 두려운 거죠……. 그러다가 두 사람 다 씁쓸해져서 말을 멈췄다. 이렇게 늙은이가 되어 가는 걸까. 안주는 여전히 나오기 전이었다. 이 교수가 가게에서 키우는 고양이를 찾는 척하며 시선을 돌렸다.

술이 어느 정도 들어간 다음에는 분위기가 더 가라앉았다. 그런데 그게 나쁘지 않고 편안했다. 그제야 우리는 우리 자신에 대해 이야기했다. 늙어 감에 대하여. 타협에 대하여. 한때 품었으나 이제는 여전히 좇고 있다고 말하기도, 버렸다고 인정하기도 부끄러운 야심들에 대하여. 이 교수가 먼저 직업 교수 생활에 대한 회의감을 고백했고, 나도 요즘 극심한 슬럼프를 겪고 있다고 털어놨다. 우울증 약을 먹는다는 얘기까지는 하지 않았지만.

나는 전에 그가 하던 연구에 대해 이야기했다. 쥐들이 싫어하던 일도 즐겁게 할 수 있게 만드는 것처럼 보였던 헤어밴드 장치에 대해. 지금 그런 장치가 내게 필요하다며 웃었다. 그 연구는 어떻게 되어 가느냐고 물었다.

"아, 그거. 그냥 그래요. 톡소플라스마에 감염된 쥐들 상대로는 이제 세 마리 중에 한 마리꼴로 효과가 나는 거 같아요. 그 이상 비율이 올라가지는 않더라고요. 요즘은 좀 더 큰 동물들을 상대로 실험을 준비 중입니다."

"더 큰 동물이라면 뭔가요? 개인가?"

"아니요. 인간요."

"사람한테 실험한다고요?"

"여기서 나오는 전자파라 봤자 휴대 전화기에서 나오는 전자파 정도인데요, 뭐. 엠씨스퀘어보다 나쁠 것도 없어요."

그러면서 이 교수는 가방에서 무선 헤드폰처럼 생긴 물건을 꺼냈다. 연구실원들은 모두 그 기계를 써 봤다고 했다. 무모한 한 대학원생이 시도하고 "집중력이 높아지는 것 같다."라고 말했더니 그다음에 이 사람 저 사람 몰래 사용하기 시작했다나. 이 교수도 써 봤는데 효과가 있는 듯하다고 했다. 그래서 그날 KTX를 타고 서울에 올라오는 길에도 사용했다는 것이다.

그는 플라세보 효과일 거라고 말하며 픽 웃었고, 나도 마찬가지 의견이었다.

"작가님도 한번 써 보실래요? 작가님은 톡소플라스마도 있으시잖아요. 한번 써 보시고 느낌이 어떤지 알려 주세요."

"그 뭐냐…… 대조군, 실험군 그런 거 정해 놔야 하는 거 아닌가요?"

"그건 제대로 설계를 해서 정식으로 실험할 때 일이고요."

나는 헤드폰처럼 생긴 헤어밴드를 받아 가방에 넣었다. 몰두하고 싶은 한 가지 작업을 정해서 그 작업을 할 때만 기계를 사용하라고, 이론적으로는 그래야 한다고 이 교수가 말해 주었다. 물론 내게 그 작업은 글쓰기일 터였다.

그 뒤로 우리는 갑자기 말수가 적어져 조용히 술을 마셨다.

서울역에서 대전으로 가는 KTX 막차는 오후 열한 시 반에 있었고, 이 교수와는 오후 열한 시가 되기 조금 전에 헤어졌다. 그는 술집에서 나갈 때 혀가 약간 풀려 있었다. 헤어질 즈음에는 분위기가 다시 뭔가 서먹해졌다. 나는 택시를 타고 집에 돌아왔다. 『아라비안나이트』의 등장인물이 되는 꿈을 꾸었다가 잠에서 깨었는데 손에 여전히 요술 램프를 쥐고 있음을 깨달은 듯한 기분이었다.

*

홍대 근처에서 젊은 작가나 뮤지션들과 술을 몇 번 마시다 보면 대한민국이 마약 청정 국가가 아님을 금세 깨닫게 된다. 마약 복용 경험이 있는 사람이 은근히 많다. 술을 마시다가 나를 제외한 모두가 대마초나 엑스터시 같은 소프트 드러그 경험이 있다는 사실을 발견한 적이 한두 번이 아니다. 그런 경험을 은근히 과시하는 분위기 때문에 거짓말을 한 사람도 있을 테지만.

그래서 나는 경험한 적은 없어도 몇몇 마약들을 하면 어떤 기분이 드는지에 대해서는 대강 안다. 대마초에 대한 반응은 사람마다 다른 것 같다. 별 느낌 없었다는 사람도 있었고, 온

몸이 가렵고 어지러웠다는 사람도 있었고, 감각이 예민해져서 음악을 들으면 음표가 하나하나 보이는 듯한 기분이 든다는 재즈 뮤지션도 있었다.

심오하다고 알려진 LSD 자극은 오히려 본질적으로 비슷한 종류인 것처럼 들렸다. 저마다 주관적 경험을 표현하는 방식이 달라서 그렇지. 자기 얼굴이 변하는 모습이 재미있어서 거울을 세 시간이나 들여다봤다든가, 몸은 날아가는 것 같고 그동안 주변 사물들의 모양과 색이 끊임없이 변한다든가, 평상시 같으면 절대로 떠오르지 않았을 고도로 창의적인 아이디어가 샘솟는다든가…….

나는 그런 경험담들을 적당히 깎아서 들었다. 매사에 심드렁한 성격 덕분이기도 하고, 힙스터들의 호들갑에 그럭저럭 면역이 있기도 했다. 그들이 꼭 과장을 하려는 의도가 없었다 해도 전해 듣는 경험에는 늘 듣는 이의 환상이 섞이기 마련이다. 내가 술에 취한 기분에 대해 술을 한 방울도 마셔 본 적이 없는 사람에게 설명을 해 준다면 그 역시 알코올을 신비롭고 강력한 묘약이라고 여기게 될 테지.

이명우 교수 팀의 헤어밴드는 그런 마약들과 전혀 달랐다.

헤어밴드를 착용한 첫날 바로 중독되었다.

처음 삼사십 분 정도는 별 느낌이 없었다. 헤어밴드에서는 아무 소리도 나지 않았고 머리카락이 좀 눌린다는 감각 외에는 촉각적으로도, 물론 시각적으로도 이렇다 할 자극이 없었다. 나는 내가 그 장치의 스위치를 제대로 켠 게 맞는지, 장비가 제대로 충전이 된 것인지 여러 차례 확인했다.

나는 그렇게 헤어밴드를 쓴 채로 노트북 화면을 노려보고 있었다. 지난 몇 달간 그랬듯이. 그러다가 대수롭지 않은 문장을 한 줄 간신히 적었고, 잠시 뒤에 또 한 줄을 보탰다. 그렇게 한 줄을 더 쓰고, 또 한 줄을 더 쓰고…… 그렇게 열 문장을 썼을 때 나도 모르게 눈물이 한 방울 흘렀다. 오랫동안 쇠사슬에 묶인 채 물속에 가라앉아 있다가 결박을 풀고 수면 위로 올라와 첫 숨을 쉬는 기분이었다.

술에 취한 것과는 완전히 달랐다. 내 의식은 멀쩡했고 위화감도 없었다. 팔이나 다리의 동작이 과격해지지도, 혀가 풀리지도 않았다. 기분이 들뜨지도 가라앉지도 않았다. 내 정신은 맑아지고 분명해졌다. 착각도 자기기만도 아니었다. 나는 그저 나였으며, 다른 먼 곳이 아닌 지금 여기에 있었다. 그 사실을 깨닫자 내가 왜 눈물을 흘렸는지도 이해되었다. 단순히 다시 글을 쓸 수 있게 됐음이 기뻐서만은 아니었다.

'그래, 이게 나야!' 하는 안도감이 들었다. 나는 불안했었다. 다시 글을 쓸 수 있을지 자신이 없어서. 내가 진짜 작가가 맞나 싶어서. 글재주가 약간 있었을 뿐인데 어찌어찌 책을 몇 권 내고 그게 운 좋게 괜찮은 반응을 얻는 바람에 작가 행세를 하게 되었고, 이제 그 얄팍한 밑천이 다 떨어진 것이 아닌가 싶어서. 그러나 딱 열 문장을 쉬지 않고 쓴 뒤에 깨달았다. 나는 작가가 맞았다. 글 쓰는 것이 즐거워서 쓰는 사람이었다. 전에도 그랬고 그 순간도 그랬다.

스무 살 무렵 PC통신 동호회 게시판에 올리기 위해 엉성한 습작을 쓰던 기억. 삼십 대 초반 신문사에 다니면서 퇴근하고 집에 돌아와 눈을 비비며 문학 공모전에 보낼 원고를 고치던 기억. 신문 기자를 그만둔 뒤 방에 틀어박혀 미친 사람처럼 노트북 자판을 두드리던 기억. 그런 기억들이 되살아났다. 유체 이탈을 한 사람처럼, 바로 그 순간의 내 모습을 위에서 내려다보는 듯한 느낌이 잠시 들었다. 사십 대 중반의 나 역시 홀린 사람처럼 문장을, 단어들을 써 내려가고 있었다. 뭉클한 마음이 들었다.

소변이 마려워서 버틸 수 없을 때까지 글을 쓰다가 자리에서 일어났다. 헤어밴드를 벗자 몸이 후끈했고 이마에 땀이 몇 방울 맺혀 있었다. 날씨 좋은 날 야외에서 3, 4킬로미터쯤 달리기를 하고 난 것처럼 기분 좋게 온몸이 뻐근한 상태였다. 너무 집중해서 오랜 시간 워드 프로세서 화면을 들여다봐서인지 눈앞이 약간 어질어질한 것 외에는 특별히 이상한 구석도 없었다.

화장실 벽에 붙은 타일의 격자무늬가 너무 선명하게 들어

오는 바람에 나는 볼일을 보다가 조금 비틀거렸고, 그 순간 웃음이 터져 나왔다. 왠지 통쾌했다. 나는 오래오래 웃고 혼잣말을 반복해서 중얼거렸다. "그래, 이거야. 이거야. 이거야. 바로 이거야." 자리에 돌아와 보니 두 시간 동안 헤어밴드를 두르고 쓴 분량이 에이포 용지로 석 장이 넘었다. "예스!" 나는 오른손 주먹을 쥐고 익살맞은 포즈를 취했다.

원고를 읽어 보니 몰입이 깨질까 두려워 글을 쓰다가 다음 문장이 떠오르지 않는 경우에는 '넘어가자.'라고 적고 건너뛴 대목들이 눈에 띄었다. 에이포 용지 석 장 분량의 원고에 '넘어가자.'라는 문장이 열한 번 나왔다. 나는 웃으며 그 부분을 대체할 문장들을 궁리하기 시작했다.

그렇게 헤어밴드 덕분에 우울증에서 서서히 빠져나올 수 있었다.

*

'넘어가자.'라는 문장을 왜 이렇게 자주 쓰는 것인지에 대해 나는 이렇게 분석한다. 원격으로 톡소플라스마를 자극하는 이 헤어밴드는 마약이 아니다. 그리고 내가 초기에 이 기계를 잘 길들였다고 본다.

헤어밴드를 착용하고 스위치를 켰다고 해서 저절로 기분이 좋아지지는 않았다. 그 상태에서 글을 써야만 헤어밴드의 효과가 있었다. 그 효과라는 것도 술 취한 기분이나, 대마초와 엑스터시가 안겨 준다는 흐릿하고 들뜬 상태와는 거리가 멀었다. 문자로 표현하라고 하면 '빨리 다음 문장을 쓰고 싶은 기분'이라고 부를 수 있을 것 같다. 그런 간질간질한 기분에 쫓길 때 바로 다음 문장이 생각나지 않으면 나는 '넘어가자.'라고 타협하고 곤경에서 벗어났다.

나는 이 헤어밴드를 사이버 마약이라고 부를 마음이 결단코 없다. 내가 점점 더 이 기계에 의존하게 된 것은 맞다. 그러나 이걸 의존증이라고 표현하는 것은 무리이지 싶다. 그런 식으로 따지면 나는 글을 쓰는 데 있어서 랩톱에 의존하고, 워드프로세서에 의존하고, 탄수화물에 의존하고, 물과 공기에 의존한다.

술을 마시면 처음 서너 잔까지는 유쾌하지만 어느 선을 넘어서면 술맛을 못 느끼게 되고 배가 불러 온다. 그러다 취하고, 마실수록 기분이 안 좋아지는 단계가 온다. 과음하면 술이 술을 마시고 나중에는 사람도 마시게 된다. 난폭한 행동을 하고 기억을 잃는다. 술 때문에 하룻밤을 망치는 경험이 드물지는 않다. 어떤 사람들은 인생을 망치기도 한다.

이 교수 팀의 헤어밴드는 적어도 음주보다는 훨씬 안전하고 신뢰할 수 있다는 직감이 들었다. 기기를 사용해서 얻는 충족감과 다음 문장에 대한 허기가 기가 막히게 조화를 이뤘다. 서너 시간씩 헤어밴드를 사용하고 난 다음에도 벽지의 무늬가 이상하게 인상적으로 보인다든가 하는 것 외에는 특별히 부작용이 없었다. 쾌감 중추를 건드리는 전기 자극을 맛보려고 한 시간에 수천 번씩 우리에 달린 레버를 눌렀다는 실험용 쥐와 나는 달랐다.

오히려 반대로 깊은 몰입 체험 때문에 마음이 개운해졌다고 느낄 때가 더 많았다. 마음 챙김 명상을 제대로 하면 이것과 비슷할까……? 우울증을 앓는 동안 여러 차례 시도했지만 별 성과는 없었던…… 아니, 하지만 나는 실제로 이런 기분을 아주 오래전에 꽤 자주 맛봤었는데…… 이게 아주 새로운 기분은 아닌데…… 넘어가자, 넘어가자.

아니, 아니, 넘어가지 말자! 그래, 어린 시절 친구들과 동네 놀이터에서 실컷 놀고 다음 날 또 만나자며 손을 흔들고 집에 돌아오던 때와 비슷하지 않은가. 오징어니 탈출이니 다방구니 와리가리니 하던 이상한 이름의 놀이들. 그때 이런 충일감, 충만감을 느끼지 않나?

물론 모든 탐닉에는 부작용이 따른다. 나는 헤어밴드 사용 초기부터 그런 위험성을 의식했고, 경계하려 애썼다. 헤어밴드 사용이 도박이나 마약과는 다르다고 생각하면서도 그랬다. 뭐든지 많이 즐기면 다 그렇지 않은가. 밥을 너무 많이 먹으면 살이 쪄서 성인병에 걸리기 쉬워진다. 물을 지나치게 많이 마시면 체내 나트륨 농도가 떨어져 의식을 잃을 수 있다. 소금은 350그램 정도, 카페인은 15그램 정도만 한 번에 섭취해도 생명이 위험하다.

하지만 누구도 밥이나 물, 소금, 카페인을 독극물이라고, 중독성 약물이라고 비판하지는 않는다.

실제로 내게 찾아온 것은 미처 예상하지 못한, 보다 미묘하고 심오한 변화였다. 그것은 일종의…… 문학적 타락이었다.

*

'묵직하고 좋아요. 폴 오스터나 무라카미 하루키의 작품 같다고 느꼈어요. 범죄 소설의 형식을 빌려 왔지만 실제로는 범죄 소설이 아니라는 점요. 또 멋지게 새로운 도전을 하셨네요.'

헤어밴드를 쓰고 두 달 만에 마무리를 지은 장편 소설 원고를 출판사에 보내자 편집자가 그걸 읽고 이렇게 답장을 보내왔다. 나는 웃었고, 다소 마음이 켕겼다. 세상에 양심…… 아니, 넘어가자. 내 글이 범죄 소설의 형식을 취했으나 범죄 소설이 아닌 이유는 명백했다. 범죄 소설을 쓰려고 의도했으나 해내지 못했던 것이다.

슬럼프 때문에 중간에서 막힌 상태로 오랫동안 헤맨 원고 였다. 중반부 이후로는 헤어밴드를 착용한 상태로 썼다. 그러 자 글은 빨리 써졌는데 플롯은 엉망이 되었다. 초반에 깔아 뒀던 복선은 거둬들이지 못했고, 뭔가 대단한 사연이 있거나 큰일을 저지를 것만 같았던 인물은 흐지부지 사라졌다. 화자 는 처음에는 고독한 영웅처럼 보이지만 후반부에 이르면 그 가 맞섰던 다른 인물들과 다름없는 비겁한 캐릭터임이 밝혀 진다.

그래도 이 작품에는 장점이 있었다. 시종일관 어떤 냉혹한 속도감이 있어서 기본적으로 읽을 만했다. 클리셰 가득한 전 반부와 독자의 기대를 무너뜨리는 후반부의 결합은 작가가 작심하고 그렇게 쓴 것처럼 보이기도 했다. 회수하지 못한 복 선도 뒷부분에 자주 나오는 모호한 상징들, 암시들과 함께 엮 이니 예술적인 실험으로 해석할 여지가 생겼다.

퇴고할 때에는 도무지 효과가 발휘되지 않는다는 게 헤어 밴드의 단점이었다. 새로운 문장을 쓰는 것은 즐거웠지만, 이 미 쓴 문장을 고치는 것은 따분했다. 생각이 문장 단위에 초 점이 맞추어지다 보니 장기적인 설계를 할 수 없다는 게 헤 어밴드의 또 다른 단점이었다. 의식의 흐름 기법대로 글을 쓰는 소설가에게 최적인 장비였다. 그런데 나는 그런 소설가가 아니었다.

그래도 나는 원고를 고치지 않고, 흠결을 아는 상태에서 출판사로 보냈다. 아무 진전 없이 이 년 가까이 붙들고 있느라 쳐다보기만 해도 신물이 올라오는 지긋지긋한 글이었다. 뜯어고치려니 대공사를 벌여야 했는데 엄두가 안 났다. 그만하면 그럭저럭 읽을 만하다고 여기기도 했고, 단점을 알면서 원고를 출판사에 보내는 게 처음도 아니었다. 무엇보다 마감을 어긴 지가 너무 오래되어 출판사를 더 기다리게 할 수가 없었다.

거기서부터 위선이 끼어들었다. 나는 그 소설이 원래부터 그런 구상이었던 것처럼 굴었다. 애초부터 기존의 규범을 깨는 그런 반(反)소설을 쓰려 했던 척했다. 폴 오스터와 무라카미 하루키를 언급할 수 있다면 앙티로망이나 미셸 뷔토르, 알랭 로브그리예를 인용하며 허세를 부리는 건 왜 안 되겠는가? 하지만 넘어가자, 넘어가.

당연한 일이지만 책이 잘 팔리지는 않았다. 평가도 애매했다. 그래도 나는 그런 것까지 내다본 것처럼, 그걸 감수하는 것처럼 굴었다. 하긴, 그렇게 될 거라 예견하긴 했다. 오히려 내 예상보다 더 나빠지는 않은 상황이었다. 그리고 그런 대접을 감수하는 것 외에 그 책에 대해 달리 할 수 있는 일도 없었다.

어쨌든 나는 패배하지 않은 척했고 그렇게 자존심을 지켰다.

*

다음 소설을 또 그렇게 써서는 안 된다고 생각했다. 이번에는 제대로 얼개를 짠 뒤에 이야기를 꾸려 나가리라. 헤어밴드의 힘은 빌리지 않으리라. 그러나 잘되지 않았다. 넘어가자, 넘어가자, 넘어가자. 발단과 전개 부분까지는 그런대로 구상할 수 있었다. 그러나 거기서 절정을 어떻게 만들지, 반전과 결말을 어떻게 꾸릴지에 이르면 답이 떠오르지 않았다. 초조해져서 무리를 하다 보니 생활 리듬이 불규칙해졌고, 피로가 쌓이면 술을 찾게 됐다.

우울증이 한창이던 상태로 떨어지는 건 순식간이었다. 겁이 덜컥 났다. 나는 에라 모르겠다는 심정으로 다시 헤어밴드를 썼고, 그러자 전에 일어난 일이 똑같이 다시 일어났다. 정신이 맑아졌고 한 문장 한 문장을 쓰는 일이 즐거웠다. 몇 시간 동안 쉬지 않고 쓰고 나니 겨우 해갈한 듯한 기분이 들었다.

그렇게 에이포 용지로 두 장 반 분량을 썼는데 헤어밴드를 벗고 살펴보니 '넘어가자.'라는 단어가 열일곱 번 나왔다. 그리고 집 안의 벽지 무늬 곳곳이 섬뜩하게 생긴 남자 얼굴이

나 활짝 펼친 손처럼 보였다. 실제로는 아무것도 없는 곳에서 의미심장한 패턴을 읽어 내는 그런 착시 현상은 물론 전에도 겪은 적이 있고, 다른 사람들도 같은 경험을 종종 한다는 사실을 나는 안다. 그런 심리적 오류를 가리키는 용어도 있다. 변상증(變像症).

헤어밴드가 그런 착각이 좀 더 잘 일어나게 뇌 어느 부분을 건드리는 모양이었다. 적어도 내게는. 구름이나 연기나 벽지 무늬, 혹은 보도블록의 깨진 금에서 사람 얼굴이나 손바닥 모양을 보고 흠칫 놀라는 일이 잦아졌다. 머릿속에서 단어들을 찾으며 다음 문장을 궁리하는 뇌의 부위가 얼룩에서 사람 얼굴을 읽어 내는 기능도 함께 지녔거나, 그런 기능을 지닌 부위에 가까이 위치한 것 아닐까?

한동안은 헤어밴드를 쓰고 수백 문장을 쓰고, 헤어밴드를 벗고 나서 그 문장들을 지우는 일을 반복했다. 문장보다 더 큰 단위를 구상하는 데 있어서 헤어밴드가 도움이 되지 않는다는 사실이 분명해졌다. 헤어밴드를 쓰고 있을 때에는 다음 문단조차 어떻게 될지 예상할 수가 없었다. '지금, 여기'에 너무 몰두했기 때문이었다. 급류를 타고 래프팅을 하는 기분이었다.

아이러니하게도 그게 불과 몇 달 전까지 내 소원이었다. 막힘없이, 뻥 뚫린 고속 도로를 질주하는 것처럼 단어와 문장들을 쏟아 내는 것. 그럴 수만 있다면 소원이 없겠다 싶었다, 그 때는. 꽉 막힌 정체 차로에서 답답해하던 중이었으니까. 이제 길이 트였고, 나는 그제야 비로소 자동차가 어느 방향으로 달려가는지를 겨우 신경 쓰게 된 셈이었다.

아니면 신경 안 써도 되나? 자동기술법으로 글을 쓴 소설가들도 많이 있잖은가? 제임스 조이스라든가, 윌리엄 포크너라든가, 마르셀 프루스트라든가……. 그들의 작품은 악명은 높을지언정 고전의 반열에 올라 찬사와 연구의 대상이 되고 있지 않은가? 아니면 내 상황은 필로폰에 취해서 타자기를 삼 주 동안 두드려 댄 잭 케루악에 좀 더 비슷할까? 그런데 케루악이 그렇게 쓴『길 위에서』도 훌륭한 작품인데…….

나는 약물을 진지하게 창작의 도구로 삼은 케루악의 후예들이 있음을 안다. 그들은 몇몇 약물이 보다 높은 의식 단계로 사람을 이끌 수 있다고 믿었다. 우선 비틀스가 있다. 〈서전트 페퍼스 론리 하츠 클럽 밴드〉를 들은 마마스 앤드 파파스의 존 필립스는 그 앨범이 뮤지션들이 오랫동안 믿어 왔던 바를 증명한다고 평가했다. 음악 더하기 약물은 기적이라는 것.

스티브 잡스도 자신이 겪은 가장 중요한 경험 중 하나로 LSD를 꼽았다.『멋진 신세계』에서 소마라는 합성 마약을 상상했던 올더스 헉슬리는 현실 세계에서 LSD와 메스칼린에 심취했다. 약쟁이 짐 모리슨은 약쟁이 헉슬리가 쓴 글을 읽고 자기 밴드의 이름을 '도어스'로 정했다(윌리엄 블레이크가 쓴 '의식의 문'이라는 표현을 헉슬리가 인용하고 모리슨이 재인용했다.). 앤디 워홀은 암페타민을 사용했다.

그러나 우리는 올더스 헉슬리, 앤디 워홀, 비틀스, 도어스, 스티브 잡스가 약물을 창작의 도구로 삼았다고 해서 그들의 작품을 낮게 평가하지 않는다. 게다가 아무리 생각해도 휴대전화기 정도의 전자파를 낸다는 헤어밴드가 필로폰이나 LSD나 마리화나만큼 뇌를 망가뜨릴 것 같지는 않았다. 그렇다면 나도 이 도구를 써도 괜찮지 않을까……?

*

하지만 올더스 헉슬리, 앤디 워홀, 존 레논, 짐 모리슨, 스티브 잡스와 나 사이에는 근본적인 차이점도 몇 가지 있다.

우선 나는 헤어밴드를 착용하고 내놓은 결과물에 매료되지 않았다. 내가 그런 글을 쓰고 싶었던 거냐고 묻는다면 답은 분명했다. 아니었다. 그런 글 외에는 다른 글을 쓸 수가 없었을 뿐.

헤어밴드를 착용했을 때 내가 '의식의 문'을 지나 깊고 비밀스러운 의미에 이른다고 생각지 않았다. 그보다는 오히려 파티에서 술에 살짝 취해 흥이 오른 사람들이 별 대단치 않은 내용의 수다를 길게 늘어놓고 자기들끼리 좋아서 웃음을 터뜨리는 쪽에 가깝다고 느꼈다. 헤어밴드를 쓰고 있으면 여전히 즐거웠다. 그러나 헤어밴드를 벗으면 모든 게 부질없다는 생각이 들었다.

록 뮤지션이 LSD를 복용했다고 해서 머릿속에 음표가 한음 한 음 떠오르는 것은 아닐 듯하다. 최소한 몇 마디 정도 되는 어떤 멜로디 형태로, 악상이 통째로 떠오르지 않을까? 그런데 내 경우에는 아이디어가 떠오르는 것도, 무언가를 쓰고 싶다는 욕구가 이는 것도, 오직 문장 단위였다. 그런데 문장은 아무리 쌓아도 그게 저절로 소설이 되지는 않는다……. 적어도 내가 쓰고 싶은 소설은 되지 않는다. 난 케루악도 조이스도 포크너도 아니니까.

헤어밴드 없이, 플롯이 있고 조리에 맞는 글을 쓰려고 시도한 적도 물론 있었다. 그러나 헤어밴드를 벗자마자 앞이 턱 막힌다는 사실에 나는 경악하고 좌절했다. 보름 정도 머리를 쥐어 싸매고 고민하다가 결국 포기했다. 에세이나 칼럼은 어찌어찌 쓸 수 있었는데 소설은 써지지가 않았다.

한동안은 헤어밴드를 쓰고 문장들을 쏟아 놓은 뒤 헤어밴드를 벗고 지우기를 반복했다. 그런 식으로 문제를 해결할 수 없다는 것을 알면서도 달리 방법이 없어서 그렇게 했다. 시시

한 글을 쓰고 있다는 생각을 할 때마다 영혼이 침식되는 것 같았다. 술을 마시는 횟수가 늘어났다. 헤어밴드는 짧으면 하루에 네다섯 시간, 길게는 여덟 시간 가까이 착용했다. 술을 마시고 헤어밴드를 착용하는 날이 생겼고, 나중에는 거의 매일 그렇게 했다(지금 이 글도 그렇게 쓰고 있다.).

그렇게 팔 개월 동안 꾸역꾸역 썼다가 지웠다가 하며 원고를 단행본 한 권 분량만큼 썼다. 전에는 '글이 안 써진다.'라며 자기혐오에 빠졌는데, 이제는 '써도 그만 안 써도 그만인 글'이라는 생각에 같은 기분에 휩싸였다. 설원에서 길을 잃은 사람이 똑바로 걸어가고 있다고 믿으면서 실은 왼쪽이나 오른쪽으로 약간 틀어진 방향으로 걷는 바람에 커다랗게 원을 그리고 끝내는 제자리로 돌아온다고 하던데, 내가 딱 그 꼴이었다.

그리고 또 마감이 닥쳐왔다. 정확히 일 년 전에 고민하던 그것을 다시 고민하게 되었다. 이걸 버리고 처음부터 다시 써? 아니면 그냥 여기서부터는 헤어밴드에 의존해서 뒷부분을 플롯 없이 마무리할까? 그리고 정확히 일 년 전에 타협했던 그 방법으로 마음이 기울어졌다. 이번에는 그냥 헤어밴드로 대강 마무리하고…… 다음번에 제대로 쓰자.

사실 이건 모든 예술가들에게 공통적으로 일어나는 일 아닌가. 그들은 늘 최고를 바라며 날개를 편다. 그렇게 두 발을 떼고 몸을 바람에 맡기지만 매번 범상한 곳으로 추락하고…… 다치고…… 그러다가 가끔 운이 좋아서 죽기 전에 괜찮은 작품을 한둘 남기는 것이다. 나는 형편없는 대본을 받은 배우들에 대해, 혹은 형편없는 배우와 일해야 하는 감독에 대해 생각했다. 어쩌겠는가?

그런 생각들이 위안이 되지는 않았다. 그래도 헤어밴드를 쓰고 자판을 두드리면 이내 '라이터스 하이writer's high'라고 하는 몰입 상태가 되었다. 즐거웠다. 그래서 무서웠다.

*

올더스 헉슬리나 잭 케루악은 마약을 이용해 글을 썼다는 사실을 숨기지 않았다. 헉슬리는 스스로 그에 대한 에세이를 썼다. 케루악에게는 약에 전 상태에서 쉬지 않고 쓴 원고 뭉치 길이가 35미터였다든가 어쩌고 하는 전설이 따라다녔다.

하지만 내가 뇌 속의 톡소플라스마를 자극하는 헤어밴드를 이용해 글을 쓴다는 것은 아무도 몰랐다. 그것이 헉슬리나 케루악과 나의 두 번째 다른 점이었다. 이것은 기만으로 이어졌다. 헤어밴드를 사용한 뒤 두 번째로 발표한 장편 소설도 그리 잘 팔리지는 않았다. 그래도 언론 인터뷰는 간간이 했다.

"글쎄요, 어느 순간부터 진짜 삶에 가까운 소설을 쓰고 싶어지더라고요. 삶에는 복선도 없고 플롯도 없잖아요."

왜 새 소설들이 예전에 쓰던 것과 분위기가 다르냐는 질문을 받으면 그렇게 대답했다.

"제가 이제 데뷔한 지 십 년이 되었거든요. 지금까지가 1기였다면 이제 2기를 시작하는 기분입니다. 이런저런 방법론들을 시도해 보고 싶네요. 마일스 데이비스처럼요."

그렇게 말하기도 했다. 개소리에는 한계가 없었다. 그리고 그중 몇몇은 먹혔다, 놀랍게도. 뭘 쓰는 건지도 모르고 쓴 단편 소설이 문학상을 받은 것이다. 내가 '현실의 문학적 재현 작업에서', '소설을 소설로 만들려는 익숙한 타협을 하지 않고', '굳건히 나아가 새로운 스타일을 개척했다.'라고 심사평에 적혀 있었다. 지독한 자각몽을 꾸는 기분이었다.

기만과 허세가 쌓일수록 나는 폭로의 공포에 시달렸다. 헤어밴드를 착용하고 쓴 소설은 내가 쓴 글 같지 않았다. 글자들이 나를 이용해서 나왔으며, 내가 그 문장들로부터 소외되었다고 생각했다. 그리고 누군가, 언젠가 그 사실을 알아내리라 생각했다. 그는 외칠 것이다. "장강명은 '진짜 삶에 가까운 소설'을 쓰고 싶었던 게 아냐! 그냥 글이 잘 써지는 기계를 사용했던 것일 뿐이야! 이 글들은 다 가짜야!"

이명우 교수에게 전화가 걸려 왔을 때 버럭 화를 냈던 것도 그 때문이었다. 사실 그렇게 감정적으로 대응한 이유를 잘 모르겠다. 절대로 영리한 처사는 아니었다. 이 교수는 내게 헤어밴드를 줬던 걸 몇 달간 잊어버렸다가, 최근에야 겨우 기억했다고 했다. 그 말을 듣자마자 나는 '그런 헤어밴드는 받은 적이 없다.'라고 잡아뗄 타이밍을 방금 전에 놓쳤음을 깨달았다. 그러자 울화가 치밀었다.

이 교수는 이제 정식 실험을 해 보려 한다며 내게 그 기계를 써 봤는지, 느낌이 어땠는지 물었다. 나는 폭발했다⋯⋯. 아니, 폭발한 척했다. 나는 그 기계를 한 번 쓰고 바로 부러뜨려 버렸다고 거짓말을 했다.

"교수님, 그 기계가 어떤 건지 알고 저한테 주신 거예요? 제가 그 기계를 한 번 쓴 뒤로 밤에 제대로 잠을 자지 못해요. 벽이며 보도블록이며 온갖 곳에서 사람 얼굴이 보인다고요. 사방에서 팔들이 막 튀어나오는 거 같아요. 어떻게 그런 물건을 아무 설명 없이 다른 사람한테 써 보라고 건넬 수가 있어요? 그거 뭐, 그 뭐냐, 연구 윤리 위반 아니에요? 의료법 같은 거 위반한 거 아니에요? 내가 이거 진짜 어디에 제보하려다가 옛정 생각해서 참았어요."

이 교수는 더듬더듬 뭐라고 말하다가 미안하다고 사과하고는 전화를 끊었다.

내가 다급한 건 사실이었다. 그가 헤어밴드를 돌려 달라고 할까 봐, 최근의 내 작품 활동이 기계 덕분인 걸 그가 눈치챌까 봐 두려웠다. 그리고 그의 실험을 막고 싶었다. 이 헤어밴드의 비밀이 알려지면 안 되니까. 나 말고 또 다른 사람이 이 기계를 사용하면 안 되니까. 나는 이 기계를 증오하면서도 잃고 싶지 않았다. 나는 이 기계에 매료되어 있었고, 기계가 제공하는 가능성을 더 깊이 파고들고 싶었고, 동시에 거기서 벗어나고 싶었다.

사방에서 사람 얼굴이나 손바닥, 팔을 본다는 말도 사실이었다. 헤어밴드 사용에는 내성이 있는 것 같았다. 전에는 몰입까지 오 분이면 충분했는데, 이제는 한 시간이 넘게 걸렸다. 자아가 사라지는 것 같은 깊은 단계까지 가려면 두세 시간이 걸렸다. 당연히 전체적인 사용 시간도 길어졌다.

열 시간 정도 헤어밴드를 사용하면 다음 날 하루 종일 변상증 현상에 시달렸다. 좁은 복도를 걸어갈 때면 위, 아래, 옆에서 사람 손바닥과 팔들이 보였다. 그것들이 튀어나와 보일 때에는 거대한 동물의 내장 안을 걸어 들어가는 것 같은 기분이 들었다. 촉수로 가득한. 그 촉수들이 모여서 다시 거대한 얼굴을 이루기도 했다. 촉수들이 흔들리면 얼굴이 다양한 표정을 지었다. 슬퍼하거나 울부짖거나 일그러졌다.

나는 아무것도 보이지 않는 척, 태연한 척 가장하며 그 촉수들의 옆을, 아래를, 위를 걷는다.

넘어가자.

헉슬리, 케루악, 비틀스와 내가 다른 점 세 번째. 그들은 약물 공급이 끊길까 봐 고민하지는 않았다. 존 레논이 어떻게 LSD나 마리화나를 구했는지는 구체적으로 모르지만, 1960년대에 그런 물건들을 어렵지 않게 구했으리라는 것은 안다. 나는 그렇지 않다. 헤어밴드가 고장 나면 이 기계를 다시 구할 수 없다. 이명우 교수와의 관계를 바보처럼 스스로 틀어 버렸기 때문에.

헤어밴드가 고장 나면 어떻게 할 건지에 대해 가끔 생각한다. 히피 문화에 빠졌다가 정신을 차리고 중산 계급으로 돌아온 미국 젊은이들처럼, 그냥 멀쩡하게 헤어밴드를 사용하기 이전 상태로 돌아갈 수도 있을까? 아니면 우울증을 겪던 시절로 돌아갈까? LSD 복용자들 중에는 약물 복용을 중단해도 환각 증세를 계속해서 느끼는 사람이 있다고 하던데, 글은 안 써지고 변상증은 그대로일 수도 있을 것 같다.

하지만 결국에는 이명우 교수 팀이 이 헤어밴드 기술을 상용화하지 않을까 생각한다. 이 교수 팀이나 카이스트가 아니라면 다른 곳에서라도. 톡소플라스마에 관심을 가진 뇌과학자가 많다고 들었다. 비슷한 연구를 하는 대학이나 기업들도 분명히 있을 것이다. 상업적인 잠재력은 무궁무진한 분야니까……. 더 즐겁게 공부하게 되고 더 즐겁게 일하게 되는 기계라는데, 얼마나 많이 팔리겠는가. 일단 제품이 나오기만 하면 구매는 선택이 아닐 것이다.

몇 가지 반복 작업으로 분해되는 프로세스, 하지만 지루해서 오래 집중하기 어려운 분야에 종사하는 사람들은 모두 이 기계를 사용할 것 같다. 악기 연주자라거나 운동선수라거나 회계사라거나……. 하지만 아주 먼 목표를 향해 느릿느릿 해야 하는 일, 다른 많은 사람이나 작업과 복잡하게 조율해야 하는 일에는……. 그런 일을 하는 사람들도 줄어들지도 모르지…….

넘어가자.

부작용? 부작용이 심하다면 아마 처음에는 성인 ADHD 환자들 치료용이라는 식으로 선전이 될 테지. 미래의 제품이 톡소플라스마에 걸린 사람들에게만 효과가 있을지, 아니면 톡소플라스마 감염과 관련 없이 모든 사람에게 효과가 있는 형태로 나오게 될지는 모르겠다. 만약 전자라면 사람들은 기꺼이 그 기생충에 걸리려 할 것이다. 관련 증세도 덩달아 증가할지 모르겠다. 사람들이 그만큼 더 충동적이 되고 더 위험을 무릅쓰게 되고 교통사고도 늘어나고…….

넘어가자.

(나는 요즘 거리에서 길고양이를 마주치면 그 짐승들이 내 살을 찢고 그 안의 장기를 뜯어 먹어 줬으면 좋겠다고 생각한다. 이게 톡

소플라스마와 관련이 있는지는 잘 모르겠다.)

세탁기가 그랬던 것처럼, 경구 피임약이, 텔레비전이, 페이스북이 그랬던 것처럼, 이 기계도 인류 문명의 모습을 바꾸리라고 나는 예상한다. 일과 놀이의 구분이 사라지거나, 어쩌면 놀이 자체가 없어질지도 모르겠다. 세상은 아마 더 얄팍해질 것 같다. 이건 기본적으로 피드백을 빠르게 줘서 정신을 붙잡아 두는 기계니까……. (모든 작가가 이 기계를 착용하고 글을 쓴다면 신간 코너에 어떤 책들이 많아지겠는가?)

하지만 넘어가자. 세탁기와 경구 피임약과 텔레비전과 페이스북의 발명자들도 자신들이 세상을 어떻게 바꿀지에 대해 아무 생각이 없었지 않은가. 내가 지금 해야 하는 일은 따로 있다. 이제 퇴고를 해야 한다. 여기까지 쓰는 데 아홉 시간 십칠 분이 걸렸다.

첫눈으로

김금희

회식

MTN 예능국 피디들 사이에는 야근을 하더라도 사내 메신저는 꺼 놓는 불문율이 있었다. 언제나 누구와 술 한잔 하고 싶어 어슬렁대는 남 국장의 레이더망에 걸리지 않기 위해서였다. 술자리에 대한 국장의 열망은 대단해서 어느 날은 퇴근하는 경비 용역 업체 직원들 회식에 따라갔다는 일화까지 있었다. 그들은 그날 회사 로비를 지나면서 불행히도 국장이 있는 것을 알지 못하고 횟집에 전화해 오늘 약속한 대로 자연산 광어가 들어왔는지 복도가 쩌렁쩌렁 울리게 확인했고 통화를 마친 뒤 휴대 전화를 점퍼 주머니에 넣기도 전에 "아이고, 회식들 하시나 봐?" 하는 국장의 인사를 받았다고 했다.

국장이 그렇게 말하고 입맛을 다시자 당연히 그들은 예의상 "그러면 같이 가시죠." 할 수밖에 없었고 이후에는 말할 것도 없는 결론이었다. 오늘 밤 언택트로 열리는 예능국 회식은 그런 국장을 위한 것이었다. 봄 개편 때 하려다 팬데믹으로 밀린 전체 회식이 이러다가는 영 요원하겠다는 명분이 있기는 했지만.

소봄이 보기에 남 국장은 자신과 코드가 영 안 맞는 인물이었다. 일단 술을 너무 좋아한다는 자체가 그랬다. 원래 술꾼은 술꾼을 척 알아보고 그래서 술꾼은 술꾼을 좋아하지 않는다. 뭐랄까, 스스로를 들킨 듯하달까. 소봄 역시 소주 두 병은 마셔야 혈관에 알코올이 좀 도는구나 싶은 주당이지만 국장과의 결정적 차이는 혼자 마신다는 점이었다. 소봄은 늘 자기 방에서 이런저런 유튜브 채널들을 옮겨 다니며 소주를 마셨고 어느 날은 아무것도 띄우지 않고 시간을 보내기도 했다.

소봄의 부친도 술을 아주 좋아했다. 간경화로 고생하는 중에도 편의점을 지날라 치면 거기 앉아 캔 맥주를 즐기는 사람들을 부러워하느라 자리를 뜨지 못할 정도였다. "아빠, 정말 죽으려고 이러는 거야? 죽고 싶으면 마시는데 장례식장에는 나 부르지 마." 하고 소봄이 미리 경고하면 "내가 죽었는데 너를 어떻게 부르냐?" 하는 허랑한 답변이 돌아왔다. 아빠가 세상을 떠나고 소봄은 자신이 했던 말들을 울면서 후회했다. 그것은 대체로 바른 말이었으나 그래서 차가운 뉘앙스를 띠었으니까. 그 뒤부터 소봄의 주사는 우는 것이 되었다.

같이 일하는 이지민 피디만이 그런 소봄을 알고 있었다. 지난겨울 문제의 '맛집 알파고'를 촬영하러 부산에 갔을 때 소봄이 만취했기 때문이다. 사실 소봄뿐 아니라 지민도 취한 터라 누가 더 창피하고 그럴 것도 없었지만 몇십 년 만에 눈이 내린 기적적인 화이트 크리스마스 날, 해운대 곰장어 골목에 주저앉아 우는 자신을 위로하던 지민의 손길을 소봄은 또렷이 기억했다.

지민은 소봄의 얘기를 다 듣고 나서 "그거언 소오봄 씨 기억만큼 차가우운 말은 아니었을 거야."라고 말했다. 지민도 완전히 취해서 발음이 분명하지가 않았다. 그래도 소봄은 계속 울면서 "아니에요. 피디님이 몰라서 그렇지. 제가 못됐어요. 나쁘다고요, 제가." 하고 자책했다. 그러자 지민은 "아니라니깐!" 하고 소리 지르더니 소봄의 어깨를 양손으로 꽉 잡았다. 그리고 눈으로 젖어 들어가는 골목의 아스팔트에서 죽 뽑아내듯 소봄을 일으켜 세웠다. 소봄은 머리가 팽글 돌 정도로 취해 있었지만 지민의 팔 힘에 의지해 비틀거리며 겨우 섰다.

"소봄 씨."

"네."

"소봄 씨, 막상 아빠가 돌아가실지 모른다고 생각하니까, 영영 이별이라고 생각하니까 두렵고 화가 나지 않았어?"

소봄이 대답을 않자 지민은 또 한 번 "두렵지 않았어? 다시는 볼 수 없다는 것이?" 하고 다그치듯 물었다. 소봄은 그간 가까운 누군가를 잃어 본 적이 없었다. 지민이 두렵지 않았느냐고 물을 때에야 그랬겠구나 싶은 생각이 들었다. 그래서 투병하는 아빠와 그렇게 싸웠구나. 싸울 수 있는 날이 기한도 없이 남은 듯 믿고 싶어서 그렇게 시간과 마음을 낭비했구나. 소봄이 고개를 끄덕이자 지민은 팔을 내리고 자기 주머니에 손을 넣었다.

"소봄 씨가 했던 말들은 차갑거나 못됐거나 그런 말이 아니야. 그냥, 뭐어랄까, 그냥."

지민이 말을 고르는 동안 골목의 곰장어집들이 폐점을 준비했다. 길고 긴 곰장어들이 들어찬 수조에 주인이 대나무로 된 발을 내렸다. 부지깽이로 숯을 두들겨 껐다. 희고 검은 재들이 공중으로 날아오르며 차양으로, 간판으로, 눈이 오는 밝은 밤하늘 위로 떠올랐다. "에춰!" 식당 주인이 골목이 텅 울리도록 기침을 했다. 술이 깨는지 추위 때문인지 소봄은 몸이 으슬으슬 떨렸다. 이윽고 지민은 "그건 그냥 너어무 두려워서 움츠러든 사람이 하는 아주 작은 말일 뿐이었을 거야."라고 정리했다.

그리고 둘은 비틀비틀거리며 숙소로 걸어갔다. 같이 촬영을 하러 간 신재형이 두 사람 어떻게 된 거냐고 문자 메시지를 보내고 전화를 걸었지만 소봄도 지민도 받지는 않았다. 해수욕장 입구를 지날 즈음 소봄이 "피디님, 피디님도 그럼 그런 적 있어요?" 하고 묻자 지민이 패딩 점퍼를 목까지 끌어 올리며 고개를 힘 있게 끄덕였다. "그럼, 오늘도 여러 번 그랬는걸."

*

여덟 시가 되자 유 팀장이 링크를 보내왔다. 소봄은 오 분 정도 기다렸다가 화상 회의실에 접속했다. 다들 들어와 있을 줄 알았는데 회의실에는 국장과 유 팀장뿐이었다. 소봄은 들어가자마자 배경 화면을 띄워서 방 안이 보이지 않게 했다. 사람들이 자기 방 물건의 어느 하나를 보는 것도 소봄은 싫었다. '아, 얘는 이런 애구나.'하고 판단할 수 있는 단서를 주고 싶지 않았다.

"그래, 이름이? 신소봄 씨, 소봄 씨는 우리 〈명명백백한 승부〉 작가님이시던가?"

"아닙니다. 〈능력자〉 막내 작가예요."

화면 앞에 정좌하고 있던 국장이 "아, 그렇구나." 하며 고개를 여러 번 끄덕였다.

"〈능력자〉메인 작가는 은하 씨이고 병으로 좀 쉬었지. 요즘 코로나 때문에 신 촬영이 줄었다 해도 소봄 씨 혼자 바쁘겠어."

"아닙니다, 괜찮습니다."

"그래요, 소봄 씨. 그런데 소봄 씨는 뭔가 뒤편에 보이는 인테리어가 특별하네."

소봄이 배경 화면으로 선택한 건 활화산이었다. 아직 분출되지는 않고 산 정상에서 모락모락 스팀이 올라오는 상황이었다.

"네, 제 마음을 한번 표현해 보았습니다."

"아, 마음을, 마음을 그렇게 배경으로 쓸 수 있겠구나. 그래, 활화산은 어떤 마음일까?"

"저희 프로 〈능력자〉가 프라임 꿰차고 시청률 삼십 프로를 넘었으면 하는 활활 타는 마음입니다."

"좋다, 딱 좋다. 그렇지 않아도 내가 언택트로라도 회식을 열어야겠다, 불편하고 어색한 설정이지만 그래야겠다는 데는 이유가 있었어. 회사의 중대 결정을 알려 주려 했는데, 우리 작가가 활화산을 띄워서 기운을 보태네."

국장이 말하는 사이 직원들이 우르르 입장했고 서른 명 가까운 얼굴들이 타일처럼 모니터를 채웠다. 지민도 들어왔지만 화면은 켜지 않고 "국장님, 중대 결정은 뭔가요?" 하고 목소리로만 물었다. 알레르기로 얼굴이 엉망이라 병원을 다녀왔다고 했다. 국장은 회식 초장부터 일 얘기 하면 매너가 아니라며 나중으로 미뤘다. 일단 건배사가 시작되었다. '코로나를 이기자! 이기자!'부터 '지화자' 등을 거쳐 '마당발!' '오바마!'처럼 억지로 갖다 붙인 삼행시까지. 소봄처럼 술과 자기 자신만의 독대를 즐기는 사람이라면 눈살을 찌푸릴 만한 말들이 난무했다. 그리고 잠시간 근황 토크가 오갔다. 어린이집을 가지 않는 아이와 씨름을 하느라 바쁘게 지내는 정 피디는 하다 하다 어제는 한복까지 만들었다고 했다. 우리가 "한복요?" 하고 놀라자 "그렇다니까!" 하더니 자리에서 일어나 한지로 만든 색동저고리를 들어 보였다.

"그게 애들 숙제예요?"

"애들 숙제지. 근데 엄마가 하지. 오늘 정말 스트레스 처리가 필요하다. 나 오늘 좀 마셔야 돼, 말리지 마."

"신 감독은 어떻게 지내나?"

재형은 건배도 없이 혼자 연태 고량주를 홀짝홀짝 마시다가 "아, 네." 하면서 바로 앉았다. 소봄은 자기만 보면 못 잡아먹어 안달인 재형이 집을 어떻게 하고 사나 싶어 재형만 화면에 띄워 확대했다.

"국장님, 저는 요즘 중고 거래 활발히 하고 있습니다. 물건들 좀 싹 다 정리하려고요."

"정리 좋지, 그런데 중고 물건이 팔리긴 해?"

"잘 팔립니다. 가성비가 좋으니까요. 그래서 말씀인데요, 국장님. 제가 잠깐 요 앞에 나갔다 와야 할 듯합니다. 거래가 있는데 사는 사람이 밤밖에 시간이 안 된다고 해서요."

"아니, 왜 밤밖에 안 돼, 흡혈귄가?"

그 재미없는 농담에도 사람들은 취기 탓인지 크게 웃었다.

"그럴지도 모르겠어요. 진짜 흡혈귀면 섭외 한번 해 보려고요. 〈능력자〉에 나올 만하잖아요."

"그렇지, 어디서 물건 걸릴지 몰라. 대한민국 국민 모두 알고 보면 섭외 대상이지. 그래, 오늘 밤 거래 물품은 뭐야?"

"아 네, 제가 직접 제 동맥에서 뽑아낸 혈액인데요, 목의 경동맥에서 200시시 뽑았습니다."

그건 농담이었지만 재형의 선선한 말투 때문인지 어딘가 진지하게 들렸다. 아무도 되받지 못했고 정적이 흘렀다. 분위기를 가라앉혀 놓고 정작 재형은 화면을 그대로 둔 채 박스를 챙겨 홀연히 일어섰다. 맥북 같았다. 그렇게 잠깐 열렸다 닫히는 문틈으로 '오늘도 무사히'라는 거실의 큼지막한 편물 액자가 보였다. 바닥까지 내려간 분위기를 끌어올리기 위해 술 게임이 시작되었고 한바탕 노래와 '마셔라 마셔'하는 구호가 이어진 뒤, 국장이 "내 얘기 좀 할까?"하고 말을 꺼냈다.

"이 럼주가 헤밍웨이가 사랑한 술이에요. 내가 우리 가족들 있는 캐나다 갔다가, 알지? 우리 애들이랑 다들 거기 있는 거. 나만 훌쩍 쿠바로 여행을 했거든, 그때 사 온 거야. 거기 가면 헤밍웨이가 『노인과 바다』를 썼던 아바나의 호텔이 있어. 당장 찾아갔지. 소년 시절부터 나는 헤밍웨이가 롤 모델이랄까 그랬거든. 요즘 사람들은 안 좋아할 거야, 마초라고 싫어할지도 모르겠어. 갔더니 원래는 구경이 가능한데 그날은 공사 때문에 안 된대. 호텔 루프톱 바에서 헤밍웨이가 생명수처럼 마셨던 모히토만 가능하대. 나는 여기서도 술로만 인연이 되는구나 싶으면서 엘리베이터를 타고 올라가는데 안내하는 벨보이가 헤밍웨이가 머물렀던 층을 알려 주면서 '여기가 헤밍웨이의 방이다.' 이러는 거야. 그리고 뒷말이 기가 막혀. '그런데 지금 그는 잠들어 있지 않다.' 아, 잠들어 있지 않아, 헤밍웨이는 잠들지 않는 거야. 왜냐, 예술을 남겼으니까."

피디들이 "인생 명언을 들으셨네요." "벅차오르셨겠어요." "예술은 죽지 않죠." 하며 동의했다. 소봄은 지금 거기 잠들어 있지 않다,라는 건 그냥 죽었다는 정보의 다른 표현 아닌가 생각했지만 잠자코 고개를 끄덕였다. 국장은 영상의 시대였던 20세기를 거쳐 21세기에는 영상 중에서도 예능물의 시대라고 했다. 방송이며 인터넷이며 이렇듯 예능 콘텐츠가 넘쳐 난 적이 없었다며. 그리고 그 말이 회사의 결정을 알리기 위한 포석이었다. 국장은 '맛집 알파고' 촬영분이 연말 특집 프로그램으로 편성된다고 알렸다. 그건 소봄네 팀이 지난 크리스마스 때 부산에 내려가 촬영한 영상이었다. 맛집 알파고는 한동안 트위터를 달군 계정으로 아무 단서도 없이 주어지는 음식 사진만 보고도 해당 식당을 맞혀 붙여진 별명이었다. 조명 감독이 먹태를 뜯다 말고 갑자기 "가즈아!" 하고 외쳤다.

"그건 어렵겠습니다."

마음이 급했는지 지민이 갑자기 화면을 켜고 나타났다. 얼굴에 마스크를 쓴 채였다.

"제가 말씀을 드렸잖아요? 맛집 알파고가 그때 사전 촬영하고 지난 연말 계폭했다고요. 연락도 안 되고요."

"이 피디, 맛집 알파고 아직 이슈야. 그렇게 사라져서 SNS에서 더 유명해졌어. 남겼던 말, 사진이 다 밈이 됐잖아. 사람들이 그렇게 패러디해서 놀기 시작하면 불이 더 붙거든."

유 팀장은 이 건에 〈능력자〉의 명운이 달렸다며 밀어붙이기 시작했다. 공동 연출인 정 피디도 달라붙었다.

"아니, 언론에서도 못 찾아 안달인 맛집 알파고를 어느 날척 하니 섭외하고 사전 촬영까지 하더니 대체 그건 왜 엎어진 거야? 안 그래도 나 너무 궁금했잖아, 자기, 내가 한잔한 김에 물을게. 만나고 보니 그 사람이 구남친이라도 돼? 집안 원수라도 되는 거야?"

　정 피디가 화면 앞으로 바짝 다가왔고 그 바람에 한편에 놓여 있던 한복이 책상 아래로 나풀거리며 떨어져 내렸다. 소봄은 긴장으로 심장이 두근거렸다. 정 피디가 뭘 알고 저런 질문을 하는 건가, 그렇다면 어떻게 알았을까, 소봄은 말 한마디 한 적이 없는데……. 그때 촬영을 맡았던 재형이 떠올랐다. 그날 현장 분위기가 이상하다는 생각을 소봄만 하지는 않았을 것이다. 카메라를 세워 놓고 들여다보고 있었던 재형이 그런 기미를 몰랐을 리 없었다. 소봄은 이 상황을 어떻게 넘겨야 하나, 어떻게 하면 지민의 프라이버시를 지켜 주면서도 그놈의 맛집 알파고에 대한 사람들의 관심을 끊고 훗날을 도모해 보나 부지런히 머리를 굴렸다. 머리는 이럴 때 굴리라고 있는 건데도, 좋은 생각이 나지 않았다. 오프 술자리라면 흔히 쓰는 수법으로 잔을 쏟거나 취한 척 와락 쓰러지거나 할 텐데 지금은 그런 물리적인 충격으로 순간을 모면할 수는 없었다. 지진은 안 나나, 하는 엉뚱한 생각까지 들었다. 전기는 안 끊기고 자던 애들은 안 깨나, 재형은, 맞다, 아까 나간 신재형은 대체 어느 흡혈귀에 전신을 쫙쫙 빨리고 있기에 돌아오지를 않는 건가.

　소봄은 내키지 않았지만 '선배 안 끝났어요? 지금 우리 팀에 일 떨어졌는데.' 하고 문자를 보냈다. 답은 없었다. 지민은 한숨을 쉬더니 아마도 피부과 약 때문에 먹지 못하고 있었을 맥주를 그제야 따서 벌컥벌컥 마셨다. 맥주가 지민의 목울대를 운동시키며 격하게 내려가는 것이 화면으로 보였다.

"솔직히 아는 사람입니다."

"그렇지? 그럴 줄 알았어. 누군데? 어떻게 아는데?"

정 피디가 반색했다.

"그냥 압니다. 채무 관계가 있고요."

"빚을 졌어? 누가?"

소봄은 안 되겠다 싶어서 대화에 끼어들었다. 물론 소봄은 그럴 만한 처지가 아니지만, 계약직 막내 작가일 뿐이지만 맛집 알파고에 대해서는 자기만의 의견이 있었다. 다른 이유에서가 아니라 그가 사기꾼이기 때문에 방송 불가였다.

"저…… 그 사람 이상했어요. 트위터에서는 사람들이 보여준 맛집 사진 척척 맞혔잖아요. 근데 부산 가서 보니까 맞히는 데 시간이 너무 오래 걸리고 자기는 기억에 의존해서 맞히는 거라고 하는데 나중에 촬영 영상 보니까 좀 이상하기도 해서……."

그때 문자 메시지로 지민에게 '그만.'이라는 단어가 찍혔다. '소봄, 더 이상은 말하지 마.'

"아이고 우리 막내 소봄 씨, 그게 이상했어? 이상하지, 당연히 이상하지. 근데 우리 출연자 중에 안 이상한 사람 있었어? 우린 고통을 모르는 능력자 촬영하러 갔다가 경찰서까지 다녀온 거 알지? 지가 자기는 통증을 안 느낀다면서 빨래집게를 꽂아라 철사를 감아라 하다가, 뽀록날 것 같으니까 우릴 폭력으로 걸었잖아. 맛집 알파고가 그 정도야? 그 정도 미친놈이든?"

"아니요."

지민이 단호하고 선언적으로 말했다.

"아니요, 그럴 리가요. 빨래집게 인간이랑 맛집 알파고를 지금 비교하세요? 빨래집게는 사기에 폭력 전과까지 있었다면서요. 개는 그런 사람 아니고요, 대학 졸업하고 대기업에 몇 년 다니다가 빅 데이터 분석가로 일하는 신원 확실한 사람이에요. 우리 사회의 어엿한 시민이라고요. 아니 지금 누구랑 누구를 비교하세요?"

"그런 인간이 빚은 왜 졌어? 이 피디 얼마나 물린 건데?"

그러자 지민의 말이 끊겼다. 노래도 대화도 원샷도 없는 회식 분위기는 호프집의 오래된 팝콘처럼 금세 눅눅해졌다.

"어엿한 시민."

정작 말을 꺼내 갈등을 발생시킨 장본인은 자기이면서 국장은 관전만 하고 있다가 마지막에 그렇게 정리했다.

"그래, 대중이 그리워하는 맛집 알파고, 어엿한 시민의 모습으로 우리가 되돌려 주자. 확실히 재호출해 주자."

거래

이튿날 일어나 보니 재형에게 답이 와 있었다. 못 도와줘서 미안하다는 내용일 줄 알았더니만 노트북 거래가 성사되지 않았다는, 소봄으로서는 알 필요도 없는 정보였다. 지민은 재형과 소봄에게 방송국으로 나오라고 했다. 회사에서는 재택근무를 하라는데 출근이 되나 싶으면서도 소봄은 사흘 만에 머리라는 걸 감고 양말이라는 걸 신어 보았다. 나가려는데 지민에게서 다시 문자 메시지가 왔다. 건물 전체가 방역 중이라 미리 신청 안 한 직원은 들어갈 수 없다며 도착하면 '퇴폐의 느릅나무 골목'으로 오라고 했다.

그곳은 방송국 건물들 사이에 자리한 작은 공터로 근처에 몇 없는 흡연 장소였다. 물론 정식으로 허가된 장소는 아니고 건물 뒤편이라 직원들에게 자연스레 선택된 곳이었다. 잎이 무성한 느릅나무 두 그루에, '학습 분위기 해치는 퇴폐적 흡연 행위 금지'라는 현수막이 걸려 있어서 '퇴폐의 느릅나무 골목'이라고 불렸다. 소봄이 도착하자 지민이 담배를 피우고 있다가 좀 떨어져 서라는 듯 손바닥을 들어 보였다. 둘은 좀

거리를 두고 어떻게 할 것인가를 논의했다. 촬영분을 틀자니 일단 맛집 알파고이자 이제는 모두가 그렇게 알게 된 지민의 채무자에게 연락을 해야 하고, 포기하자니 너네 때문에 C급 시간대에서 프라임으로 갈아탈 기회를 날렸다는 동료들의 비난을, 윗선의 비우호적인 평가와 함께 받을 판이었다. 그날 촬영분을 자세히 본 소봄은 지민과 맛집 알파고가 구면이리라는 예상을 하고 있었다. 지민이 사람들에게 말했듯 돈 문제가 아니라 감정적 문제로 얽혀 있는 것 같았다. 쉽게 말해 구남친이구나 하는 것이 소봄의 결론이었다.

"피디님, 아는 사람인 게 문제가 아니라요. 맛집 알파고가 그런 능력이 없었잖아요. 확실히 그랬죠?"

소봄은 회사에 그 사실을 말하면 문제가 간단히 해결되지 않겠는가 싶었다. 거짓 방송을 했다가 어떤 곤욕을 치를지 알 테니까.

"소봄 씨."

담배를 다 피운 지민이 한 걸음 다가오며 불렀다.

"네, 피디님."

"우리 이런 얘기 우리만 알자."

"우리만요?"

소봄은 그렇다면 지민이 방송을 준비할 생각인가 싶어 놀랐다.

"응, 지금 소봄 씨가 말한 그거 합리적 의심이기는 하지만 의심일 뿐이잖아. 어쨌든 그날 맞혔잖아. 곱창집이랑 영지 면옥인가 냉면집 맞혔지? 그건 진짜잖아."

진짜…… 소봄은 머리가 화이트아웃되는 느낌이었다. 진짜를 따진다면 그날의 진짜는 무엇이었을까.

"소봄, 사람들이 맛집 알파고를 왜 그렇게 좋아했을까? 맞히니까. 그러니 오 분 안에 맞히든, 스무고개로 맞히든, 뭐 그리 중요하겠냐가 국장 의견이고. 소봄 씨는 예능이 뭐라고 생각해? 나는 노는 거. 그냥 사람들 외롭지 않게 해 주는 거다 싶어. 그러니 우리 할 일은 거기까지이고. 내 말이 좀 나쁜가."

소봄은 지민의 말에 어떤 기만이 있다고 생각했지만 별다른 대답 없이 "계속하세요, 피디님."이라고만 했다.

"근데 문제는 논다는 것에는 언제나 파괴적인 충동이 작용한다고 생각해. 카니발 같은 잔혹한 축제가 인류의 풍습인 것도 그렇고, 하물며 세상 무해해 보이는 돌고래도 산 물고기를 던져 가며 노는 거니까. 내가 무슨 소리를 하는 건지 모르겠는데, 시청자들도 언제든 그럴 수가 있고, 아무튼 우리 알파고 가지고 그렇게까지는 하지 않으면서 그렇게는 하자. 방송은 하자. 무슨 말인지 알겠지?"

그사이 재형이 자전거를 타고 도착했다. 재형을 본 지민은 더는 말하지 말자는 듯 소봄에게 눈짓했다. 재형은 어제 노트북을 들고 나갔다가 물먹은 이야기를 한참 했다. 취한 채로 나가 그런지 만날 장소를 서로 못 찾아 거래가 어이없이 불발되었다는 것이었다.

"선배님, 네고 잘하시고 관계를 잘 맺어 둬요. 나중에 섭외해야 할 수도 있는데."

"섭외?"

"네, 알파고 안 되면 흡혈귀라도 가야죠."

"소봄 씨, 그렇게 안 봤는데 꽤 용의주도하다. 얼마 안 있어 입봉할 거라 그런가?"

그 말을 들은 소봄은 깜짝 놀랐다.

"그 자리 우리 준대?"

지민은 알고 있는 인사이동 같았다.

"우리 준다는 말은 없지. 충원이 필요한 만큼 역량을 보이는 팀 내 이동이라고만 하지."

"누가 그래?"

"국장이."

"국장이 언제 그랬어?"

"오늘 아침에."

"오늘 아침? 아침에 만났어?"

"야, 나, 국장이랑 한동네 사람이야. 아침에 간단하게 같이 해장하고 왔지. 어제 회식 마지막에 못 들어온 거 사과도 해야 하고."

소봄은 재형이 그렇게 바지런하게 국장을 챙기는 모습이 신선했다. 매사에 대충대충 일하면서도 회사 눈치를 좀처럼 보지 않아 작가들 사이에서는 오너 아들이라는 소문까지 도는 재형이었으니까. 아니, 어쩌면 그런 모습이 바지런한 인상으로 다가오는 것 자체가 매직처럼 느껴졌다. 그러니까 입봉이라는 말이 불러온 매직이었다.

"이 피디가 결정해서 알려만 줘. 추가 촬영 없이 가는 거면 테이프부터 풀어야 하고."

"프리뷰 제가 직접 할게요."

프리뷰란 들리고 보이는 촬영 영상의 모든 것을 글자로 옮겨 데이터화하는 작업이었다. 지난한 단순노동인 데다 방송작가들의 업무란 그 외에도 폭발 직전이라 외주를 주는 편이었다.

"왜? 매번 해 주는 외주자 있잖아, 요즘 방송도 줄어서 안 바쁠 텐데 의뢰해."

지민이 말하자 소봄은 그건 안 되죠, 하며 건반을 치듯 손가락 운동을 해 보였다.

"알파고 정체 극비잖아요. 누굴 믿고 맡겨요?"

추적

　소봄이 모처럼 타자 실력을 발휘해 장장 A4 백 페이지에 달하는 프리뷰를 하루 만에 풀자 지민은 그걸 받아 열한 개의 편집 구성안을 마련했다. 그건 마치 방송에서 허용 가능한 모든 서사 장르를 모아 놓은 듯한 것들이었다. 맛집 알파고의 인생 스토리를 풀어내거나 맛집 알파고를 통해 온라인에서 소통하며 즐기는 이들의 고독과 연대에 대한 사연을 넣거나 맛집 알파고 자체보다는 그가 맞힌 맛집 중 최강은 어딘지 알아보는 변형 콘셉트 등 다양했다. 그런가 하면 이것이 결국 학습화한 인공 지능 대 인간의 대결이라든가, 불완전함이라는 상태에 대한 인간의 존재론적 의미를 고찰하게 한다든가 하는 구성도 있었다. 나흘 만에 '휘갈기듯' 양산해 낸 그 편집안들을 받아 든 소봄은 뭐라고 반응해야 할지 몰라 "상당하네요."라고만 대답했다. 며칠 밤을 샌 지민의 얼굴은 그렇지 않아도 심하던 피부염이 악화해 얼룩덜룩했다.

　"나 얼굴 엉망이니?"

　"아니요, 피디님 아니에요."

　소봄은 손까지 휘휘 저으며 말했지만 사실은 걱정스럽다는 생각을 하고 있었다. 지민은 한동안 회복에 전념하겠다며 맛집 알파고에게 연락하는 일을 소봄에게 맡겼다.

"이제 소봄 씨 능력에 달렸다."

소봄은 밥을 먹을 때나 잠에 들 때나 오직 이메일만 생각했다. 어떻게 하면 맛집 알파고를 다시 세상으로 불러내 그로서는 그다지 이득이 없을 듯하지만 구여친을 구하고 소봄도 구하고 예능국도, 케이블 방송사 중에서도 점유율이 그저 그런 MTN도 구하게 할까.

일단 소봄은 정작 이메일 내용보다 제목이 중요하다고 판단했다. '안녕하세요, MTN 방송국 작가 신소봄입니다.' 따위는 그냥 신착 이메일 리스트에 영원한 미수신 상태로 남을 것이다. 열까 말까 고민조차 않겠지. 금요일 밤, 소봄은 알파고에게 이메일을 쓰기 위해 책상에 앉았지만 끝내 보내지는 못하고 다시 임시 저장함에 보관했다. 거기에는 지난 며칠간 써 놓은 '제목 없음'의 이메일들이 쌓여 있었다. 대문 여닫는 소리가 나고 동생이 외출에서 돌아왔다. 그리고 소봄의 방으로 들어와 소주를 책상에 놓고 돌아섰다.

"어, 이거 내가 말한 거 아닌데."

나가려던 동생이 당황한 표정으로 그 자리에 섰다.

"소주 사 오라고 하지 않았어?"

"맞는데, 내가 말한 건 두꺼비 그려진 거 최근에 리뉴얼된 거."

"그게 그거잖아."

동생이 퉁명스레 말하자 소봄은 짜증이 확 치밀어 올랐다.

"그게 그거 아니다."

"달라?"

"다르지, 맛도 도수도."

"술 도수가 문제면 여러 번 마시면 되잖아."

"하!"

소봄이 기가 차다는 듯 실소했다.

"야, 알았다."

"뭘 알았어?"

"타인에 대한 네 성의가 그 정도인 거 알겠다고."

그러자 동생은 "거기서 성의가 왜 나와, 미친 거 아냐?" 하더니 나가 버렸다. 소봄이 "저 새끼가." 하며 거실로 쫓아 나갔지만 엄마 다리에 걸려 휘청했다.

"뭣 때문에 또 싸움이 났어? 소봄이 너 요즘 왜 이렇게 짜증을 많이 내니?"

"엄만 왜 나한테만 그래? 쟤 저대로 두면 안 돼, 저렇게 지 잘난 맛에 살다가는 그냥 구제불능 되는 거야."

그러자 동생이 방 안에서 자기가 뭘 잘못했느냐며 이제야 말인데 술 좀 작작 마시라고 남은 말을 해 댔다. 아빠가 무슨 병이었는지를 잊지 말라는 얘기였다. 그러자 엄마가 "이것들이 버릇없게 지들 싸움에 돌아가신 아빠를 들먹여, 들먹이

길." 하면서 대화를 중단시켰다.

"엄마는 아빠가 술 때문에 죽었다고 생각 안 해."

엄마는 그렇게 단호히 말하고는, 눈으로만 보고 있던 텔레비전을 끄고 잘 준비를 했다. 소봄은 그러면 엄마 생각은 뭔가, 아빠가 어떻게 돌아가셨다고 생각하는가 뒷말을 기다렸지만 말은 이어지지 않았다.

"그러면 뭐라고 생각하는데?"

소봄이 기다리다 묻는데 방문이 열리고 동생이 나와 식탁으로 갔다. 그 잠깐 사이에도 소봄과 동생은 무섭게 서로를 노려보다가 고개를 홱 돌렸다. 동생은 물을 마시고도 엄마 답이 궁금한지 들어가지 않고 미적댔다.

"아빠는."

"그래, 아빠, 왜 죽었는데, 왜 없는데?"

그렇게 묻는 순간 소봄은 아픔이 너울처럼 일렁이는 것을 느꼈다. 왜 죽었냐고 할 때보다 왜 없냐고 할 때 막막함이 더했다. 하지만 엄마는 마치 놀리듯 "아빠는." 하고 한 번 더 중얼거리더니 "니들은 몰라." 하고 말을 맺었다.

"니들처럼 창창한 애들이 지금 그걸 어떻게 알겠니. 말해도 몰라. 신한가을, 너는 물 다 먹었으면 생수병 꼭 닫아 놔라."

다시 방으로 돌아온 소봄은 선풍기를 끄고 창을 열었다. 소봄네 집에는 거실에만 에어컨이 설치되어 있었다. 언덕에 자리해 여름에도 맞바람이 쳤기 때문이었다. 그 바람은 저 아래 역을 드나드는 전철들의 소음과 함께 몰려와 더위가 차오르는 소봄의 방을 식혀 주곤 했다. 소봄은 십 대 때부터 이 집에 살았고 늘 이 방이 소봄의 방이었으며 창가에는 언제나 달력이 걸려 있었다. 거기에 새 달력을 달아 주는 건 아빠의 연례 행사였다.

소봄은 내키지 않았지만 동생이 사 온 소주를 마시기 시작했다. 그리고 지민이 보내온 여러 버전의 구성안을 다시 읽었다. 거기에는 마치 이 모든 현실의 한계 따위는 지운 듯한 다분히 지민 자신을 위한 꿈의 구성안도 있었다.

어려서부터 수재 소리를 들으며 자란 데이터 기획자 우현우, 맛집 알파고는 초중고를 모범적으로 마치고 우수한 성적으로 대학을 졸업한 뒤 사회로 진출해 대기업 사원으로 고액의 연봉을 받으며 승승장구하던 중 자신이 과거의 여자 친구에게 했던 일방적 이별 통보(바람)가 마음에 걸려 자책하고 방황하면서 회사 생활이 어려울 정도의 공황 장애가 발생해 모든 것을 작파하고 부산으로 낙향해 조용히 살아가던 중 식도락에 빠져 맛집들을 전전하며 자신의 가산이 탕진되는 것도 알지 못하고 방탕하게 살던 중 본인의 비상한 기억력을 활용해 SNS 사용자들의 맛집 사진에 답변을 해 주면서 인기를 얻었으며, 이 과정에서 머신 러닝으로 무섭게 학습해 나가는 인공 지능의 미래에 인간은 무엇으로 인간이 되는가에 대한 존재론적 질문을 거듭한 끝에 점차 자신의 과거를 참회하고 반성하며 상처를 준 이에게는 무릎을 꿇는 간곡한 사과를 표해야 함을 깨달았기에 이지민 피디가 제안한 〈능력자〉 출연을 결심하게 되었으며 그 출연물의 방영도 겸허히 받아들인다.

소봄은 바로 이 편집안에 어떤 진실이 있다고 생각했다. 냉소와 적의의 톤 사이로 언뜻언뜻 비치는 진짜 마음 같은 것이. 소봄은 안주도 없이 소주를 마시다가 책상에 굴러다니는 캐러멜을 조금씩 뜯어서 녹여 먹었다. 그리고 생각난 김에 어려서부터 좋아했던 크리스마스 영화들을 스킵해 보기 시작했다. 〈나 홀로 집에〉와 〈크리스마스 캐롤〉을 거쳐 〈사랑의 블랙홀〉까지, 위기에서 벗어나 눈 덮인 아름다운 홀리데이를 맞는 엔딩 장면들을 돌려 보았다. 그렇듯 해사하게 웃는 주인공들의 표정은 소봄에게 어떤 기괴한 용기를 불어넣었고, 두 병을 다 비운 소주 역시 동생 말처럼 평소와 다를 바 없는 취기를 선사했으므로 소봄은 지민의 구성안을 첨부해 이메일로 보내 버렸다. 메일 자체에는 아무 내용도 쓰지 않았다. 쓸 필요가 없었다. 겸허히 받아들여라, 하는 지민의 마음이 용건이었으니까. 그래도 맛집 알파고의 클릭을 유도하기는 해야 하니까 제목은 붙여야 했고, 소봄은 아까 자신을 감질나게 했

던 엄마의 뉘앙스를 떠올리고는 '오늘 밤 이지민 피디님은'이
라고만 적었다.

프리뷰

19_맛집 알파고 편

#작가 직접 Q&A

TIME	VIDEO	AUDIO

50326 **#맛집 알파고 BS***

SOV** **#카페 사장** 친구라서가 아니라 우리 우가 이렇게 유
명하게 돼 가꼬,

50330 **#작가** 맛집 알파고로 열렬한 관심받고 계신데요, 예
상하셨나요?

50702 **#맛집 알파고** (두 손 깍지) 전혀요.

50710 **#작가** 팔로워 이십만이면 인플루언서잖아요, 예상하
셨어요?

---

* BS: 화면에 머리 끝부터 가슴 부분까지 나오게 하는 바스트샷 촬영
** SOV: 현장음

51008 **#맛집 알파고** 제가 인플루언서…… 제가 무슨 영향을 주고 있을까요?

51015 **#작가** 아이고 리트윗이며 댓글이며 언급 정도며.

51402 **#맛집 알파고** 그런 데이터는, 그런 건 작가님이 도출한 인사이트이지 제 판단은 아니에요.

51413 **#작가** 제 인사이트라고요?

51802 **#맛집 알파고** 데이터에서 도출하는 결과가 인사이트잖아요. 쉽게 말해 데이터에서 보는 사람의 마음 같은 거. 저는 작가님 말씀처럼 그런 데서 관심이나 영향이나 뭐 그런 걸 보고 있지 않아요.

51825 **#작가** 그러시구나……. 그러면 출연자님은 어떤 인사이트를 보고 계신데요?

SOV **#피디** 재형, 너 왜 자리 비워? SOV **#촬영 감독** 속이 안 좋아 그러잖아, 이거 앵글 옮길 거 뭐 있다고.

52230 **#맛집 알파고** CU* 작가님 그런데 지금 촬영이 잘되고 있는 게 맞나요? 제가 지금 폐 끼치지 않는 게 맞아요?

52514 **#작가** 네, 답변이 좀 길면 좋겠지만. 근데 왜요? 왜 그런 말씀 하세요?

---

* CU: 화면에 턱에서 머리 일부분까지 나오게 하는 클로즈업 촬영

52623 **#맛집 알파고** (바다 쪽을 보고 측면) PR* 그렇다면 다
행이고요.

52635 **#작가** 뭐가요?

52906 **#맛집 알파고** 이 모든 일요.

영영 함흥차사이리라 생각했던 맛집 알파고는 며칠 지나
답신을 보내왔다. 추가 촬영이나 얼굴의 직접 노출은 어렵지
만 그때 찍은 영상을 편집해 방송하는 데는 동의하겠다는 말
이었다. 소봄이 그다음 날 숙취 속에 깨어나 자신이 저지른
문서 유출에 대해 깨닫고 자책한 것과 달리 알파고의 답은
간결하고 건조했다. 예능국에는 활기가 돌았다. 외부 인사들
을 만날 때 은근히, 우리 연말에 알파고 틀잖아, 하는 자랑이
나올 만큼. 소봄은 자신이 어떻게 맛집 알파고의 응답을 이끌
어 냈는지는 말하지 않고 조용히 입봉을 준비했다. 예비된 성
과가 있다는 것은 따뜻한 차 한잔처럼 노상 몸과 마음을 뭉
근하게 만드는 일이었다. 여름이 끝날 때까지 소봄은 동생과
싸우지 않았고 혼자만의 술자리도 주종을 바꿔 맥주 정도로
가볍게 끝냈다. 뭔가 삶 자체가 가벼워지는 느낌이었다. 적당
히 예열된 차를 부드럽게 액셀을 밟아 몰듯 자기 삶을 운전

---

* PR: 카메라를 오른쪽으로 이동

해 나갈 수 있으리라는 자신이 들었다.

소봄과 지민은 암묵적으로 그 부분, 맛집 알파고의 능력이 그 정도가 아닐 수 있다는 가능성에 대해서는 얘기하지 않았다. 사람들이 인정하고 보고 싶어 하는 편으로, 맛집 알파고가 이미 가지고 있으리라 기대되는 능력에만 집중하기로 하고 지민 스스로 그쪽으로 편집 방향을 잡았다.

그렇게 재택과 출근을 퐁당퐁당 반복하며 지내던 시월의 어느 날, 장밋빛 미래를 꿈꾸는 모든 이들의 낯짝을 휘갈기는 사건이 일어나고야 말았다. 또 다른 맛집 알파고가 나타나 활동하기 시작한 것이었다. 그는 유튜브 채널을 이용해 얼굴까지 드러냈고 라이브 방송을 하며 시청자가 사진을 보내면 그 자리에서 맛집을 맞혔다. 이를테면 알파고보다 더 진화한 형태였다.

예능국에는 일대 논전이 벌어졌다. 지금이라도 방송을 틀자는 파와 유튜브에만 접속하면 매일매일 맛집 알파고 2세대가 나와서 도다리 쑥국이며 광장 시장 떡볶이며 라이브로 답변하고 앉았는데 틀어서 뭐하느냐는 파로 나뉘었다. 정말 그런 관점에서 보면 소봄네 팀이 편집해 놓은 〈능력자〉는 상당히 아날로그적이었다. 정답을 맞히기 위해 적지 않은 시간을 골몰하는, 아무리 편집해도 수분의 대기 시간이 필요할 수밖에 없는 알파고, 얼굴의 직접 노출은 동의하지 않아 원거리에서 찍은 샷 위주로 조심스럽게 담아낼 수밖에 없는 알파고, 어떻게 봐도 저 명명백백하게 얼굴을 드러내 실시간으로 대중과 소통하는 알파고 2세대의 개방감과는 비교될 수밖에 없는 샤이하고 폐쇄적인 알파고, 능력을 쥐어짜서 간신히 성취를 만들어 내는, 인간적이고 인간적인 알파고. 방송국에서는 시들해졌고 국장과 상사들은 금세 다른 아이템으로 관심이 옮겨 갔다.

하루가 멀다 하고 머리를 맞대던 소봄과 지민은 이제 필요한 때에만 메시지로 대화했다. 이따금 퇴폐의 느릅나무 골목에서 마주치면 확진자 수 얘기만 하며 침체의 기분을 넘겼다. 소봄은 자기가 이 방송을 성사시키기 위해 지민에게 내밀한 잔여물로 남아 있는 어떤 감정을 맛집 알파고에게 까발렸다는 죄책감까지 들어 더 괴로웠다. 하지만 이제 와 그 사실을 고백할 용기도 없어서 소봄은 어느 날, 술도 먹지 않고 지민 앞에서 조용히 눈물을 흘렸다. 금세 닦으려고 했지만 이미 지민은 눈치챈 후였다.

"낙엽이 예쁘다, 소봄 씨."

지민은 바닥에서 붉은 단풍잎을 들어 소봄의 앞주머니에 꽂아 주었다.

"실망은 하지 마. 내년이면 자연스레 입봉이 될 테니까. 내년이면 다 괜찮을 거야."

하지만 그렇게 방송이 무산되는 듯했던 시간은 차라리 애잔한 실패감으로 넘을 수 있는 완만한 경사였다. 기억력이 아니라 코딩 프로그램을 써서 맞혀 왔다는 사실이 스탭들을 통해 폭로되면서 맛집 알파고 2세대가 나락의 길을 걷게 된 것이다. 그리고 그 타이밍에 국장이 지민을 불러 교양국으로 발령 내 주겠다고 제안했다. 지민이 평소 다큐멘터리를 찍고 싶어 했다는 건 소봄도 알고 있었다. 몇 차례 부서 이동을 지원했다는 사실도. 그런데 옮겨 가서 만들어야 하는 프로그램 소재가 또다시 맛집 알파고였다. 일종의 고발 프로그램으로 만들라는 거였다. 소봄은 방송국에서는 어떻든 한번 문 아이템은 절대 놓지 않는구나 실감했다. 그리고 어떤 낭만적인 취기 속에 자신이 저지른 일이 이런 파국으로 향해 가는 상황이 괴로웠다.

"방송에 한번 나오시라고 부탁할까요?"

소봄은 뭔가를 간절하게 붙들고 싶은 마음으로 지민에게 물었다. 그렇게 맛집 알파고가 등장하면 모든 것이 해결될 듯했다. 혹시 맛집 알파고는 알파고 2세대보다는 더 윤리적이고 소봄의 의심보다는 더 능력자일 수도 있지 않은가.

"아니."

지민은 쓸쓸하게 웃었다.

"소봄 씨, 이렇게 방송이 엎어지는 일은 겨울날 입김처럼

이 바닥에서는 흔해. 흔하니까 그만큼 빨리 잊히기도 하고. 그러니까 우리, 이번 실패는 실패대로 흘러가게 두자. 지금 회사 지시는 말이 안 돼. 나는 그렇게 하지는 않을 거야."

연회석 완비

며칠 뒤 소봄은 방송국에 퇴근 시간 넘어까지 남아 있다가 국장을 맞닥뜨렸다. 국장은 파티션 안으로 고개를 내밀고는 혹시 저녁은 먹었는지 물었다. 자기는 지금 신재형과 은하 작가와 술 한잔하려는데 같이 가겠느냐고. 소봄은 한동안 보지 못한 은하 작가가 있다는 말에 따라 나섰다. 국장은 근처 한정식집으로 재형과 소봄을 데리고 갔다. 한정식집 맞은편은 '연회석 완비'라고 크게 써 있는 횟집이었는데, 테이블이 모두 치워진 게 폐업 상태인 듯했다. 방으로 안내되어 미닫이문을 열자 은하 작가가 앉아 있었다. 소봄을 보고는 두꺼운 안경 너머로 눈을 반짝이며 반가워했다. 소갈비가 구워지는 가운데 서빙을 직접 맡은 사장이 국장 앞에만 성게 미역국을 놓고 갔다.

"오늘이 내 생일이거든."

국장은 만 원을 추가하면 이렇게 생일상을 받을 수 있다고 좀 겸연쩍어하며 말했다. 소봄은 반찬으로 나온 문어를 집어 먹다가 깜짝 놀랐다. 은하 작가도, 재형도 몰랐던 일 같았다.

"뭐야, 국장님, 심하다, 미리 말하지."

은하 작가가 재형에게 나가서 케이크라도 사 오라고 했다. 재형이 일어나려고 하자 국장이 "아니야, 아니야." 하면서 붙들어 앉혔다.

"촛불, 나, 그거 별로야. 불이 탁 꺼질 때 기분이 이상해, 안 좋아."

"아니, 뭐가 별로야, 그렇게 반짝 좋은 기분 내면서 사는 거지. 국장님 너무 자기 절제 심해, 너무 교과서야."

일할 때 대체로 건조하고 직설적으로 말해서 대하기 어려웠던 은하 작가가 오늘은 나긋나긋하다고 소봄은 생각했다. 그러면 그동안 자신에게 그렇게 했던 건 뭔가 마음에 들지 않아서였을까.

"안 되겠다, 우리 노래라도 부르자. 생일 축하 노래라도 하자."

은하 작가의 느닷없는 제안에 소봄이 "노래, 노래를요?" 하고 되물었다.

"그래, 소봄 씨 노래하자. 국장님 외롭지 않게 우리가 생파 노래 하자."

그렇게 말해 놓고 정작 은하 작가는 노래하지 않고 와인 잔만 들며 웃었고 소봄과 재형이 노래를 불렀다. 그 와중에도 소봄은 사랑하는,이라고 하기 싫어서 그 부분만은 웅얼웅얼 넘겼다.

"국장님, 생일 축하드립니다."

"그래, 재형 씨, 고마워."

"행복하십시오."

"재형 씨도 행복하게. 소봄 씨도, 은하 작가도."

그러고 나서 국장은 화답하듯 국그릇을 들어 성게 미역국을 호로록 마셨다. 얘기는 은하 작가의 건강으로 넘어갔다. 갑상선에 문제가 생겼던 그는 간단한 수술을 받았고 여행도 다니면서 꽤 몸이 회복되었다고 했다. 주로 남미를 여행했는데 고산 지대에서 보름을 머무르기도 했다고.

"멋지다, 멋져. 방송 하는 사람은 말이야. 바로 은하 작가처럼 넓은 세상을 체험해야지. 망망대해를 헤밍웨이처럼 일엽편주로 나가서 청새치도 낚고 고등어도 낚고. 이 작업 해 보고 저 작업 해 보고. 그래서 은하 작가가 훌륭한 작가이고 그래서 내가 좋아하는 작가인 거지."

"그런데 국장님, 저 이제 몸 좀 챙겨야 해요. 나 몸 사릴 거야."

은하 작가는 촛불 모양의 샹들리에를 올려다보며 누구를 살짝 원망하듯 말했다. 그리고 어김없이 맛집 얘기가 알파고 얘기가 나왔다. 재형은 정작 편집이 진행될 때는 전혀 의견이 없었으면서 이 자리에서는 대단히 관심 있는 것처럼 굴었다. 회사의 방향이 정말 옳고, 맛집 알파고처럼 대중을 기만하는 인간들에게는 경고장을 날려야 한다고 목소리를 높였다.

"방송은 예능으로 해도 삶은 예능으로 살면 안 되는 거 아닙니까? 아류까지 뽀록난 마당에 알파고 방송도 이제 고발로 가야죠."

소봄은 그때까지만 해도 어떻게든 참았는데 그 대목에서는 견딜 수 없어서 "재형 선배, 그건 피디님이 알아서 하시겠죠."라고 한마디 했다.

"알아서 하긴 뭘 알아서 해? 그랬으면 일을 이렇게 만들지도 않지."

그때 휴대 전화가 울렸고, 재형이 "죄송합니다." 하면서 허리를 굽실거리며 밖으로 나가더니 "당근이시죠?" 하고 전화를 받았다. 숯불 화로를 앞에 두고 잠시 어색한 시간이 흘러갔다. 이윽고 국장이 앞뒤 없이 "소봄 씨는 구성 작가에는 관심이 있을까?" 하고 물었다. 구성 작가라면 주로 다큐물을 쓰는 사람이었다. 그 순간 소봄은 자신에게 어떤 제안이 주어지고 있음을 알아차렸다.

"국문과 졸업이니 그쪽이 더 맞을 수도 있지 뭐. 다큐는 글 재주가 있어야 하니까."

옆에서 은하 작가가 도왔다.

"에…… 네."

"그럼 예고 한번 써 보지 뭐, 나랑 교양국 가서. 나 이제 일 시작하니까."

"예고를요?"

예고를 쓴다는 건 방송 작가들 사이에서는 입봉의 시그널이었다. 그렇게 서브 작가가 되면 자료 정리가 아니라 작가라는 타이틀로 프로그램 자막에 등장하고 정식 커리어가 출발하는 것이었다.

"어떤 프로그램인지 제가 알 수 있을까요?"

"그거야 신소봄 씨가 이미 알고 있지."

국장이 마치 곧 무슨 선물이라도 펼쳐 보일 듯 호기롭게 받았다.

"맛집 알파고지."

"그러면 이 피디님이랑요?"

소봄이 묻자 은하 작가가 끼어들어, "소봄 씨, 그런 건 방송국 내부 사정인데 왜 알려고 해." 한마디 했다.

"괜찮아. 아직 뭐가 뭔지 몰라서 그렇지 뭐."

국장이 시퉁하게 말했다.

"맞아요, 아직 알 때는 아니죠, 모를 때지."

"알 수가 없지."

"맞아요, 알 수가 없죠."

"괜찮아, 젊어서 모르는 건 축복이지."

그 둘이 합을 맞춰 반복하는 모른다는 말은 소봄의 기분을 상하게 했다. 하지만 치밀어 오르는 반감을 눌러야 한다는 점 또한 확실했다. 소봄은 와인 잔을 꽉 채워 들이켰고, 뻣뻣하게 굳은 양볼을 억지로 움직여 가며 "제가 죄송합니다. 모르는 게 너무 많아서." 하고 왜 하는지 모를 사과를 했다. 그리고 화제는 넘어가 둘은 자신들이 가 본 남미라는 세상에 열을 올리기 시작했다. 하나가 올드카가 질주하는 아바나 거리에 대해 말하면 하나가 카리브해 미녀들에 대해 탄식하고, 하나가 부에나 비스타 소셜 클럽에 열광하면 하나가 살사 동작을 해 보이며 어깨춤을 추는 식이었다. 그때 문이 더럭 열렸고 이번에는 여자애가 쟁반을 들고 들어왔다.

"양미리 튀김입니다."

접시가 놓이자 국장이 "그라시아스."라고 스페인어로 인사했다. 국장으로서는 쿠바 얘기를 하던 여흥에 취해 그랬을 텐데 여자애가 "디 나다." 하고 받았다. 그러자 국장이 오호, 하는 표정으로 눈을 크게 떴다. "올라." 국장이 다시 인사했고 여자애는 "부에나스 노체스." 하고 답했다.

"엔칸타도."

"엔칸타다."

"메 야모 남상신"

"소이 윤희."

스페인어를 잘 모르는 소봄이 듣기에도 여자애의 발음이 훨씬 더 능숙하게 들렸다. 더 이상의 일상 회화가 안 되는지 국장은 갑자기 "코모 우나 프로메사 에레스 투, 에레스 투." 하고 오래된 라틴 가요를 불렀다. 너무 유행가라 소봄도 알 만한 선율이었다. 그러자 여자애도 "코모 우나 손리사, 에레스 투, 에레스 투." 하고 노래를 이었고, 빈 그릇을 정리하더니 유유히 방을 빠져나갔다. 은하 작가가 "둘 다 뭐야, 배틀이야?" 하면서 깔깔 웃었다. 그리고 화장실에 가려는지 자리를 비웠다.

"소봄 씨 와인 더 할 생각 있나? 와인이 입에 맞나? 평소에 와인 좋아해?"

뭔가 대화를 해야겠다 싶은지 국장이 물었다.

"네, 좋아합니다. 국장님은요?"

"나? 나 와인 좋아하지, 이 주에 한 번 배달해 주는 와인 구독도 하는걸."

"아, 그러시구나. 그러면 이 와인은 입에 맞으세요?"

"이거?"

국장이 아까 주문한 십삼만 원짜리 와인을 들고 안경을 벗어 라벨을 살폈다. 소봄은 그사이 그걸 세 병이나 마셨으니까 자기 월급의 반인 셈이라고 계산했다.

"응, 괜찮았어."

"아, 괜찮은 정도예요?"

"어?"

"아니요, 괜찮은 정도구나."

소봄이 헤죽 웃자 국장은 뭔가 이상하다는 느낌을 받은 것 같았다. 취중에라도 뭔가 생각하는 듯했다. 지금 자기가 연이은 모욕을 당한 셈인가 하고.

"뭐가 잘못됐나?"

"아니요."

"소봄 씨 뭔가 내게 할 말이 있는 것 같은데."

"그런 거 아닌데요."

"그럼 내가 좀 취한 모양이군."

그렇게 대화는 끝나고 둘은 누군가가 돌아와 이 술자리가 끝나기를 기다렸다. 하지만 은하 작가는 오지 않았고 그러고 보니 초저녁에 나간 재형도 대체 뭘 하는지 돌아오지 않았다. 국장이 휴대 전화를 꺼내 보고는 "신 감독 전화했었네." 하고 말했다. 그리고 통화가 되지 않자 재형이 남긴 문자 메시지를 큰 소리로 읽어 주었다. "국장님, 금전적으로 손해일 급한 일이 생겨 자리를 뜹니다. 내일 김두레 순댓국집에서 뵙겠습니다." 재형은 소봄에게도 문자 메시지를 남겨 놓았는데 '가방

좀.' 세 글자였다.

식당에서 나왔을 때는 아홉 시가 좀 넘어 있었다. 은하 작가는 어제부터 방송국 근처 작업실에 짐을 풀었다고 했다. 국장과 은하 작가는 방송국으로, 소봄은 지하철역으로 가려는데, 헤어지기 전 은하 작가가 소봄에게 가까이 다가와서 "그럼, 그렇게 알고 있을게." 하고 다정하게 말했다. 소봄은 그렇게 말하는 은하 작가에게서 나오는 너풀거리는 입김을, 갑자기 찾아온 초겨울 추위로 희미하게 나타났다가 사라져 버리는 그 입김 같은 말을 듣고, 아니 보고 있었다.

곧 둘은 방송국으로 걸어가기 시작했다. 하지만 한동안 소봄은 자리를 뜨지 못했다. 뭔가에 발끈하듯 차가운 공기 중을 응시한 채 서 있었지만 끝내 아니라고는 하지 못했다. 재형의 것까지 두 개의 가방을 어깨에 메고 전철역으로 향하다 그래도 그건 정정해야 하지 않나 싶어 은하 작가에게 메시지를 보낼까 보낼까 하다가 소봄은 보내지 못했다. 자꾸 멈췄지만 자꾸 보내지 못했다. 그렇게 걷는 소봄의 머리 위로 가로수들이 이따금 축복하듯 낙엽들을 떨어뜨렸다. 낙엽이 자꾸 사락사락 기척을 내서 도무지 생각이라는 걸 할 수가 없다고 소봄은 또 생각했다.

가방이 너무 무거워 횡단보도의 차량 진입 방지석 위에 걸터앉은 소봄은 고개를 들어 나무들을 올려다보았다. 12월인데도 햇볕이 드는 정도에 따라 어느 것은 아주 붉고 어느 것은 여름과 아직 이별하지 않은 듯 여전한 푸른 잎이었다. 마치 시간이 어떤 것에는 내리고 어떤 것에는 가지 않고 머문 것처럼. 얼마나 멀까, 소봄은 생각했다. 지난겨울 지민과 함께 첫눈을 맞았던 그 골목의 밤과 이 겨울의 밤은. 외롭고 슬프고 쓸쓸하고 울고 싶고 달라진 게 없네. 하지만 그건 기만이라고 소봄은 곧 정정했다. 세상은 달라졌고 그래서 사람들은 이 시절을 팬데믹이라고 부르니까. 돌이 너무 차가워 소봄은 얼어붙을 것 같다고 생각했다. 그리고 불현듯 휴대 전화를 꺼냈지만 정작 연락한 사람은 은하 작가가 아니라 지민이었다.

'저는 영 나쁜 인간이에요.'

메시지를 보내고 기다리는 동안 소봄의 눈에는 눈물이 차올랐다. 소봄은 '닮았구나.' 하고 생각했다. 취한 채로 돌아온 아빠가 현관 계단을 다 올라오지도 못하고 주저앉아 엉엉 울곤 했다는 건, 그편으로 난 방을 가진 소봄만 알고 있던 사실이었다. 그 여덟 개의 계단을 오르지 못해 우는 사람이 있다는 것, 안타깝게도 술꾼들은 그런 사람들이라는 것. 이윽고 지민에게서는 '한잔하셨네.' 하는 답이 돌아왔다. '소봄 씨가 왜 나빠, 그런 건 아닐 거야.' 하는.

'아니에요, 피디님이 어떻게 알아요? 뭘 알아요?'

'또 시작이네, 알아.'

'아니, 몰라요.'

'어허, 어디야?'

정작 지민이 그렇게 묻자 소봄은 더 이상 대답을 하지 않고 눈물을 닦고 일어섰다. 올해 크리스마스에도 눈이 올까 하는 생각을 했다. 마치 누군가의 머리 위로 죄 사함을 선언하듯 공중에서 끝도 없이 내려오는 그 눈송이들. 그것은 비와 다르게 소리가 없고 쌓인다는 점에서 분명한 아우라가 있었다. 그렇게 걷는 동안 소봄의 주머니에서 휴대 전화가 반짝이며 지민의 말이 계속되었다. 소봄은 그것을 확인하지 않았지만 이제는 혼자만의 힘으로 그날의 밤으로 걸어 들어가고 있었다. 누군가를 잃어 본 사람이 잃은 사람에게 전해 주던 그 기적 같은 입김들이 세상을 덮던 밤의 첫눈 속으로.

‒ 맛집 사진만으로 상호를 맞힌다는 설정은 트위터의 한 게시물에서 착안했지만 그 이외에는 허구다.

바비의 집

박상영

낡은 미니밴이 공항 주차장에 세워져 있었다. 차 옆에 서 있는 긍률은 생각보다 더 수척해 보였다. 가뜩이나 마른 체격에 치수가 큰 옷을 입어 바짓단이 펄럭펄럭했고 이마 뒤로 넘긴 머리카락은 힘없이 축 늘어져 있었다. 가까이서 보니 눈밑에 거뭇거뭇한 기미까지 끼어 있었다. 그는 내 트렁크를 받아 들며 말했다.

"너 때문에 새벽부터 이게 뭔 고생이냐."

"얻다 대고 반말이야. 미국에 오래 살더니 미국 놈 됐냐."

"왜 이래. 내가 언제부터 존대했다고."

"하긴."

긍률은 나랑 세 살 터울임에도 불구하고, 언제나 반말을 했다. 막내아들이라고 오냐오냐 키운 탓에 늘 버르장머리가 없었다.

"일하는 애가 갑자기 미국 온다고 해서 놀랐어. 회사는 어쩌고 온 거야."

"관뒀어."

"승진했다고 자랑한 지 얼마나 됐다고……."

나는 달리 할 말이 없어 살다 보면 이런 일도, 저런 일도 생기는 게 아니냐고 대답했다. 당연히 내가 겪은 일들에 대해서는 얘기하지 않았다.

긍률은 트렁크를 열어 내 짐 가방을 실었고, 나는 조수석에 탔다. 자리에 앉자 차체가 휘청하는 게 느껴졌다. 긍률은 이번에 넷째 아이가 태어날 것을 대비해 중고로 구매한 차라고 묻지도 않은 설명을 덧붙였다. 그게 괜히 더 구차하게 느껴졌다. 핸들을 잡은 긍률은 세상 어떤 사람보다도 더 피곤한 표정으로 뉴욕에서의 삶을 이야기하기 시작했다. 그는 아이를 낳고 난 후 신의 뜻을 깨달았으며 인생을 감사하게 껴안을 수 있게 됐다,고 했다. 나는 하품을 하며 말했다.

"감사할 것도 많다."

"넌 왜 그렇게 매사에 부정적이냐."

"니 얼굴이 더 부정적인데."

그건 진심이었다. 삶에 감사하는 긍률의 얼굴은 내가 봤던 어느 때보다도 어둡고 초조해 보였다. 집안의 트러블 메이커이자 탕아를 자처했던 십 대 시절, 긍률의 얼굴에 광기 어린 생기가 가득했던 것과는 사뭇 달랐다. 긍률은 내 말을 듣고 기분이 상했는지 입을 꾹 다물었다. 표정 없는 그의 입가에 주름이 깊게 패어 있었다. 고작 삼십 대 초반의 나이라는 게 믿기지 않을 정도로 깊게.

차가 고속 도로에 들어섰다. 이따금 경찰차의 사이렌 소리가 울리는 것 말고는 한국의 도로와 크게 다르지 않았다. 양반다리를 하고 좌석에 기대앉았다. 좌석 엉덩이 부분에 공처럼 둥근 물체가 걸려 있는 게 느껴졌다. 왼손으로 좌석 아래쪽을 훑어 보니 등받이에 끼어 있던 원형의 물체가 잡혔다. 바비 인형의 머리통이었다. 원래는 푸른빛이었을 눈에는 붉은 사인펜이 칠해져 있었고, 머리카락은 마구잡이로 짧게 잘려 있었다. 입술이 떨어져 나간 부분을 통해 텅 빈 머리 속이 훤히 들여다보였다. 왠지 기분이 나빠서 인형의 머리통을 바닥에 떨어뜨렸다. 발치에서 머리통이 데구르르 굴렀다. 나는 그것을 지그시 밟았다.

이상하게 피곤해 손목시계를 확인했다. 그럼 그렇지. 새벽 다섯 시니까 피곤할 수밖에, 생각해 보니 한국은 오전이 아니라 오후 다섯 시였다.

그 순간으로부터 고작 이틀이 지났다는 의미였다.

*

이틀 전 오후, 사무실의 풍경은 평소와 별반 다르지 않았다. 선배 김이 기사를 소리 내어 읽기 시작했다. 아침에 송고한 내 기사였다. 나는 그의 버석한 목소리를 애써 무시하며 이면지에 낙서를 했다. 눈이 동그란 햄스터 한 마리가 그려졌다. 김은 마른 김처럼 푸석푸석한 머리카락을 연신 뒤로 넘겼지만, 얇은 직모의 머리카락은 이내 이마 쪽으로 흘러내리곤 했다. 김은 미간에 주름을 잔뜩 잡은 채로 들고 있는 빨간색 플러스펜 뚜껑을 잘근잘근 씹었다. 구겨졌다 다시 펴지는 김의 입술은 보랏빛이었다. 그래서 나는 그를 '보라'라고 불렀다. 술을 자주 마시는 것도 아닌데 누가 봐도 간이 좋지 않은 안색의 보라는 한 시간마다 한 번씩 제작부의 늙은이들과 함께 밖으로 나가 담배를 피우곤 했다. 보라가 내 책상을 지나칠 때마다 어김없이 풍겨 오는 담배 전 내. 그의 자리에 유물처럼 쌓인 종이컵들. 도대체 언제 버릴 생각인 걸까.

싫다.

역겹다.

나도 모르게 미간에 깊은 주름이 졌다. 보라는 이런 내 마음 같은 건 알지도 못한 채, 아니 내 감정 같은 것은 애초에 아랑곳하지도 않은 채 계속해서 같은 구절을 반복해 읽었다.

"너무 간절히 죽고 싶었던 날, 누군가 옆에서 목소리를 들려줬으면 좋겠다는 생각을 했어요. 잠들 때까지 계속해서. 혼자라는 생각이 들지 않게."

최근 『나의 속삭이는 밤』이라는 책을 출간해 출판계에서 소소한 논란을 일으키고 있는 유튜브 크리에이터 '잠못밤'의 인터뷰 기사 초안이었다.

잠못밤은 말이 좋아 크리에이터지 아무런 크리에이티비티가 느껴지지 않는 사람이었다. 낙제생에 사회 부적응자가 학교를 뛰쳐나간 뒤, 대단한 재주도 참신한 콘텐츠를 생산할 만한 능력조차 없어, 아무도 보지 않는 브이로그나 먹방 등, 당대에 유행하는 콘텐츠를 마구잡이로 찍으며 대중의 외면을 받았다. 그렇게 온갖 유행을 훑던 도중 제작한 ASMR 콘텐츠가 우연히 터진 케이스였다. 그는 대단한 미형의 외모는 아니었으나, 젊은 층에 어필할 만한 하얗고 깔끔한 용모와 안정적인 목소리 톤을 가지고 있었다. 그 한 줌의 재능을 바탕으로 약간 젖은 머리칼에 단추를 네 개 정도 풀고, 침대에서 내려다보는 듯한 특별하다면 특별한 화면 구성을 바탕으로 마니아 층을 양산했다. 유사 연애를 하는 망상에 사로잡힌 가련한 작자들을 볼모 삼아 책까지 출간한 것이었다.

고백하자면 내가 바로 그런 사람이었다.

다른 이들처럼 잠못밤의 용모에 끌렸던 것은 아니고, 지굿지굿한 불면 때문이었다. 육 년 전, 이곳에서 처음 회사 생활을 시작한 뒤로 불면을 가방처럼 얹고 살아오긴 했다. 입사 시에 삼 개월로 예정됐던 인턴 기자 생활이 육 개월에서 일 년으로 차차 늘어만 갔다. 나는 최저 시급도 되지 않는 돈을 받으며 내 주변 모든 세상의 눈치를 보는 삶의 양식을 몸에 새겨 나갔다. 끝이 보이지 않는 나선형으로 꼬인 터널 속을 계속 달리는 기분이었다. 하루 열여섯 시간씩 격무를 하고 집에 돌아와도, 눈을 감아도 잠이 오지 않는 밤들이 계속됐다. 병원을 제일 먼저 찾아갔고 그곳에서 처방한 따뜻한 우유나 졸피뎀, 긴장하지 않는 습관, 명상 등을 충실히 이행했으나 상태는 나아질 기미가 없었고 오히려 점점 더 나빠지기만 했다. 그렇게 입사한 지 열여섯 달이 지나고, 입사 동기 세 명을 내보내고 나서야 나는 인턴 딱지를 떼고 간신히 정식으로 채용되었다. 내가 걷는 길이 비단 길이 아니라는 사실은 잘 알고 있었지만, 정 기자가 되어 주간지에 발령 받자마자 바로 매체가 문을 닫아 버리는 불상사가 일어났다. 나를 뽑은 부장은 갈려 나갔고, 국장급 밑의 평사원들은 통째로 디지털 팀에 흡수되었다. 불면은 여전히 내 삶의 양식으로 자리 잡고 있었다. 나는 온갖 방법들을 시도해 보다 자연히 ASMR 콘텐츠들을 찾게 됐고, 잠못밤은 내가 즐겨 보던 유튜버 중 하나였다.

"너무 간절히 죽고 싶었던 날, 누군가 옆에서 목소리를 들려줬으면 좋겠다는 생각을 했어요. 잠들 때까지 계속해서. 혼자라는 생각이 들지 않게."

보라가 뭐가 불만인지 계속 같은 문장을 읽었다. 마치 나를 책망이라도 하듯이. 당장이라도 쓰러질 것처럼 기력이 없는 잠못밤의 목소리와는 사뭇 달랐고, 사포처럼 거칠어 확 입을 틀어막고 싶었다. 정 기자가 됐을 때만 해도 나는 육 년 뒤의 내가 보라에게 기사를 검사받는, 초등학생 같은 생활을 계속할 것이라고는 예상하지 못했다.

특히나 이번 인터뷰는 다를 거라 믿었다. 조금은 달뜬 마음으로 잠못밤을 만나러 갈 때만 해도, 오랜만에 내 이름으로 된 기사를 낼 수 있을 거라는 희망이 있었다. 그러나 그가 입을 연 지 십 분이 채 지나지 않아 나는 기사를 은나래의 이름으로 송고하기로 마음먹었다.

디지털 팀에는 기사 트래픽을 유치하기 위해 존재하는 가상의 기자가 존재했다. 셀럽들의 인스타그램 근황이며, 온갖 허드레 같은 소식을 긁어다 올리는 은나래 기자는, 보라와 나, 인턴 기자 한 명이 공유하는 욕받이용 기자였다. 쓰레기 같은 정보들을 퍼다 나르면서도 은나래 TF의 수장이나 다름없는 보라에게 일일이 검사를 받아야 하는 것이 기자로서, 또 인간으로서 나의 비애였다. 은나래를 구성하는 인격들은 너무나도 별로라서 스스로를 진심으로 혐오할 줄 알았고, 그래서 은빛 날개 아래로 스스로의 추악한 모습을 숨길 줄 알았다.

잠못밤의 이야기를 듣던 도중 나는 녹음기를 꺼 버렸다. 고개를 끄덕이며 그가 하는 말을 듣는 척하며 내 멋대로 기사를 써 내려갔다. 내용은 뻔했다. 인정 욕구에 미친 사람들. 잠못밤과 나와 은나래. 뻔한 말 대잔치를 하고 있는 무의미한 인간들과 무의미한 시간들. 나는 그날도 은나래가 되어, 마치 은나래의 캐릭터를 연기하는 마음으로 마음껏 무례하고 거지 같은 질문을 찬란하게 늘어놓았다. 상대를 더 기분 나쁘게 할수록 트래픽이 늘어나는, 진기한 세상이여. 그것은 잠못밤의 풀어진 단추 개수 만큼이나 뻔하디 뻔한 생존 양상이었다.

입술이 보라색인 데다 무능력하고 냄새나고 성격도 별로인 보라는 그래도 십 년이 넘은 기자 짬밥이 있어서, 내가 성의 없는 기사를 써 오는 건 기가 막히게 캐치를 했다.

"너무 간절히 죽고 싶었던 날, 누군가 옆에서 목소리를 들려줬으면 좋겠다는 생각을 했어요. 잠들 때까지 계속해서. 혼자라는 생각이 들지 않게."

보라는 또 같은 문장을 반복해 읽었고, 난 빈 종이에 계속 햄스터를 그렸다. 한 마리였던 햄스터가 순식간에 종이를 가득 채울 정도로 불어났다. 종이에 빈 공간이 없어지자 햄스터의 눈에 검은 칠을 했다.

어릴 적에 햄스터를 길렀던 적이 있다. 두 마리였던 햄스터가 불어나 순식간에 여덟 마리가 됐다. 신기해하고 있던 찰나, 어느 날은 또 다섯 마리가 되어 있었고 두어 달 뒤에는 다시 열 마리가 됐다. 먹이통에서 발가락이 하나 떨어져 나간 햄스터의 앞발을 발견했다. 햄스터들이 끊임없이 새끼를 낳고 자신이 낳은 새끼를 잡아먹었던 거였다. 그 사실을 알게 된 긍률과 나는 햄스터 집을 통째로 소각장에 내다 버렸다. 그 후로 애완동물을 길러 본 적은 없다.

보라가 탁 소리가 나게 원고를 내려놓았다. 그리고 짜증이 가득한 목소리로 내 이름을 불렀다.

"평화 씨."

아니나 다를까 보라는 빨간 펜으로 난도질된 기사를 넘기며 신경질을 부렸다.

"도대체 생각이라는 게 있긴 해?"

보라는 언제나 질문하는 조로 말을 했다. 물론 대답을 바라는 문장은 아니다. 보라는 뒤이어 매사에 건성건성인 내 태도에 대해 일장 연설을 늘어놓았다. 오 년 동안 매주 반복되는 패턴에 하품이 날 지경이었다. 난 그가 뿜어 대는 분노를 태풍이나 장마 혹은 화산 폭발과 같은 자연재해로 이해했다. 예측할 수 있고, 그것에 맞게 대응할 수도 있지만 원인을 제거

할 수는 없다. 그리고 일단 지구에 발을 붙이고 사는 동안 계속 겪어 내야 한다.

한참을 투덜대던 보라는 펜 뚜껑을 닫으며 결재 도장을 찍듯이 결론을 내렸다.

"화를 안 내고 싶어도, 안 낼 수가 없네."

갑자기 몸이 뜨거워지기 시작했다. 침을 꿀꺽 삼키며 혀로 입술을 훑었다. 내 속의 아주 깊은 곳에서부터 뜨거운 것이 천천히 끓어오르고 있었다. 고개를 저으며 사무실을 보았다. 담배를 피우러 나간 편집장은 두 시간째 들어오지 않고 있으며 후배와 인턴들은 모두 외근을 나갔다. 유리 파티션 너머로 홍보부 직원들이 자판을 두드리고 있는 게 보이는, 뭐 하나 이상할 게 없는 날이었다.

그러나 뭔가가 분명히 달랐다. 회로가 교란된 기계처럼 온몸이 저절로 움직이기 시작했다. 전신을 순환하던 피가 머리로 쏠렸다. 머리의 온도가 점점 올라가는데 몸은 점점 더 차가워졌다. 심장 소리가 온몸에 울리고 기관차처럼 뜨거운 김이 머리에서 뿜어져 나오는 것 같았다. 나는 생동하는 에너지에 사로잡혔다.

책상 위에 있던 과월 호 잡지를 보라의 얼굴을 향해 던졌다. 잡지 귀퉁이가 그의 인중에 명중했다. 고개를 돌린 보라의 얼굴에 놀란 빛이 어렸다. 난 곧바로 책상을 타고 넘어가 보라의 머리채를 잡아 의자에서 끌어 내렸다. 말총처럼 묶여 있는 머리채를 손가락으로 휘어 감아 바닥에 몇 번 찧었다. 보라의 이마가 발갛게 달아올랐다. 그리고 나는 보라의 책상에 놓인 문구용 가위를 들어 그의 힘없이 나풀대는 머리칼을 잘랐다. 손 안에서 머리카락들이 흩어졌고 그의 머리가 힘없이 옆으로 흔들렸다. 보라가 그제야 소리 내어 울기 시작했다. 울음소리가 들리기 무섭게 보라의 뺨을 사정없이 내리쳤다. 내리치면 내리칠수록 더 힘이 솟아올랐다. 어디서 이런 힘이 솟아나는 것일까. 보라의 책상에서 빨간 펜을 집어 들었다. 뚜껑을 열고 보라의 감은 눈꺼풀에 커다랗게 엑스 모양을 그려 넣었다. 꾹꾹 눌러써도 펜이 잘 나오지 않아 계속 덧칠을 했다. 보라의 눈꺼풀이 발갛게 부어올랐다. 반대쪽 눈꺼풀과 입술에도 커다랗게 엑스를 그려 넣었다. 손이 떨려서 선이 삐뚤삐뚤했다. 보라의 얼굴은 지난 오 년 동안 내가 받아 왔던 교정지를 닮아 있었다.

빈자리가 남지 않을 만큼 선을 덧칠했을 때 귀에서 이명이 들리기 시작했다. 휘파람 소리 같은 고음이 귓가에 울려 퍼졌다. 소리는 점점 더 커지더니 급기야 사이렌 소리처럼 요란스럽게 들렸다. 귀를 막아도 시끄러운 휘파람 소리가 계속됐다. 손에 쥐고 있던 펜이 바닥으로 떨어졌다.

떨어진 펜을 줍고 일어났을 땐 모든 게 다 제자리에 있었다. 과월 호 잡지는 내 책상 위에 놓여 있었고, 보라는 여전히 신경질이 가득한 표정으로 플러스펜을 씹고 있었다. 주름진 이마도 자국 하나 없이 말짱했다.

모든 게 내 머릿속에서만 벌어진 일이었다.

그제야 내 손이 감전된 것처럼 부들부들 떨리고 있는 걸 알아챘다. 흥분을 가라앉히려 해 봤지만 떨림은 멎지 않았다. 탁상 거울에 내 얼굴이 비쳤다. 볼에 짙게 홍조가 끼어 있고 눈은 이상하게 번뜩이고 있었다. 일전에 한 번도 본 적 없었던 모습이었다.

그길로 나는 밖으로 나왔다. 사람이 붐비는 마감 직전의 은행에서, 내가 가진 모든 예금을 인출해 백 달러짜리 지폐로 바꾸었다. 그리고 곧장 미국으로 가는 비행기 티켓을 예매했다.

나에게 일어난 일의 정체가 무엇이며, 내가 왜 이런 행동을 벌이는지 이유를 알아내려 했지만, 아무리 고민해도 내 충동을 이성으로는 이해할 수 없었고, 지금껏 내 머리로 이해할 수 없는 대부분의 일들을 취급하던 방식 그대로, 나는 모든 생각을 멈추기로 마음먹었다.

*

긍륜 가족은 삼 층짜리 주택의 꼭대기 층에 세를 얻어 살고 있었다. 뉴욕 근교에서도 한참이나 벗어난 곳이었다. 빠듯한 목사 월급에 빌릴 수 있는 집의 크기는 빤했다. 트렁크를 들고 낑낑거리며 삼 층까지 올라가자 얼굴이 노랗게 뜬 긍륜의 아내가 문을 열어 주었다. 배가 불러 몸이 무거운지 한쪽 손으로 허리를 짚고 있었다. 무기력한 표정의 그녀는 네 번째 아이를 임신한 상태였다. 나를 보고 희미하게 미소를 지었지만 달갑지 않은 기색이 역력했다.

도피처로 뉴욕을 택하게 된 건 순전히 긍륜 때문이었다. 한때 비행 청소년의 아이콘으로서 우리 집의 골칫덩어리를 자처했던 그는 다른 모든 수험생들이 그렇듯 점수에 맞춰 시 외곽에 위치한 기독교 재단 대학의 신학과에 진학했으며 자동으로 종교에 귀의하게 됐다. 긍륜은 대학에 들어가기 무섭게 누가 봐도 연애를 하는 사람처럼 칠렐레팔렐레 온갖 티를 다 내고 다니더니, 순결과 박애, 헌신이라는 교칙 중 순결이라는 가치 빼고 모두를 실천해 덜컥 애를 가지게 되었다. 첫딸을 낳고 아빠가 됐을 때 그의 나이 고작 스물두 살. 그 후로 정신을 차렸다고 해야 할지, 아니면 이전까지 그를 지배해 왔던 허세와 허영과 같은 가치를 그대로 답습한 결과인지 그는 마음을 잡고 공부도 하고, 단기 어학연수도 다녀오는 등 갖은 노력 끝에 전공을 살려 목사가 되었다. 그것도, 한국이 아닌 미국에서. 엄마의 말에 따르면 긍률은 내가 밥숟가락 하나를 슬쩍 얹어도 될 만큼 그럭저럭 뉴욕에 자리를 잡은 것 같다고 했다. 그를 보지 않은 지도 벌써 오 년이나 지났고, 그새 하나였던 아이가 셋이나 불어나 버렸다. 하고많은 곳 중에서 뉴욕을 가장 먼저 떠올린 것은 긍률 때문이니까, 어찌 보면 피가 무섭긴 했다.

예상대로 긍률의 집 안은 세 명의 아이들과 그들이 내뿜는 기운으로 들끓고 있었다. 긍률이 속해 있던 목회 집단이 피임을 엄격하게 금지하고 있었기 때문에 발생한 일인 것 같았다. (그걸 그대로 받아 섬기는 것도 참 긍률다운 짓이었다.) 집 곳곳엔 아이들의 장난감과 과자 부스러기, 수상한 냄새가 나는 옷가지들이 널브러져 있었다. 한국과 달리 천장에 조명이 설치돼 있지 않아 대낮인데도 저녁 어스름처럼 어두웠다. 영어로 소리를 지르며 싸우는 아이들 사이를 비집고 들어가 여자아이들 방에 트렁크를 내려놓았다. 이 집에 아이 하나가 더 생긴다니 상상만 해도 아찔했다. 바닥엔 크레파스 자국으로 뒤덮인 어린이용 매트가 깔려 있었다. 발에 크레파스가 묻지 않게 조심스럽게 걸어가 그나마 깨끗해 보이는 귀퉁이에 앉았다.

트렁크를 열어 짐을 풀까 생각했지만 행거와 옷 바구니는 이미 아이들의 옷으로 꽉 차 있었다. 난 방 귀퉁이에 가구처럼 가만히 웅크리고 앉았다.

궁률 가족은 식사를 하기 전에 감사 기도를 했다. 내가 보기에는 그다지 감사할 게 없는 것 같은데 그들은 귀신같이 감사할 일들을 찾아냈다. 그날도 테이블에 궁률의 다섯 식구와 내가 둘러앉았다. 궁률의 아내가 내 앞에 포크 하나를 올려놓았다.

"미안해요. 숟가락이 모자라네."

나는 괜찮다는 뜻으로 고개를 끄덕였다. 궁률이 식전 감사 기도를 시작했다. 눈을 감은 궁률의 얼굴에 그늘이 드리워졌다. 다들 눈을 감은 채 손을 모으고 있는데 내 맞은편에 앉은 제니만이 눈을 똑바로 뜨고 있었다. 허리를 꼿꼿이 세운 채 얇은 입술을 꽉 다문 모습이 열세 살짜리 아이답지 않게 조숙해 보였다. 지아와 스티브는 자신이 먼저 기도를 하겠다고 나섰다. 각자 다른 감사의 사유를 말해야 하는 규칙이 있기 때문이었다. 맨 처음 기도를 하는 아이에게는 '주님 일용할 양식을 주셔서 감사합니다.'라는 고전적이고도 손쉬운 기도를 할 수 있는 특혜가 주어졌다. 가족들의 기도가 끝나고 잠시 동안 침묵이 이어졌다. 내 차례인 듯싶었다. 나는 별로 감사할 일이 없었기 때문에 가만히 앉아 있었다.

"평화."

긍률이 재촉하듯 내 이름을 불렀다. 가족들이 눈을 뜨고 내쪽을 쳐다봤다. 나는 아무 대꾸도 하지 않고 긍률을 빤히 보았다. 긍률이 마지못해 '아멘.'이라고 마무리했다. 비로소 식사가 시작됐다. 지아와 스티브가 영어로 소리를 지르며 싸웠다. 긍률이 아이들에게 조용히 밥을 먹으라고 주의를 줬지만 당연히 아이들은 듣지 않았다. 스티브가 달걀 프라이 쪽으로 손을 뻗다가 유리잔을 넘어뜨렸다. 내 가슴에 토마토 주스가 튀었다. 티셔츠에 얼룩이 남았다. 얼굴이 달아오르며 어깨가 경직되는 게 느껴졌다. 포크를 잡은 오른손이 미세하게 떨려 왼손으로 오른손을 꽉 붙들었다. 맞은편에 앉은 제니가 내 손을 유심히 바라보았다. 긍률의 아내가 일어나 아이들이 흘린 음식을 닦았다. 배가 불러 움직임이 굼떴다. 출산 예정일이 얼마 남지 않은 듯했다. 나는 자리에서 일어나 방으로 들어갔다.

하루에 세 번씩 서로 다른 다섯 명의 음성으로 감사하라는 말을 듣고 있자니 도무지 인생에 감사할 수가 없었다. 그래서 난 그들의 음성으로부터 벗어날 수 있는 도피처를 찾아냈다. 여자아이들 방에 놓인 거대한 인형의 집이 그것이었다.

'바비의 집'은 미국의 전원주택을 본떠 만든 거대한 인형의 집이었다. 그것은 지붕이 내 가슴까지 올라올 정도로 커서 장난감이라기보다는 장롱이나 컨테이너박스에 가까워 보였다. 때문에 가뜩이나 협소한 방을 더욱 좁아 보이게 만들었다. 바비의 집은 지붕에 있는 버튼을 누르면 집이 세로로 쪼개져 내부가 훤히 드러나 보였다. 그 속엔 자그마한 흔들의자와 티테이블, 침대가 놓여 있어 제법 살림의 구색을 갖추고 있었다. 한때는 분홍빛으로 반짝거리며 아이들에게 감사의 대상이 되었을 바비의 집은 이미 먼지를 뒤집어쓴 채 덩치 큰 천덕꾸러기가 되어 있었다.

소매로 대충 먼지를 걷어 내고 지붕에 있는 오픈 버튼을 눌렀다. 바비의 집이 악어처럼 커다랗게 입을 벌렸다. 오래되고 기름칠이 잘 되지 않아 움직임이 매끄럽지 못했고 뭔가 긁히는 소리가 났다. 난 허리를 숙여 집 안으로 들어갔고 다시 팔을 뻗어 지붕의 버튼을 눌렀다. 집이 완벽히 닫혔다. 좁은 공간에 몸을 구겨 넣고 있으니 몸 여기저기가 가구에 닿았다. 어지럽게 널려 있는 바비의 가구들을 한편에 밀어 놓았다. 무릎을 접고 벽 쪽에 비스듬히 머리를 기대 편한 자세를 잡아 보았다. 그래도 몸에 뾰족한 것들이 배겼다. 자세를 고치기 위해 손바닥으로 땅을 짚었다. 뭔가 걸리는 느낌이 들어서 손으로 바닥을 훑어 보았다. 작은 플라스틱 조각들이 바닥에 잔뜩 깔려 있었다. 그중 제일 작은 조각을 집어 실눈을 뜨고 들여다보았다. 어두워서 잘 보이지 않았지만, 그것은 분명 인형 손바닥이었다. 나머지 조각들을 들어 살펴보았다. 한쪽 가슴이 떨어져 나간 몸체와 관절이 잘린 다리, 구멍 뚫린 몸체가 즐비했다. 크기가 다른 머리와 발이 있는 것으로 봐서는 여러 개의 인형이 잘려 나간 것 같았다. 잘린 바비의 사체들이 장판처럼 깔려 있었다.

방 안의 불이 켜졌다. 누군가 방에 들어온 듯했다. 지붕에 난 창문을 통해 조심스럽게 밖을 내다봤다. 방의 주인인 첫째, 제니였다.

제니는 장난감 상자로 걸어가 뭔가를 찾는 듯, 상자를 뒤지기 시작했다. 곧 원하는 것을 찾았는지 장난감 하나를 꺼내들고 찬찬히 들여다보았다. 제니의 손에 들린 건 눈 한쪽이 떨어져 나간 악어 인형이었다. 제니는 서랍 속에서 가위를 꺼내 악어 인형을 자르기 시작했다. 인형의 주둥이가 떨어져 나갔다. 앞발이 가슴에서 분리됐다. 제니의 입꼬리가 올라갈수록 인형을 자르는 속도도 빨라졌다. 가위질을 하는 손길에 에너지가 가득해 보였다. 반으로 잘린 악어의 배에서 하얀색 솜이 쏟아져 나오기 시작했다. 악어의 외피를 감싸고 있던 천이 누더기가 됐다. 조각난 악어 인형을 보며 제니는 흡족한 표정을 지었다. 제니는 무릎을 꿇고 손을 모으며 뭔가 중얼거리기 시작했다. 목소리가 작아 잘 들리지 않았지만 그것은 감사 기도였다. 기도하는 손이 미세하게 떨리고 있었다. 그리고 내 이명이 시작됐다. 이명은 제니의 기도 소리에 맞춰 점점 커졌다. 나는 귀를 막고 조용히 심호흡을 했다. 이명이 사이렌 소리가 되어 온몸에 울리기 시작했다. 기도를 마친 제니는 홀가분한 표정으로 밖으로 나갔다. 귀를 막은 내 손도 제니의 손처럼 미세하게 떨리고 있었다.

그 후로 며칠 동안 바비의 집에서 웅크려 앉아 내가 봤던 것에 대해 고민했다. 제니가 저지른 일은 확실히 보통의 범주에 속하지 못할 만한 것이었다. 제니는 학교 성적이 아주 좋은 편이었다. 장식장에 제니가 수상한 상패를 전시해 놓는 칸이 따로 있을 정도로 대외 활동에도 열심이었다. 그러니까 그녀는 이 궁색한 집안의 유일한 희망이자 슈퍼스타였다. 제니가 왜 그런 일을 벌였을까. 알 수 없었다. 제니 역시 나처럼 일종의 내적 문제를 앓고 있는 게 아닐까 하는 생각이 들었다.

이 사실을 긍률에게 말할까 고민해 봤지만 엄두가 나지 않았다. 느닷없이 미국에 와 하루 종일 방 안에 처박혀 있는 내가 그런 말을 하는 것도 우스운 일이었다.

침묵. 그것은 기자 생활을 하는 동안 내가 깨우쳤던 몇 안 되는 생존 전략이었다. 난처한 상황에서 아무 소리도 내지 않는 것은 비겁하지만 가장 효과적인 방법이었다. 나는 이전처럼 바비의 집 속에 은거하며 조용히 시간을 흘려보냈다. 그들의 감사 기도는 언제나처럼 평온하고 지루했다. 그들은 그것을 평화라고 여겼다.

그리고, 전례 없는 질병이 전 세계를 덮쳤다. 한국으로 돌아가는 항공편이 연달아 취소되었다. 비행기표를 바꾸기 위해 두 시간도 넘게 휴대 전화를 붙들고 있어도 상담원과 통화를 할 수 없었다. 모든 도시가 봉쇄될 거라는 뉴스가 연신 흘러나왔다. 본의 아니게 나는 긍률 가족의 일부가 되어 눈치를 보며 살아갈 수밖에 없는 처지가 되었다.

일요일 오전 아홉 시, 난 작은 한인 교회 앞에서 하품을 하며 서 있었다. 새벽 예배를 집도하기 위해 출근하는 긍률과 함께, 그의 아이 셋을 달고 교회에 오게 됐다. 집 안에 그림자처럼 늘어져 있는 나를 불편해하는 아내의 사주가 있었으리라 추정됐다. 내게 바비의 집이 필요했던 것처럼 만삭의 그녀 역시 비슷한 마음일 것이란 생각을 하며 졸음을 참았다.

새벽 예배당은 한산했다. 유학생 몇 명과 반지를 많이 끼고 있는 할머니들이 면으로 된 마스크를 낀 채 드문드문 자리를 차지하고 있었다. 나는 아이들을 자리에 앉힌 뒤 그 옆에 다리를 모으고 앉았다. 아이들은 연신 하품을 하다 꾸벅꾸벅 졸기 시작했다. 공기 중에 약을 풀어 놓은 것처럼 졸렸다. 눈이 자꾸 감겨서 허벅지를 손톱으로 꼬집었다. 머리가 희끗희끗한 중년의 남성이 꾸벅꾸벅 조는 나를 노려보았다. 찬송가가 들린다 싶으면 눈을 반쯤 뜨고 입을 뻐끔뻐끔 벌렸다. 어차피 모르는 노래였다. 귓가에 사랑 평화 은혜와 같은 단어가 이명처럼 울렸다.

정신을 차려 보니 예배는 끝나 있었다. 난 고개를 뒤로 꺾고 입을 벌린 채 자다가 눈을 떴다. 긍률은 먼발치에서 나를 안타까운 표정으로 내려다보고 있었다. 잠에 취해 눈을 껌뻑껌뻑하는데 다가온 긍률이 말했다.

"엄마한테 네 얘기 들었어."

긍률이 흘끔 내 손을 바라보았다. 나는 주머니에 슬쩍 손을 넣으며 말했다.

"아무튼 시키는 대로 절대 안 해, 우리 엄마."

멀쩡한 직장을 왜 때려치우느냐고 타박을 하는 엄마에게 홧김에 진실을 고한 것이 화근이었다. 그걸 긍률에게 미주알고주알 얘기한 것도 참으로 엄마다웠다. 난 한숨을 푹 쉬며 기지개를 켰다. 긍률은 내게 바짝 다가와 앉았다. 그리고 안타까운 표정으로 나를 지그시 바라봤다.

"마음속에 불행이 가득한가 보네."

"네 앞가림이나 잘해서, 땡큐 아저씨."

긍률은 내가 과장되게 팔을 벅벅 긁는 것을 보고도 계속 말을 이어 나갔다.

"우리 가족에게 주님이 내려 준 축복은 말로 다 할 수 없는데, 어떻게 감사하지 않을 수 있니?"

전 세계적으로 사람들이 죽어 나가는 이 시국에도 그는 그들 가족이 축복받았다고 생각하고 있었다. 어쩌면 지금이 기회일 수도 있었다. 그들의 슈퍼스타가 실은 조금 사소한 정신적 문제가 있을지도 모른다는 말을 할 기회, 그들의 평화를 깰 기회. 긍률은 격앙된 목소리로 말을 이어 나갔다.

"평화야, 나는 주님을 만나고 행복을 얻었어. 네 속에 분노가 많다는 걸, 난 알아."

감정이 한껏 벅차오른 듯 촉촉해진 긍률의 눈 밑에 시커멓게 다크서클이 끼어 있었다.

나는 결국 아무 말도 하지 못했다.

긍률은 업무를 보기 위해 집무실로 갔다. 난 딱딱한 교회 의자에 누워 있다가 허리가 아파 일어났다. 할 일이 없어 건물 밖으로 나왔다.

거리 전체가 고요했다. 교회를 빙 둘러 주차장이 있고, 그곳에 긍률의 미니밴이 세워져 있었다. 그리고 주차장을 따라 철조망이 쳐져 있었다. 그 너머엔 농구 코트와 야트막한 건물들이 보였다. 나는 철조망을 따라 교회 주변을 걸었다. 주머니에 넣은 손가락이 차갑게 굳어질 때쯤 벤치가 보였다. 주머니에 손을 넣은 채로 벤치에 앉았다. 괜히 춥고 쓸쓸해서 교회로 돌아갈까 하는 마음이 들었다. 그때 교회 건물에서 아이들이 웃고 비명을 지르는 소리가 들렸다. 그냥 벤치에 앉아 있기로 했다. 발치에 소복이 쌓인 담배꽁초가 눈에 띄었다. 자리에 쪼그려 앉아 꽁초를 뒤졌다. 고만고만한 것들 중에서 그나마 멀쩡한 걸 찾아 먼지를 털어 냈다. 누렇게 뜬 필터를 소매에 대충 비비고 입에 물었다. 라이터가 없어서 담배를 문 채로 빠는 시늉을 하는데 등 뒤의 철조망 너머에서 걸걸한 목소리가 들려왔다.

"불 빌려줄까."

깜짝 놀라서 뒤를 돌아봤다. 한 늙은이가 철조망 저편에서 누런 이를 드러내고 웃고 있었다. 은발의 머리카락은 빗자루처럼 사방에 뻗쳐 있었고, 온 얼굴에 붉은 기미가 가득했다. 구부정하게 굽은 어깨에 낡은 숄이 위태롭게 걸려 있어 허수아비 같았다. 자세히 보니 그는 히스패닉과 동양인의 경계선에 있는 오묘한 이목구비를 갖고 있었다. 그는 초점 없이 흐린 눈빛으로 나를 바라보며 다시 물었다.

"불 필요하니."

고개를 저었다. 노인은 아쉬운 듯 입맛을 쩝 다시더니 피우지 않을 거면 손에 들고 있는 담배를 자신에게 달라고 했다.

나는 손이 닿지 않게 조심하며 철조망 사이로 꽁초 한 개비를 넘겨주었다. 그가 주머니에서 성냥을 꺼내 꽁초에 불을 붙였다. 그러고는 엄청 맛있게 담배를 피웠다. 나는 팔짱을 끼고 그가 담배 피우는 모습을 바라보았다. 그는 담배를 손에 든 채로 입맛을 쩝 다시더니 나에게 말했다.

"답례로 재밌는 노래를 하나 불러 주지."

"됐어."

노인은 아랑곳하지 않고 노래를 부르기 시작했다.

"나는 기찻길 옆에 사는 검푸른 눈의 아이였지. 나보다 더 검은 눈을 가진 남자를 만나 사랑을 했지. 그가 내 방에 왔고 내 침대 위에 누웠지. 난 그 위에 누웠어. 우린 퍼즐처럼 서로의 갈비뼈를 맞댄 채 금방 뜨거워져 버렸지. 서로의 뼈가 녹아 하나로 붙어 버릴 때쯤, 창밖으로 기차가 지나갔어. 동쪽으로 향하는 기차의 경적 소리가 우리의 기척을 지웠지. 전쟁이 시작되고 남자는 기차를 타고 멀리 떠나 버렸지."

그의 목소리는 돌을 벅벅 긁는 것처럼 거칠었고 멜로디는 방금 지어낸 것처럼 들쑥날쑥했다. 그는 담배를 한 모금 빨고 연기를 길게 내뿜더니 다시 노래를 불렀다.

"남자를 다시 만났을 때 그는 관에 누워 있었지. 또다시 그 위에 누웠지. 그는 뜨거워지지 않았지. 대신 그의 머리통에 터널 같은 구멍이 뚫려 있었지. 그 구멍으로 기차처럼 슬픈 노래가 계속 나오고 있어. 이게 그 노래지. 이건 슬픔과 분노에 관한 노래지. 아니 이건 슬픔과 사랑에 대한 노래지. 아니 이건 슬픔과 평화에 대한 노래지. 지금 이 순간에도 세계에 흐르고 있는……."

　그의 노래가 채 끝나기도 전에 멀리서 사이렌 소리가 들려오기 시작했다. 소리가 점점 가까워졌고 노랫소리가 그 소리에 완벽히 묻혀 버렸다. 철조망 너머에 경찰차가 멈춰 섰다. 차에서 경찰 두 명이 뛰어나와서 소리를 질렀다. 놀란 눈으로 가만히 자리에 서 있었다. 경찰은 그에게 권총을 겨누었다. 그는 경찰이 소리를 지르건 말건 상관하지 않고 계속 담배를 피우며, 내게 뭔가를 말하려 했다. 커다랗게 총성이 울렸다. 나는 눈을 감고 자리에 주저앉았다. 누가 어느 곳을 향해 총을 쐈는지 알 수 없었다. 다시 눈을 떴을 때 경찰이 그를 포박해 자동차 보닛에 엎드리게 하고 있었다. 그의 입에 재갈이 물려진 상태였다. 경찰은 그의 뒷주머니에 있던 권총을 꺼냈다. 그는 포박당한 상태로 계속 저항했다. 경찰이 그의 뒷덜미를 잡아챘다. 그의 머리에 위태롭게 걸려 있던 은색 가발이 바닥에 떨어졌다. 대머리인 뒤통수에 철길처럼 기다란 흉터가 나 있었다. 경찰 중 하나가 다가와 나를 훑어보더니 다시 차로 돌아갔다. 그를 실은 경찰차가 요란한 사이렌 소리를

내며 출발했다. 경찰차가 휩쓸고 지나간 자리에 더러운 오토
바이 하나가 덩그러니 서 있었다.

나는 벤치에 앉았다. 가슴에 피가 소용돌이쳤다. 전류가 훑
고 지나간 것처럼 온몸에 잔떨림이 남았다. 그리고 핸드폰 진
동이 오듯이 손이 떨리기 시작했다. 진동은 내 속을 계속 감
돌다가 조용히 가슴팍에서 멎었다. 방금 전 내가 봤던 것이
실제로 일어난 일인지 확신할 수 없었다. 떨리는 손을 부여잡
고 주위를 둘러봤다. 아무 일도 없었던 것처럼 고요했다. 그
때 누군가 내 이름을 불렀다.

"평화."

놀라서 철조망 쪽으로 고개를 돌렸다. 제니가 가만히 서서
나를 바라보고 있었다. 노란 원피스를 입고 분홍색 크로스 백
을 멘 채였다. 제니는 나와 눈을 마주치더니 씨익 웃으며 말
했다.

"운전할 줄 알아?"

"면허는 있지만 국제 면허는 신청 안 했어."

"됐어 그럼. 여기보다 재밌는 곳에 가자."

제니는 몹시 신나는 표정으로 자신의 가방을 뒤졌다. 곧 가
방에서 작은 열쇠 하나를 꺼내 내 쪽으로 던졌다. 주워서 보
니 긍률의 차 열쇠였다. 제니는 주차장을 향해 달리기 시작했
다. 나도 주머니에 열쇠를 집어넣고 제니를 따라 걸었다. 제

니가 먼저 미니밴으로 달려가 조수석 문을 톡톡 두드렸다. 나는 오토 로크 버튼을 눌러 차 문을 열었다.

차에 탄 제니는 말없이 내비게이션에 주소를 찍었다. 나는 운전석에 앉아 팔짱을 끼고 제니를 노려봤다. 제니는 웃으며 나를 빤히 쳐다봤다. 난 조수석 발치로 손을 뻗어 바비의 목을 집어 올렸다.

"이거 네가 한 거지? 다 알아."

제니는 진지한 표정으로 말했다.

"타인의 취미를 존중해 줄 생각은 없나 봐."

제니는 잽싸게 내 손에서 인형 머리를 빼앗아 자신의 가방에 집어넣었다. 그리고 정면을 바라보며 말했다.

"멍청한 부모 밑에서 사는 게 얼마나 고통스러운 일인지 알아?"

물론 잘 알았다. 나는 제니의 머리를 쓰다듬으며 말했다.

"부모는 언제나 자식보다 멍청한 법이야."

제니는 여전히 무심한 얼굴이었다.

"당신은 내가 어떤 삶을 살았는지, 어떤 것들을 참고 살아야 하는지 몰라."

"그럼 알려 줄래?"

제니는 말없이 내비게이션을 가리켰다. 목적지까지 한 시간이 걸린다는 글자가 빨간색으로 깜빡였다. 나는 아버지의 차 열쇠를 훔치는 것은 나쁜 짓이라고 말해 주는 성숙한 어른의 역할과, 교회에 질려 있는 인간의 역할 중 무엇을 선택할지 삼 초 정도 고민했다.

시동을 걸었다. 핸들을 잡는 손이 살짝 떨렸다. 천천히 궁륭의 교회가 멀어졌다.

*

내비게이션은 우리를 아무것도 없는 건초지의 끝자락으로 인도했다. 신기루처럼 커다란 놀이공원이 나타났다. 한때는 거대한 놀이공원이었을 공간은 멀리서 보기에도 성한 구석이 없어 꽤나 을씨년스러워 보였다. 우린 고요를 뚫고 휘파람을 불며 걸어갔다. 사람이 아무도 없어 나는 쓰고 있던 마스크를 벗어 버렸다. 정말 오랜만에 상쾌한 공기를 맛보는 기분이 들어 입을 벌리고 크게 심호흡을 했는데 텁텁한 먼지 맛이 느껴졌다. 우리가 내딛는 발자국마다 먼지가 피어올랐다.

멀리 매표소와 정문이 보였다. 정문은 이슬람 사원처럼 크고 웅장했지만 벽돌이 군데군데 뜯겨 나가 있었다. 건반이 몇 개 빠져 버린 피아노처럼 보이기도 했다. 건물에는 'A, S, P, A, R, K'라고 적힌 네온사인이 불규칙한 간격으로 붙어 있었다. 제니가 네온사인을 가리키며 말했다.

"원래는 어뮤즈먼트 파크. 돈 된다 싶은 건 사람들이 다 뜯어 가 버려서 저래."

A   S   PARK

애스 파크. 우린 그곳을 엉덩이 공원이라고 이름 붙이기로 합의를 보고 낄낄거리며 공원 안으로 들어갔다. 과연 제니의 말대로 돈이 된다 싶은 것은 모두 훔쳐 갔는지 놀이공원에는 성한 게 없었다. 다람쥐 통이 선로를 벗어나 먼지를 뒤집어쓴 채 흙바닥에 누워 있었다. 가까이 다가가 통을 발로 찼더니 징을 치는 것처럼 커다란 소리가 났다. 쥐 두 마리가 잽싸게 밖으로 뛰어나갔다. 제니는 쥐가 도망간 방향을 따라 빠르게 걸었다. 잘 아는 길인 것 같았다. 어느 순간부터 길을 따라 롤러코스터 레일이 깔려 있었다. 레일도 군데군데 뜯겨 나가 갈비뼈처럼 철창살만 박혀 있었다. 우리는 끊어질 듯 끊어지지 않는 레일 위를 걸었다. 바닥의 콘크리트가 여기저기 깨져 있어 자꾸 발이 빠졌다.

커다란 대관람차가 나타났다. 제니는 들뜬 표정으로 달려갔다. 대관람차는 아찔할 정도로 크고 높아 융성했던 시절의 엉덩이 공원 크기를 짐작하게 했다. 제니는 쿵쿵거리며 관람차의 계단을 올라갔다. 그녀가 향한 곳은 관람차의 조종실이었다. 제니는 손에 닿는 대로 버튼을 마구 눌렀다. 별 반응이 없자 조이스틱처럼 생긴 스위치들을 올렸다 내렸다 했다. 나는 조종실 벽에 기대 엉덩이 공원을 내려다봤다. 먼지가 풀풀 날리는 황무지에 불과했다. 갑자기 지면이 흔들리는 느낌이 들더니, 관람차에서 굉음이 울려 퍼졌다. 관람차가 커다란 소리를 내며 진동했다. 조금씩 움직이려 하고 있었다. 제니는 기쁨의 비명을 지르며 조종실 밖으로 뛰어나왔다. 관람차는 쇠 긁는 소리만 조금 내다가 다시 멈춰 버렸다. 망한 놀이공원에 전기가 흐를 리 없었다.

제니는 뭔가 참을 수 없다는 듯한 표정으로 멈춰 있는 관람차의 문을 열고 들어갔다. 애초에 초록색이었을 관람차는 도료가 벗겨져 죽은 나무 같은 색이었다. 제니가 시트에 앉자 먼지가 풀풀 날렸다. 제니는 아랫입술을 앙 다물더니 부들부들 떨었다. 그러고는 주먹을 쥐고 창문을 때리기 시작했다. 제니가 몸부림칠 때마다 먼지가 피어올라 안개처럼 퍼졌다. 난 관람차 바깥에서 제니를 바라보며 말했다.

"그런다고 뭐가 달라질까."

"난 너무 불행해."

"인간은 다 불행해."

"그럼 왜 이렇게 계속 살아야 하는데?"

"글쎄, 살아 있으니까?"

나는 고개를 까딱하며 말했다. 제니는 호전적인 말투로 내게 물었다.

"당신은 삼십 몇 년을 살아 놓고도 왜 아는 게 하나도 없어?"

"나이만 먹는다고 모든 걸 알게 되면 세상에 죽는 사람이 왜 생기겠니."

제니는 잠시 나를 바라보다 창밖으로 고개를 돌렸다. 관람차 안에 껴 있던 먼지 안개도 조금씩 가라앉았다. 나는 관람차 문을 열고 제니의 맞은편에 앉았다. 주먹을 쥔 제니의 손이 떨리고 있었다. 나는 제니의 손을 바라보며 작은 목소리로 말했다.

"나도 사실 너랑 비슷해."

"알아. 눈이 있으니까."

"역시 똑똑하네."

"그래서 바비의 집에 숨어 있는 거야?"

"그런 건 아냐."

"그럼 왜?"

"너네 가족들이 너무 시끄러워서, 도무지 쉬기가 힘들거든."

"나도 우리 가족이 지겨워."

"그래, 그럴 만하지."

"아빠는 너무 잔소리가 많고."

"그러게. 너네 아빠 정말 이상하지? 네가 힘들겠더라."

제니는 약간은 놀란 얼굴을 하다가 나를 보며 씨익 미소 지었다.

"누군가 아빠에 대해서 그런 말을 한 건 처음이야."

"정말? 나는 여기 와서 너네 아빠한테 적응 안 돼서 죽겠어. 예전에 사고 치고 다닐 때 생각 못하고 왜 그렇게 꼰대가 다 됐니."

"꼰대가 뭔데."

"뭐든 자기가 다 안다고 생각하는 사람. 남을 가르치려는 사람?"

"그렇다면, 맞네. 긍률은 꼰대가 틀림없네."

우리는 한동안 아무 말도 하지 않고 가만히 앉아 있었다. 유리창을 통해 햇볕이 사정없이 내리쬐고 있었고 오래된 시트에서 수프 썩는 냄새가 풍겼다. 나는 하품을 했다.

"뭐 재밌는 얘기 없니?"

제니가 엉덩이 공원이 망하기 전의 이야기를 해 주겠다고 했다.

당시에 엉덩이 공원은 뉴욕주에서 가장 규모가 큰 놀이공원이었다. 제니네 가족은 셋째 스티브가 네 살이 된 기념으로 엉덩이 공원에 가게 됐다. 제니는 여덟 살 인생 내내 염원했던 꿈의 장소에 왔다는 사실에 몹시 행복한 상태였다. 그러나 지금보다 더한 생활고에 시달렸던 당시 제니의 가족에게는 오직 두 개의 놀이 기구만이 허락됐다. 가족 모두의 합의를 거쳐 '돌아가는 찻잔'이 첫 번째 놀이 기구로 선정됐다. 스티브가 너무 어리다며 탑승을 제지하는 직원들과 잠깐의 실랑이가 있었지만, 놀이 기구를 타다 무슨 일이 있더라도 책임을 묻지 않겠다는 긍률의 약속으로 제니의 가족은 비교적 순탄하게 놀이 기구를 즐길 수 있었다.

두 번째 놀이 기구를 선정하는 과정은 결코 순탄치 않았다. 제니는 지상과 지하를 넘나드는 롤러코스터를 타야 한다고 주장했고, 둘째 지아는 공주의 성을 통과하는 구름 기차를 타자고 했다. 스티브는 유령의 집에 들어가자고 성화였다. 세상의 다른 모든 형제들이 그렇듯 의견의 차이는 쉽게 좁혀지지 않았다. 한참 실랑이를 벌이다 급기야 스티브와 지아가 서로 주먹질을 했다. 곧이어 스티브가 먹은 것들을 게워 내기 시작했다. 찻잔을 타고 난 뒤부터 계속 어지럽다고 하더니 결국 사단이 났다. 지아는 토하는 스티브를 계속 때렸고 스티브는 자지러지게 울며 토했다. 긍률과 아내는 아이들의 싸움을 말리는 동시에 스티브가 토한 것을 수습하기 위해 진땀을 흘렸다. 소동이 벌어지는 동안 천천히 사위가 저물어 가고 있었다. 가족들의 그림자가 길어져 서로 얽혔다. 제니는 한 발짝 물러서서 이 모든 것들을 바라봤다. 참으로 익숙한 풍경이라는 생각이 들었다.

제니는 천천히 그들 가족에게서 한 발짝 물러나 홀로 인파 속에 섰다. 사람들이 제니를 스쳐 지나갔다. 몸에 힘을 빼고 눈을 감았다. 사람들은 아무렇지도 않게 제니를 치고 지나갔다. 눈을 감은 채로 인파가 이끄는 방향에 몸을 맡겼다.

그들 가족이 다시 만난 건 사위가 완벽히 어두워진 후였다. 제니가 제 발로 가족들이 있는 쪽으로 걸어 돌아왔다. 가족들은 서로 등을 돌린 채 벤치에 앉아 있었다. 아무도 제니의 부재를 눈치채지 못했다. 그저 제니가 잠깐 화장실에 다녀왔겠거니 생각했다. 제니는 가족에서 떨어져 나간 시간 동안 혼자 놀이 기구를 탔다. 소란을 틈타 기저귀 가방에서 돈을 슬쩍한 덕분이었다.

제니가 탄 것은 대관람차였다. 관람차 안에는 오직 제니뿐이었다. 제니가 탄 칸이 가장 높은 지점에 도달했을 때, 해가 지고 있었다. 어둠이 천천히 공원 전체에 깔렸다. 지면에 있는 조명이 하나둘 켜지기 시작했다. 발밑의 공원에는 엄청나게 많은 사람이 소음을 내며 들끓고 있었다. 제니는 관람차 속에서 일생 동안 단 한 번도 경험해 보지 못했던 것을 느꼈다. 침묵. 그것은 평화의 다른 이름이었다.

제니는 관람차 창에 코를 박은 채로 말했다.

"스피커에서 방송이 나왔어. 오 분 뒤에 불꽃놀이가 시작된다고 했지. 고작 몇 초가 지났을까. 뭔가 펑 하고 터지는 소리를 들었어. 지면 어딘가에서 불꽃이 번쩍했어. 몇 번 더 같은 소리를 들었지. 총 쏘는 소리 같은 폭발음이 계속됐어. 소리가 어디서 시작됐는지 눈으로 좇아 봤지만 찾을 수 없었어. 그때 갑자기 내 눈높이, 그러니까 하늘에서 폭발이 일어났어. 불꽃놀이가 시작된 거였어. 그때도 난 이렇게 창문에 붙어서 밖을 바라봤지. 펑, 하고 터질 때마다 얼굴에 뜨거운 기운이 느껴졌어. 불꽃이 유리창까지 튀었지. 눈이 저절로 감겼다가 떠졌어. 불꽃의 색깔은 시시때때로 변했어. 붉었던 것이 푸르게 변하기도 하고, 초록빛이었던 것이 시꺼먼 연기가 돼 버리기도 했어. 폭발이 그토록 아름답다는 것을 처음으로 알게 됐어. 나는 정말이지 울 것 같은 기분이었어."

이야기를 마친 제니는 창문에 대고 있던 손을 치마에 문질렀다. 노란 치마에 먼지 얼룩이 남았다. 제니는 관람차 밖으로 걸어 나갔다. 나는 그 무렵 뉴욕의 놀이공원에서 테러나 총기 난사 사건이 벌어진 기사를 읽은 적이 있는지 곰곰이 떠올려 봤지만 기억이 나지 않았다.

제니는 벌써 저만치 걸어가고 있었다. 난 관람차 자리에서 일어나 바지에 묻은 먼지를 손바닥으로 털었다. 언뜻 엉덩이처럼 접혀 있는 시트 사이에 피부색 물체가 끼어 있는 게 보였다. 그것을 양손으로 힘껏 잡아당겼다. 인형 한 개가 불쑥 빠져나왔다. 옷이 벗겨진 채로 꼬질꼬질하게 더럽혀진 바비 인형이었다. 제니의 집에 있던 바비 인형과는 조금 다른 모습이었는데, 일단 눈이 비정상적으로 컸고 광택이 많이 나는 싸구려 플라스틱 재질로 만들어져 있었다. 묘하게 기시감이 들었다. 생각해 보니 어릴 적 긍률이 훔쳐 간 내 미미 인형과 꼭 닮은 것 같았다. 미국 한가운데에서 어린 날의 추억과 마주한 기분이 들었다. 나는 인형을 바지에 대충 닦고 뒷주머니에 집어넣었다. 인형을 닦은 부분에 갈색 얼룩이 남았다.

계속 걷다 보니 인공 폭포가 나타났다. 인공 폭포 앞 화단에는 악어 대가리 모양의 인형 탈이 뒹굴고 있었다. 입구와 건물 벽면에 붙어 있던 마스코트 캐릭터였다. 제니가 인형 탈을 발로 걷어찼다. 인형 탈이 떼구루루 굴러갔다. 제니는 인형 탈을 손에 들더니 그걸 낑낑거리며 썼다. 그리고 춤을 추기 시작했다. 제 몸체만 한 탈을 쓴 채 허리를 돌리며 엉덩이를 씰룩씰룩하는 모습을 보니, 웃음이 절로 나왔다. 제니는 아랑곳하지 않고 손으로 악어 주둥이를 잡고 입을 움직였다. 악어의 입이 커다랗게 벌어졌다가 다물어졌다. 흥에 겨웠는지 급기야 제니는 가방에서 뭔가를 꺼내 마이크를 삼아 노래를 부르기 시작했다. 자세히 보니 그것은 인형을 잘랐던 분홍색 가위였다. 제니는 격렬하게 헤드뱅잉까지 했다.

멍하니 제니를 보다 근처에 있는 벤치에 앉았다. 엉덩이가 차가웠다. 고개를 뒤로 꺾고 하늘을 바라보았다. 따뜻한 햇살을 맞고 있자니 어쩐지 좀 나른해져서 눈을 지그시 감았다.

멀리서 모터 소리가 울렸다. 어릴 적 여름에 자주 들었던 방역차의 소리 같았다. 하얀 연기를 내뿜으며 도시에 안개를 씌우던 방역차. 꿈을 꾸는 걸까. 소리가 점점 가까워지는 듯했다. 소리의 진원이 바로 내 뒤라는 걸 깨달았을 땐 이미 늦었다. 누군가 내 머리카락을 뒤에서 확 낚아챘다. 목이 뒤로 꺾였다. 차가운 금속이 내 목에 닿았다. 심장이 요동치기 시작했다. 손부터 시작된 진동이 온몸으로 번졌다. 난 팔꿈치로 내 뒤에 서 있던 사람을 냅다 후려쳤다. 억 소리가 나면서 내 머리를 잡은 손에 힘이 풀렸다. 뒤를 돌아보니 교회 주차장에서 만났던 노인이 쓰러져 있는 게 보였다. 그는 녹슨 가위를 들고 있었다. 악어 머리가 내 쪽을 바라봤다. 그는 자신이 끌고 온 거대한 오토바이 옆에 주저앉은 채로 밭은기침을 하고 있었다. 기침을 하는 노인의 이마에 혹이 부풀어 오르기 시작했다. 나는 도대체 뭐 하는 짓이냐고 노인에게 소리쳤다. 노인은 기침을 멈추고 벌겋게 충혈된 눈으로 말했다.

"끝나지 않는 노래를 불러 주려고 다시 왔지."

"뭔 개소리야. 가위 이리로 던져."

그는 순순히 가위를 내 쪽으로 던졌다. 녹슨 가위가 굴러왔고, 나는 잽싸게 가위를 주워 뒷주머니에 넣었다.

"노래의 제목이 뭔지 알아?"

악어 머리의 제니가 노인에게 꺼지라고 소리쳤다. 그는 제니가 아닌 내 눈을 똑바로 바라보며 말했다.

"분노."

멀리서 사이렌 소리가 들리기 시작했다. 그는 오토바이 옆에 서서 평온한 표정으로 말을 이어 갔다.

"균열은 이미 세계에 널리 퍼져 있어. 당신들에게도."

사이렌 소리가 점점 더 가까워졌다. 그가 오토바이 안장에 올라탔다. 오토바이에 연결돼 있던 카트가 주저앉았다. 바퀴 하나가 떨어져 나간 것 같았다. 오토바이가 출발하자 카트가 좌우로 요동쳤고 속에 있던 것들이 바닥으로 떨어졌다. 그는 잡동사니들을 발자국처럼 남기며 멀리 사라져 갔다.

우리는 노인이 흘리고 간 물건들을 살펴봤다. 온갖 잡동사니가 다 있었다. 오래된 사탕 박스, 조악하게 만들어진 가짜 훈장, 사용한 주사기와 시꺼멓게 때가 탄 이불. 제니는 스치기만 해도 당장 병이 옮을 것 같다며 호들갑을 떨었다. 우리는 더러운 담요와 이불 사이에서 탬버린을 발견했다. 제니가 손가락 두 개로 탬버린을 들어 올렸다. 짤랑, 하고 경쾌한 소리가 났다. 우리는 더러운 탬버린을 들고 개수대로 가 수도꼭지를 돌렸다. 더럽고 찐득한 녹물이 떨어져 내리다 곧 맑은 물이 나오기 시작했다. 제니는 흐르는 물에 탬버린을 씻고 물을 털었다. 경쾌하고 가벼운 소리가 났다.

우리는 누가 먼저랄 것도 없이 걷기 시작했다. 악어 머리의 제니는 어깨춤을 추며 탬버린을 쳤다. 나는 그 박자에 맞춰 휘파람을 불었다. 발을 내디딜 때마다 붉은 흙먼지가 일었다. 제니가 엉덩이를 씰룩거리기 시작했다. 제니의 노란 치맛자락도 박자에 따라 찰랑거렸다. 나도 탬버린 박자에 맞춰 머리를 흔들었다. 우리는 격렬하게 춤을 추며 걸었다. 흙먼지 때문에 눈이 따가워도 노래를 멈추지 않았다. 여행이 길어질수록 이상하게 몸에서 더 힘이 났다. 사위가 어둑해졌고, 그림자는 점점 더 길어졌다.

어느 순간 롤러코스터 레일이 끊어져 버렸다. 레일이 끊어진 자리에는 커다란 회전목마가 잔뜩 녹이 슨 채로 덩그러니 놓여 있었다. 나는 회전목마 쪽으로 걸어갔다. 제니는 원피스 주머니에 손을 넣고 담담하게 내 뒤를 쫓아왔다. 여전히 커다란 악어 머리를 쓰고 있어 뒤뚱거리는 것처럼 보이기도 했다. 회전목마 앞에는 커다랗게 간판이 붙어 있었다.

MERRY-GO-ROUND

가까이서 보니 회전목마는 확실히 낡았지만 아주 섬세하게 만들어져 있었다. 반짝이는 보석이 붙어 있는 마차와 갈기를 휘날리는 말의 표정까지 진짜 같아 보였다. 천장에는 무지갯빛 전구들이 가득 박혀 있었다. 내가 회전목마 안으로 들어가려 하자 제니가 달려와 나를 가로막았다.

"잠깐. 문 열기 전에 커팅식부터 해야지."

제니는 내 뒷주머니에서 미미 인형과 녹슨 가위를 꺼냈다. 주머니에 들어 있던 마스크가 땅에 떨어져 뒹굴었다. 가위를 내 손에 쥐어 주고, 자신은 인형의 머리와 다리를 잡았다. 제니는 마치 검표원처럼 회전목마 앞에 인형을 든 채로 서 있었다. 인형을 자르고 안으로 들어가라는 의미 같았다. 기껏 찾아낸 인형을 자르는 게 아까웠지만, 단호한 악어의 얼굴을 보니 왠지 그래야 할 것 같았다. 난 침을 꿀꺽 삼키고 녹슨 가위를 들었다. 그리고 미미의 허리에 조심스럽게 가위를 갖다 댔다. 녹슨 가위가 삐걱거리는 소리를 내며 미미의 살을 파고들었다. 미미의 허리가 잘려 나갔다. 미미의 텅 빈 몸이 고스란히 드러났다.

갑자기 엄청난 굉음이 들리기 시작했다. 마치 하늘 전체가 열리는 것처럼 큰 소리였다. 회전목마의 지붕이 천천히 위로 솟아 날개처럼 펼쳐졌다. 천장에 달려 있던 전구에 일제히 빛이 들어왔다. 나는 입을 벌리고 그것을 바라보고 있었다. 그때 제니가 비명을 질렀다. 제니는 겁에 질린 표정으로 바닥에 떨어진 미미 인형을 보고 있었다. 인형의 잘려 나간 몸체에서 햄스터 한 마리가 튀어 나왔다. 햄스터는 내 쪽으로 천천히 기어 왔다. 뒤이어 미미의 몸에서 또 한 마리의 햄스터가 나오더니, 꼬리를 물고 계속해서 햄스터들이 나왔다. 순식간에 셀 수 없이 많은 햄스터가 바닥을 가득 채웠다. 햄스터들이 일제히 나를 향해 달려오기 시작했다. 멀리서 사이렌 소리가 울려 퍼졌다. 제니는 햄스터를 피해 회전목마로 뛰어가더니, 얼른 마차를 탔다. 나도 뒷걸음질하다 가장 튼튼해 보이는 말을 골라 올라탔다. 쇠 긁는 소리를 내며 회전목마가 돌아가기 시작했다. 땅에 떨어진 마스크가 바람을 타고 멀리 날아가는 게 보였다. 사이렌 소리가 점점 더 커지고 있었다. 햄스터들은 내가 탄 말을 좇아 맹렬히 달려왔다. 나는 백마의 플라스틱 몸에 발을 굴렀다. 이상하게 회전목마의 속도가 더 빨라지는 것처럼 느껴졌다. 엉덩이 공원의 풍경이 휙휙 돌아가기 시작했다. 사이렌 소리가 점점 가까워졌고, 미미의 몸에서는 계속해서 햄스터가 쏟아져 나왔다. 고개를 들어 하늘을 바라보았다. 은빛 날개가 펼쳐진 것처럼 눈이 부셨다. 나는 한 번 더 발을 굴렀다. 말이 더욱 힘차게 달리기 시작했다.

춤추는 건 잊지 마

김중혁

초소당 경계 구역은 1킬로미터. 속보로 십 분 남짓의 거리다. 레이더가 움직이는 물체를 감지해 경보가 울리면 보더라인 경계원은 즉각 출동하여 현장을 확인해야 한다. 먹이를 찾아 산에서 내려온 동물인 경우가 많다. 열에 아홉은 그렇다. 열에 하나는 보더라인의 철망을 넘으려는 자들이다. 경계원은 공포탄을 사격할 수 있다. 고무탄도 가지고 있다. 실탄도 지급되지만 쏘는 일은 거의 없다. 가끔 재미 삼아 동물을 사냥하는 경계원들은 실탄의 사용처를 증빙하지 못하여 해고되고 만다.

송서우는 보더라인 경계원으로 일한 지 구 개월째다. 야생동물 때문에 출동한 경우가 서른세 번, 보더라인을 넘으려는

자들에게 공포탄을 쏜 것은 네 번이었다. 네 번 모두 순조롭게 일이 끝났다. 난민들은 공포탄에 놀라 뒤로 물러섰다. 송서우는 사람들이 모두 사라진 것을 망원경으로 확인하고 초소로 돌아왔다. 일지에다 사람들의 수를 기록하고 완료 항목에 체크했다. 난민들은 경비가 허술한 곳을 찾아 계속 보더라인을 기웃거릴 것이다.

근무 환경은 열악했다. 스물네 시간 근무, 이 교대제였다. 하루 동안의 경계 근무와 하루의 휴식이 반복되는 단조로운 직업이었다. 월급은 많았다. 수입을 차곡차곡 저축하는 부류가 있는가 하면 술이나 유흥비로 흥청망청 날리는 부류도 있었다. 어느 쪽이나 반복하기는 마찬가지였다. 근무를 서고 휴식하기를 반복하거나 근무를 서고 술을 마시며 도박하기를 반복하거나. 시간 때문에 멀리 여행을 갈 수는 없었다. 한 시간 거리의 도시에는 보더라인 경계원들의 월급을 빨아먹으려는 흡혈귀 장사꾼들이 널려 있었다. 도시로 나가지 않으면 사람과 말을 할 일도 거의 없었다. 숙소 주인과의 짧은 대화. 교대자와 나누는 인수인계의 말. 혼잣말. 텔레비전과 나누는 대화.

"특이 사항 없었어?"

문창근이 송서우에게 물었다.

"없었어. 고라니 한 마리."

송서우가 대답했다.

"다리 저는 놈?"

"응, 그놈."

"그 자식 오래 버티네. 맹수들한테 잡아먹힐 법도 한데 잘 도망 다니네. 얼른 들어가서 쉬어. 다크서클이 싱크홀로 변하겠다."

"수고해."

송서우는 초소의 총기함에 총을 넣고 가슴에 '보더라인 순찰대'라는 큼지막한 문구가 적힌 경계원 조끼를 벗어서 걸어 둔 다음 숙소까지 걸어갔다. 편한 옷으로 갈아입고 밖으로 나왔다. 스물네 시간 동안 눈을 부릅뜨고 있었으니 졸음이 올 법도 한데, 각성이 누그러들지 않았다. 송서우는 보더라인을 따라 걸었다. 생각 없이 걷기에는 보더라인만한 데가 없었다. 철망을 따라 걷다 보면 어느 순간 생각이 없어졌다. 자신의 발소리를 듣는 게 좋았다.

처음에는 몸을 피곤하게 만들 생각으로 걸었다. 두 시간쯤 걷고 돌아오면 경계 근무 때 날카롭게 곤두섰던 긴장이 풀어져 기분 좋게 잠들 수 있었다. 한 달쯤 걷기를 계속하자 주변의 풍경이 눈에 들어왔다. 보더라인 근처의 나무와 풀과 꽃의 모습이 계속 바뀌었다. 풍경 보는 법에 익숙해지자 소리가 귀에 들어왔고 마지막으로 향기가 코로 들어왔다. 모든 감각이 열리는 데 세 달이 걸렸다.

기억은 섬광처럼 불쑥 들이닥쳐 송서우를 괴롭혔다. '나쁜 놈' '책임을 져야지' '너 혼자 살겠다고' 같은 문장들이 손쓸 틈도 없이 머릿속에 가득 찼다. 머리를 흔들면서 떨쳐 내려 해도 문장은 잘 떨어지지 않았다. 캐릭터 디자인 사업이 호황일 때는 업계의 엄청난 거물이 될 줄 알았는데, 추락은 순식간이었다. 언덕에서 굴러떨어지며 수많은 것을 움켜쥐어 보았지만 낙하의 속도를 제어할 만큼 튼튼한 지지대는 없었다. 송서우는 전에 들었던 말이 떠올랐다. 높은 곳에서 뛰어내린 사람은 목이 부러지거나 팔다리가 부러져서 죽는 게 아니라고, 땅에 닿기 전에 심장마비로 죽는다고. 사실인지 아닌지 확인할 필요도 없었다. 송서우는 그 문장을 온몸으로 느꼈다. 굶어 죽거나 스스로 목숨을 끊기 전에 '실패한 배신자'라는 단어가 자신의 목을 졸라 숨통을 끊어 놓을 게 분명했다. 두꺼운 커튼을 두른 어두운 방에 앉아서 송서우는 몇 번이나 삶과 죽음의 경계선을 넘나들었다. 결국 살아야겠다고 결정했다. 살아야 할 이유는 없었지만 그걸 찾는 과정을 시작하는 것이 이유가 될 수 있었다.

송서우도 보더라인 경계원에 대한 소문을 많이 들었다. 소문은 하나같이 믿기 어려운 내용이었다. '멀쩡한 정신으로 들어왔다가 미쳐서 나가는 곳이 보더라인이다.' '일 년 동안 계속 보더라인을 보고 있으면 눈이 먼다.' '보더라인을 떠도는 유령들이 있는데, 경계원들 눈에만 보인다.' '환청이나 환각 증상이 흔한데, 나무와 대화가 가능하다고 했던 놈도 있었다.' '보더라인 경계원 일을 해서 번 돈으로는 어떤 사업을 해도 망한다.' 송서우가 들었던 가장 긍정적인 소문은 '마이너스 시력이었던 누구누구는 보더라인 경계원으로 일 년 동안 근무하면서 0.7까지 시력이 좋아졌다.' 하는 것이었다. 송서우는 컴퓨터 작업을 많이 하는 사람치고는 시력이 좋았다. 0.5.

걷는 동안 송서우는 그동안 자신이 만들었던 캐릭터들을 하나씩 떠올려 보는 걸 좋아했다. 정확히 세어 보지는 않았지만 오십여 개가 넘는 캐릭터를 개발했고 그중 열두 개는 해외 시장에도 진출했다. 자신이 만든 캐릭터가 생명력을 얻는 게 신기하고 놀라웠다. 송서우가 처음 캐릭터로 만든 동물은 뱀이었다. 뱀을 좋아하는 사람은 많지 않았다. 송서우는 뱀을 최대한 짧게 그렸다. 파스텔 톤으로 몸통을 그렸고 눈은 큼지막하게 그리고 혀는 그리지 않았다. 뱀 같지 않은 모습이었지만 사람들은 실제 뱀보다 그림 속의 뱀을 좋아했다. 토끼, 라마, 거북이 뱀의 뒤를 이었고 다섯 번째 작품인 코끼리 캐릭터가 시장에서 커다란 인기를 얻었다. 코를 짧게 그렸고, 코 때문에 멀리 떨어져 있던 두 눈을 가깝게 그렸다. 사람들이 가장 열광한 모습은 두 개의 하얀 상아를 다양한 색으로 표현한 것이었는데, 그중에도 분홍 상아 코끼리가 최고 인기였다. 사람들은 그 캐릭터를 '엘리핑크'라고 불렀다.

엘리핑크를 처음 그렸던 날이 생생하게 떠올라서 송서우는 산책 중에 돌멩이를 걷어차면서 웃었다. 캐릭터를 만들기 위해 그림을 그리다 보면 수많은 표정을 짓게 된다. 웃는 그림을 그릴 때는 웃어야 한다. 화가 난 동물을 그리려면 화난 표정을 짓고 거울을 봐야 한다. 동물 캐릭터가 겪게 될 감정을 자신의 얼굴에서 찾아내야 한다. 엘리핑크를 그릴 때 유독 감정 이입이 잘됐던 게 생각났다. 엘리핑크의 코가 매듭처럼 묶이는 그림을 그리고는 키득키득 웃었다. 동료들도 모두 엘리핑크를 좋아했다.

"동물 캐릭터 만들 때 어디서 영감을 얻으세요?"

잡지사 기자와 인터뷰할 때 받은 질문이었다.

"자연에서 받죠. 늘 자연 가까이에서 자연을 느끼려고 합니다."

거짓이었다. 태어나서 뱀을 본 적도 없다. 동물원에서 코끼리를 만났을 때도 무서워서 가까이 가지 못했던 송서우다. 거짓 답변을 하고 난 후에야 야생 동물에 관심을 가지기 시작했다. 보더라인 경계원으로 일하면서 지긋지긋할 만큼 자연과 가까이 있게 됐다.

"다음 생애에 동물로 태어난다면 어떤 선택을 하실까요?"

기자의 마지막 질문이었다.

"저는 독수리로 태어나고 싶어요. 우아하고 멋있잖아요. 마음껏 하늘을 날 수 있고. 요즘 작업하고 있는 게 마침 독수리 캐릭터예요."

독수리와 엘리펑크를 생각하며 계속 걷던 송서우는 늘 걷던 산책로를 지나쳤다. 한 시간 걸어가고 다시 한 시간 돌아오는 패턴이었는데, 시계를 보니 걷기 시작한 지 한 시간 삼십 분이 지나 있었다. 송서우는 오던 길로 몸을 돌리며 거북 캐릭터를 떠올렸다. 거북으로 만든 이모티콘 중에 가장 인기 있었던 것은 '좀 늦으면 어때, 오래 살잖아.'라는 문구가 적힌 것이었다. 지금 생각하면 논리의 비약이었지만 대중들은 비약을 좋아했다. 사람들은 천천히 걸어야 오래 살 수 있다는 뜻으로 해석했고, 산책이야말로 장수의 비결이라는 근거 없는 건강법으로 받아들였다. 전에 와 보지 않았던 여정에서 송서우는 이상한 샛길을 발견했다. 3미터 남짓한 나무들이 아치 형태의 길을 만든 모습이었다.

"뭐야? 들어오라는 거야?"

송서우는 자신도 모르게 말을 내뱉었다. 누구에게 하는 말이 아니라 혼잣말 같은 것이었는데, 나무에게 하는 것처럼 되어 버렸다. 나무들이 화답하듯 몸을 조금 비틀었다. 송서우는 나무들이 자신의 말에 몸으로 응답한다고, 몸짓은 일종의 언어이고 자신에게 분명한 메시지를 전하고 있다고, 대화를 시도하고 있다고 느꼈다. 송서우는 나무들이 만들어 준 길을 따라 들어갔다. 사람이 만들어 놓은 길처럼 바닥의 수풀이 좌우로 갈라져 있었고, 뒤엉킨 덩굴도 볼 수 없었다. 난민들의 탈출 경로일지도 모른다는 생각이 들었다. 보더라인을 넘은 난민들이 열심히 달리는 길일지도 몰랐다. 나무들이 이끄는 방향으로 계속 걸었다. 향이 짙어지는 쪽으로, 가지들이 휘어져 화살표처럼 보이는 쪽으로 계속 걸었다. 길은 완만한 내리막이었다. 길은 점점 푹신해졌다. 식물들이 자신의 발을 떠받치고 있는 듯했다. 물이 흘러내려 가는 것처럼 송서우는 천천히 이끌려 갔다. 두렵지 않았다. 당연히 가야 할 길을 간다는 기분이었다. 한참을 걸어가고서야 난민들의 탈출구일 리 없다는 생각이 들었다. 송서우가 가고 있는 길은 숲에서 나가는 길이 아니라 숲으로 들어가는 길이었다.

누군가 꾸며 놓은 것 같은 작은 원형 정원이 나타나자 송서우는 걸음을 멈췄다. 무대 같은 곳이었다. 사방의 나뭇가지와 덩굴과 씨앗과 꽃들이 움푹 파인 동그란 가운데 공간을 내려다보는 듯한 느낌이 들었다. 나무 윗부분의 수많은 가지는 대부분 안쪽으로 휘어져 있었다. 바깥의 나무들은 원형 정원을 보지 못하게 하려고 가지들을 뻗어서 가려 주는 듯했다. 송서우는 위를 올려다본 다음 크게 숨을 들이켰다. 차가운 공기가 콧구멍이 쓰라리도록 날카롭게 훑고 들어왔다. 격한 환영 인사 같기도 하고, 영역을 침범한 자에 대한 경고 메시지 같기도 했다. 송서우는 주위를 천천히 둘러보았다. 나무의 종류를 정확히 구분하지는 못하지만 언뜻 봐도 수십 종의 나무가 뒤얽혀 있었다. 울울창창한 사이로 햇빛 몇 줄기만이 간신히 살아 들어왔다. 자신을 둘러싼 공기가 점점 무거워지는 듯해서 송서우는 소리 내어 말을 했다.

"손님을 불렀으면 인사를 해야 하는 거 아닌가?"

연극배우처럼 커다랗게 말했지만 어두운 갈색과 녹색에서 뿜어져 나온 식물의 기운이 송서우의 목소리를 갈기갈기 찢어 버렸다. 소리는 입 밖으로 나오자마자 흔적 없이 사라졌다. 먹이를 던져 주면 순식간에 뼈만 남기고 먹어 치우는 야생 동물처럼 소리를 흡수했다.

"좋아, 나 혼자 놀아 보라는 거지?"

송서우는 좀 더 큰 목소리로 식물들을 도발했다. 이번에도 소리는 뻗어 나가지 못했다. 여기저기서 들었던 소문의 내용이 떠올랐다. 유령이 보인다. 나무와 대화한다. 미쳐 간다. 미칠 수밖에 없다.

미쳐 가는 모양이다. 그렇다면, 나도 그쪽이 더 좋아.

송서우는 그런 생각을 하며 바닥에 드러누워 하늘을 올려 다보았다. 하늘은 보이지 않았다. 키 큰 나무들이 송서우를 내려다보고 있었다. 서늘한 기운이 등에서 허리로, 다리로, 발가락 끝까지 전해졌다. 무언가 꿈틀거리는 소리가, 바스락 거리는 소리가 귀에 가득 들어찼다. 식물이 내뿜은 공기가 귀로 들어와서 코와 눈으로 왔다가 입으로 나갔다. 가지와 덩굴과 수액이 송서우의 몸을 통과했다. 송서우는 눈을 감았다. 무언가 보였다. 눈을 떴더니 사라졌다. 다시 감았더니 어슴푸레하게 드러났다. 금눈쇠올빼미였다. 송서우의 마지막 작품, 급하게 사무실을 떠나는 바람에 스케치도 챙기지 못한, 흔적 조차 없어진 쓰라린 기억의 작품이었다. 눈을 떴다. 꼭대기의 가지들이 조금 열리면서 송서우의 눈으로도 몇 가닥의 빛이 쏟아졌다. 눈을 감았다. 올빼미는 그대로 있었다. 작은 올빼미, 가면을 쓴 것처럼 눈 주위의 모습이 별나서 '올빼미 조로' 라고 불렀던 금눈쇠올빼미. 올빼미는 송서우의 눈을 피하지 않고 빤히 들여다보았다. 깜빡이지 않고 오히려 부릅떴다. 눈을 뜨자 올빼미는 사라지고 햇볕과 바람만 남아 있었다. 남풍이 코를 스치고 지나갔다. 송서우는 계속 눈을 떴다가 감기를 반복했다.

그날 저녁 숙소로 돌아온 송서우는 수개월 만에 깊은 잠에 빠졌다. 꿈도 꾸지 않았다. 그동안은 두 시간 이상 이어 잠든

적이 없었다. 꿈에서도 목소리가 들려왔고, 자신은 늘 도망치
거나 떨어지고 있었다. 회사에 부도가 났을 때 송서우는 캐릭
터 인형이 가득 들어찬 창고에 숨었던 적이 있다. 수많은 동
물로 가득 차 있지만 돈 될 물건이 없는, 안전한 장소였다. 엘
리핑크와 호랑이와 뱀 뒤에 숨어 그동안의 삶을 곱씹어 보았
다. 자신이 만든 인형들의 표정을 보며 숨죽이고 있던 순간
은, 결코 잊을 수 없었다. 특정 날짜로 돌아가고 싶었고, 자신
의 결정 몇 가지를 되돌리고 싶었다. 그럴 수 없다는 걸 알면
서도 날마다 그 생각을 되풀이했다. 후회하는 순간만 마음이
편안했다. 후회를 하고 있지 않다가는 더 큰 벌을 받을 것 같
았고, 적어도 후회할 때면 뭐라도 하고 있는 것 같았다. 잠 속
이 모두 녹색이었다. 전날 보았던 것들이 녹색으로 합해져서
꿈을 대신했다.

아침에 잠에서 깨어났을 때 깜짝 놀랐다. 근무 교대 시간
이 삼십 분밖에 남지 않았다. 하마터면 교대 시간을 놓칠 뻔
했다. 눈가에 물만 찍어 바르고 서둘러 옷을 입고 근무지까지
뛰어가 겨우 시간을 맞췄다. 문창근은 초소 밖에 나와 돌멩이
로 뭔가를 맞추고 있었다.

"뭐 해?"

가쁜 숨을 몰아쉬며 송서우가 물었다.

"투구 연습."

문창근이 와인드업하고 나서 돌멩이를 던졌다.

"야구 선수였던가?"

"야구 선수였으면 진작에 내가 저놈을 맞혔겠지."

문창근이 손가락으로 가리킨 곳에는 고라니 한 마리가 이쪽을 바라보고 있었다. 문창근이 던진 돌멩이가 몸 근처에 떨어졌는데도 움직일 마음이 없는 것 같았다.

"다리 다친 불쌍한 고라니를 왜?"

"돌멩이에 맞아 보면 멀리 떠날 생각을 하지 않을까? 계속 거슬리잖아, 저놈 때문에 호출받은 게 도대체 몇 번째야."

"철망을 넘어오고 싶은가 보지."

"다리 절룩이는 주제에 감히 여길 어떻게 뛰어넘어?"

"저 녀석도 살기 위해서 여길 기웃거리는 거야. 보더라인 근처에는 자기를 잡아먹을 놈이 없단 걸 아는 거지."

"이십 분 전에 도착해서 준비 운동 하던 송서우가 오늘은 어쩐 일로 늦었대? 아니다, 늦은 건 아니네, 교대 시간 오 분 전이네."

"특이 사항은?"

"저놈이 전부지. 어제는 조용했어."

"고생했어."

"저놈, 확 쏴 버릴까?"

"그만두게?"

"침입자에게 쏘려다가 실수로 저놈을 맞혔다고 하지 뭐."

"다 녹화되는 거 알면서 헛소리야. 얼른 가서 쉬어."

"계속 거슬린단 말야."

문창근은 조끼를 벗어 사물함에 넣었다. 계속 총을 만지작거리다가 포기한 듯 총기함에 넣고 잠갔다.

"참, 전에 벌목 일 했다고 그러지 않았어?"

송서우는 복장을 모두 갖추고 정시에 근무 시작 버튼을 누르며 말했다.

"했지. 전에 말했잖아. 영하 20도에 20미터짜리 전나무 잘라 보지 않았으면 인생을 말하지 말라고."

"인생은 됐고, 나무에 대해 잘 알아?"

"나무에 대해 잘 아느냐고? 뭘 물어보고 싶은 거야? 전기톱으로 나무를 자르는 법은 잘 알지. 나무 옮기는 법도 잘 알고."

"나무들도 생각을 할까?"

"하겠지, 생각. 오늘은 물을 쪽쪽 빨아 먹고 쑥쑥 자라야지, 쑥쑥, 한 뼘 더 자라야지, 쑥쑥, 그런 생각 하겠지."

"장난치지 말고."

"송서우 너 어디 아파? 왜 그래? 왜 무섭게 그런 질문을 하고 그래?"

"그냥 갑자기 궁금해졌어. 나무들도 가지를 펼치고 이파리를 떨어뜨리고 위로 솟구치면서 뭔가 생각 비슷한 걸, 그러니까 인간이 하는 그런 생각이 아니더라도 어떤 의지나 그런 걸 품고 있지 않을까?"

"야, 나 지금 오싹하고 그런다. '나무하고 대화하는 미친 놈이 보더라인에 산대요.'라는 소문은 들었는데, 네가 그놈은 아니지?"

"알았어, 얼른 들어가. 내가 큰 잘못했다."

"나무라……. 내가 기가 막힌 얘기 하나 해 줄까? 벌목 일을 할 때 제일 힘든 건 추위였어. 성장을 멈추는 때이기도 하고, 다른 계절에는 숲이 늪으로 바뀌니까 운반하는 게 지랄맞거든. 추워서 손을 달달달달 떨면서 전기톱으로 나무를 자르는 거야. 달달달달 떠는 바람에 톱질이 더 잘됐는지도 모르겠네. 거대한 놈들을 하나씩 넘어뜨릴 때마다 묘한 쾌감도 있어. 수십 미터 거인의 밑동을 잘라서 넘어뜨리는 거니까 말야. 그런데 나무가 넘어지는 순간이 진짜 위험해. 이 녀석이 어디로 넘어질지도 모르고, 바람 때문에 방향을 바꿀 수도 있고, 밑동이 잘못 부러지면서 파편이 튈 수도 있고……. 정말 정말 위험해. 여기 앞니 보이지? 그때 다친 거잖아."

"오 대 일로 싸우다가 부러졌다고 하지 않았어?"

"그건 여기 어금니. 아무튼 그러다가 진짜 대단한 놈을 만났어. 대충 외모만 봐도 백 살은 넘은 나무였어."

"백 살 먹은 나무를 막 잘라 내?"

"숲속에서는 백 살이면 아기지 아기. 아니, 아기는 아니고 청소년쯤 되려나? 백 살은 돼야 나무가 쓸 만하거든. 추운 데 서 백 살 먹을 동안 얼마나 튼튼해졌겠어. 내 허벅지만큼이나 아주 딴딴하지. 내가 전기톱으로 조금씩 조금씩 밑동을 잘라 나갔지. 두꺼운 놈들은 그냥 일직선으로 자르면 안 되고 삼각 형 모양으로 두툼하게 잘라 줘야 해. 나무에다 입술을 만들어 준다고 생각하면 돼. 한 절반쯤 잘랐는데 말야, 무슨 소리가 들리는 거야."

"무슨 소리?"

"야, 나 배고프다. 내일 얘기해 줄게."

"지금 가면 어젯밤에 먹은 야식을 너의 마지막 식사로 만 들어 줄 거야."

"우와 송서우, 그런 무시무시한 협박도 할 줄 아네?"

"무슨 소리가 났는데?"

"야, 내 근무 다 끝나고 이렇게 재미난 이야기로 심심한 네 시간을 채워 주고 있는데 나한테도 남는 게 있어야 할 거 아 냐."

"한 시간 근무 쿠폰 발행해 줄게. 아무 때나 써."

"세 시간."

"좋아, 세 시간."

"큰 나무가 쓰러질 때는 갈라지는 소리가 나. 쩍, 쩌적, 쩍, 쩍, 그러고 나서 쿵 하고 가는 건데, 백 살 나무에서는 이상한 바람 소리가 나는 거야. 미이이이잉 위이이이히이잉, 그런 소리가 나는데 고양이 우는 소리 같기도 하고, 아기 우는 소리 같기도 하고, 그냥 바람 소리 같기도 한데 엄청 소름 끼치는 소리야."

"나무가 우는 거야?"

"미쳤어? 나무가 어떻게 울어. 송서우 너 자꾸 이상한 소리 하면, 나 그냥 간다."

"우는 게 아니면 그럼 그게 무슨 소리야?"

"그게 신기하니까 얘기하는 거지. 나하고 같이 일하던 아저씨는 벌목만 이십 년 경력인데 그런 소리는 처음 들어 본다는 거야. '나무 밑동이 썩어서 구멍이 크게 났고 거기에 바람이 들어가서 나는 소리일 거야.'라고 아저씨가 말했는데, 구멍 같은 건 없었어. 자세히 보니까 옆 나무에 가지가 걸렸더라고. 쓰러지는 나무를 옆에 있던 친구가 부축해 주는 것 같더라니까. 아이 씨, 내가 무슨 소리를 하는 거야, 너한테 옮았잖아. 한 십 분 버텼나, 드디어 나무가 쓰러지는데 와 진짜 놀랐잖아. 나무가 다시 그 소리를 내면서, 휘이이이잉, 미이이잉, 하고 쓰러지는데 갑자기 주변에서 늑대들이 울어 젖히는 거야."

"늑대?"

"응, 늑대랬어. 벌목 지역 근처에 늑대들 많대."

"늑대가 왜 울어?"

"모르지 그거야."

"뭔 스토리가 기승전결이 없어."

"기승전결이 있으려면 어떻게 해야 하는 건데?"

"벌목 현장이다. 나무를 잘랐다. 나무가 울었다. 늑대가 따라 울었다. 나무가 늑대의 이십 년 지기 친구다. 나무의 고통이 곧 늑대의 고통이다. 뭐 이런 스토리라도 있어야지."

"그런 말도 안 되는 스토리면 기승전만 있는 게 낫겠다. 나는 이제 기승전결 다 했으니까 퇴근한다. 보충 세 시간 고마워."

"그래서 그 나무는 어떻게 됐어?"

"어떻게 되긴 뭘 어떻게 돼, 제재소에서 조각조각 잘린 다음 어딘가의 탁자가 돼 있겠지. 아니면 식탁이나 책장이나. 진짜로 간다. 피곤하고 배고프고 졸려."

문창근은 빠른 걸음으로 초소를 벗어났다. 송서우는 뭔가 더 물어보고 싶었지만 문창근의 피곤한 뒷모습에다 차마 그럴 수 없었다. 물음표를 삼켰다.

보더라인 근처에는 나무가 많았다. 나무들은 치열한 경쟁에서 살아남기 위해 위를 다투며 빠르게 높아졌고, 능력이 부족한 종은 튼튼한 나무에 기생하여 햇빛에 가까워졌다. 송서우는 보더라인 근무를 서고 나서 처음으로 자세히 나무들을 보았다. 텔레비전 장식장 뒤의 어지러운 전선들처럼 각각의 줄기들은 모두 어딘가로 연결돼 있었다. 눈으로 가지와 이파리들을 좇으며 상상의 그림을 그려 보았다. 이 가지와 저 가지의 구분이 명확하지 않아서 자주 길을 잃었지만 송서우의 눈길은 처음 가 보는 나무들의 통로를 따라 신나게 움직였다. 오전 시간을 그렇게 보내고 나니 눈이 맑아졌다. 보더라인 근무 후 시력이 좋아진 사람이 있다는 것은 헛소문이 아닌 모양이었다.

근무가 끝난 후 송서우는 문창근과 인사를 하는 둥 마는 둥 하고 자신이 '둥근 정원'이라고 이름 붙인 곳으로 달려갔다. 하늘은 어제보다 조금 더 많이 보였고, 꽃과 식물의 향기는 덜했다. 송서우는 식물들이 내뿜는 향기는 일종의 메시지라는 이야기를 어디선가 본 기억이 났다. 침입자가 나타나거나 급하게 공유해야 할 내용이 있으면 온 힘을 다해 향기를 내뿜는다는 것이다. 만약 어제보다 향기가 덜한 게 맞다면 식물들이 덜 공격적이어서 그런 것이라고 송서우는 생각하기로 했다.

둥근 정원은 비밀 요새 같았다. 밖에서는 안이 잘 보이지 않고 안에 들어와 있으면 바깥이 신경 쓰이지 않을 정도로 아늑했다. 처음에는 인간이 만들어 놓은 정원인가 싶었지만 그러기에는 가공의 흔적이 전혀 없었다. 일렬로 늘어선 식물도 없었고 열매를 따 먹거나 이파리나 뿌리를 채취한 흔적도 없었다.

송서우는 식물 하나에 손가락을 갖다 대 보았다. 덩굴손을 가진 참외과였다. 파르르 떨리면서 약간의 수분을 내뿜는 것 같다고 송서우는 느꼈다. 이상했다. 송서우는 식물을 키워 본 적이 없었다. 사무실 개업 기념으로 선물받은 화초들은 대부분 여섯 달을 넘기지 못했다. 뿌리가 썩거나 줄기가 말라비틀어졌다. 썩는 이유도 말라비틀어지는 이유도 송서우는 알지 못했다. 송서우는 다른 식물에 손을 대 보았다. 파라고무나무였다. 갈색의 매끄러운 껍질에 손이 닿는 순간 송서우는 어떤 소리를 들은 것 같았다. 손을 떼 보았더니 소리가 사라졌다. 파라고무나무에서 나는 소리는 치지치지치지 하는 안테나 잡음 같았다. 손을 대면 그 소리가 다시 들렸다. 귀로 들리는 게 아니라 온몸으로 느껴졌다. 송서우는 둥근 정원에 드러누웠다. 어디선가 물 흐르는 소리가 들리는 것 같았다. 나무의 관으로 흘러가는 수액의 소리를 들을 수 있게 된 것이라고, 송서우는 생각했다.

근무가 끝나면 매일 둥근 정원에 들러 두세 시간을 보냈다. 책을 들고 가서 볼 때도 있었고, 그냥 뛰어다니기도 했다. 푹

신푹신한 이파리 운동장은 밟고 다니기만 해도 기분이 좋았다. 음악을 들을 때가 가장 좋았다. 30와트 출력의 블루투스 스피커를 들고 가서 좋아하는 음악을 재생하면 음악이 식물 곳곳에 스며드는 게 눈에 보였다. 소리는 줄기를 타고 올라가 꼭대기까지 가닿았고 거기에서는 공기로 스며들며 흔적 없이 사라졌다. 특히 블라디미르 호로비츠의 피아노 소리를 무척 좋아하는 게 느껴졌다. 호로비츠의 음악을 재생할 때만 정원의 공기가 달라졌다. 밀도가 높아졌다.

정원에서 놀기 시작한 지 세 달이 지나고 숲이 깊은 가을의 색으로 물들었을 때, 송서우는 누워 하늘을 보고 있었다. 바싹 마른 이파리들이 혜성처럼 떨어졌다. 낙엽들이 송서우의 얼굴을 계속 찰싹찰싹 때렸다.

"어디로도 가지 못하니까 심심하겠다."

별생각 없이 혼잣말을 했다. 자신에게 말하듯이.

"위로 올라가잖아."

어디선가 들려오는 목소리에 놀라 송서우는 자리에서 벌떡 일어났다. 둘러봐도 사람은 없었다. 나무가 낸 소리라고는 믿을 수 없었다. 잡음이 섞여 있었지만 분명 인간의 언어였다. 송서우는 소리의 시작점을 가늠해 보았다. 그 소리는 외부에서 귀로 전달된 소리가 아니라 내부에서 울려 나와 귀로 향한 소리였다. 만약 나무가 한 말이 맞는다면, 나무들은 송서우의 몸을 관통하며 어떤 목소리를 낸 것이었다. 나무가 한 말이 아니라면, 송서우가 품고 있던 오래된 생각이 그저 소리로 변환되어 나온 것일 수도 있었다. 일종의 환청일 것이다. 송서우는 마음을 가라앉히고 다시 누웠다.

"위에서는 뭘 해?"

송서우가 소리 내어 물었다. 눈을 감고 소리를 기다렸다. 자신의 내부에서 나오는 목소리를 차단하기 위해 아무런 생각도 하지 않으려 애썼다.

"춤추며 놀지."

다시 목소리가 들렸다. 예상치 못한 답변이었다. 송서우는 계속 말을 걸었다.

"어떤 춤을?"

이번에는 답변이 들리지 않았다. 송서우는 조금 기다리다가 눈을 떴다. 꼭대기의 가지들이 제멋대로 움직이고 있었다.

"대답 대신에 직접 춤을 보여 주는 거야?"

바람을 따라 움직이는 것이라면 모두 같은 방향으로 움직여야 하는데 가지들은 제각각 움직였다. 정말 춤을 추는 것처럼 보였다. 가지 사이로 햇빛이 박자에 맞게 끼어들고 전보다는 수가 줄어든 이파리들이 박수를 치듯 서로 부대꼈다. 송서우는 더 이상의 질문을 떠올릴 생각을 하지 못하고 가지와 이파리들이 추는 춤을 오랫동안 바라보았다.

몇 주 동안 나무의 소리는 들리지 않았다. 송서우가 말을 건네도 대꾸하지 않았다. 침묵의 시기로 변했거나 송서우가 들었던 소리가 환청이었던 거라고 생각했다. 숲이 겨울의 한 가운데를 통과하던 시기에 송서우는 둥근 정원에 누워 있다가 이상한 것을 보게 되었다. 키가 큰 물푸레나무의 잔가지들이 여러 개 꺾여 있었는데, 그 간격이 너무나 일정해서 계단처럼 보였다. 사람이 일부러 부러뜨려 놓았다고 해도 믿을 정도였다. 핏줄이 뒤엉킨 것처럼 보이는 밑가지부터, 밟고 올라서기 좋은 모양의 중간, 부러지기 쉬운 위쪽에 이르기까지 계단의 길이 보였다.

"이건 대놓고 올라오라는 뜻이네?"

송서우는 커다란 나무를 안고 위로 올라갔다. 정원에서 노는 사이에 나무 타는 기술도 늘었다. 두 팔로 안기 힘든 나무도 어떻게든 붙들고 올라갈 수 있게 됐다. 부러진 가지들을 밟고 올라가니 꽤 높은 곳까지 올라갈 수 있었다. 송서우는 휘청이는 잔가지들이 버티는 힘을 느껴 가면서 계속 올라갔다. 가지들은 부러지지 않으려고, 송서우가 떨어지지 않게 하려고 부드럽게 휘었다.

"우와, 다 보여."

송서우는 주위를 두리번거리다 나무 높은 곳에 매달려 숲의 지붕을 보았다. 수많은 식물들이 바람의 리듬에 맞춰 춤을 추고 있었다. 숲의 아래쪽에는 넌출이 동맥처럼 옆으로 늘어서 있고, 가운데는 가지 많은 나무들이 실핏줄 모양으로 군집해 있고, 위쪽은 실력 없는 미용사가 실수로 쳐낸 머리카락처럼 가지들이 삐죽삐죽 솟아 있었다. 송서우는 숲의 흐름을 몸으로 느꼈다. 자신의 몸이 식물로 변하는 듯했다. 이파리가, 가지가, 겨드랑눈이, 꽃봉오리가, 숲의 일부가 된 것 같았다. 나무는 어디로도 가지 못하는 게 아니라 어디에든 연결돼 있었다. 송서우는 나무 위에서 춤을 추었다. 박자에 맞춰 몸을 흔들지 않아도 자연스럽게 흔들렸다.

다음 날 근무 교대 시간, 문창근의 얼굴이 평소와 달리 굳어 있었다. 송서우는 무언가 일이 터졌다는 걸 직감했다.

"무슨 일이야?"

송서우가 물었다.

"어제 뉴스 안 봤어?"

문창근이 어깨에 둘렀던 총을 내리며 말했다.

"뉴스? 안 봤는데?"

"내전이야."

"내전?"

"이백 명 넘게 죽었대."

"우리도 죽었네."

"죽었지."

"어젯밤엔 어땠는데?"

"어제는 한 열 명 정도밖에 안 왔어. 다른 구역에서도 총소리가 들린 걸 보면 이제 곧 좀비 떼처럼 몰려들겠지."

"지시 사항은 없고?"

"오늘 영시부터 철조망에 전기 넣었고, 내일부터 추가 인력 배치된대. 그때부터는 이 인 일 조로 움직이고."

"발포는?"

"고무탄 지급됐어."

"쐈어?"

"공포탄은 스무 발 쐈고, 고무탄은 아직."

"총기함에 실탄도 있지?"

"두 박스 들어 있지. 그걸 꺼내는 순간 상황 끝나는 거다. 생각 잘해."

"고생했다."

"긴장해, 오늘 낮부터 몰려들 거야. 뉴스 보니까 난민들 숫자가 어마어마해."

"전기 철조망이란 걸 아는데 마냥 달려들진 않겠지."

"지난번에 땅 파던 사람들 기억 안 나? 어디서 뭐가 나타날지 몰라. 레이더가 알려 준다고 해도 혼자서 어떻게 감당하겠어? 혹시 무슨 일이 생겨도 절대 나서지 마."

"나서지 않으면 어떻게 해?"

"통과시키고 해고당하는 게 낫지. 난민 중에도 분명히 무장한 놈이 있을 거야. 괜히 총격전 벌어지면 일만 더 커져."

"그래도 하는 데까지는 해 봐야지. 얼른 가서 쉬어."

"하도 긴장했더니 손발이 다 저리다. 내 몸이 내 몸이 아니라 꽁꽁 언 나무 같아."

문창근은 그 말을 남기고 가 버렸다. 송서우의 귀에 그 말이 메아리처럼 계속 남았다. 꽁꽁 언 나무 같아, 나무 같아, 나무 같아…….

숲의 나무도 얼까? 그렇지 않을 거야. 그 안에서는 뜨거운 수액이 펄펄 끓으면서 춤을 추고 있겠지.

송서우는 정신을 바짝 차리고 초소의 레이더에 시선을 집중했다. 1킬로미터 구간을 계속 순찰할 수는 없다. 레이더와 CCTV 화면으로 상황을 파악하는 수밖에 없다. CCTV는 모든 구역에 설치돼 있지도 않다. 스물네 시간 내내 뉴스만 흘러나오는 라디오를 켰다. 삼십 분이 지나도록 내전에 대한 뉴스는 나오지 않았다. 그보다 더 급하고 중요한 사건이 많은 모양이었다. 잔뜩 긴장한 것이 허무하게 느껴질 정도로 낮 동안은 별다른 움직임이 없었다. 철망 쪽으로 접근하는 두 사람에게 공포탄을 발사했을 뿐이다. 두 사람은 시야에서 빠르게 멀어졌다. 인근 초소에서 쏘는 공포탄 소리도 간간이 들렸지만, 그쪽 역시 위급한 상황이 생긴 것 같지는 않았다.

겨울 해가 금방 떨어졌다. 하필이면 달빛이 적은 날이었다. 사방이 유독 조용했고, 곤충과 야생 동물들이 우는 소리도 들리지 않았다. 작은 소리가 들려왔다. 송서우는 자신의 심장이 쿵쾅거리는 소리가 들리는 듯했다. 그럴 리가 없었다. 누군가 먼 곳에서 컴퓨터 마우스의 버튼을 클릭하는 것 같았다. 띡, 띡, 띡, 띠딕, 틱, 티틱 하는 소리가 불규칙적으로 들려왔다. 송서우는 레이더를 살폈다. 아무런 변화가 없었다. 어쩌면 나무들이 자라는 소리인지도 몰랐다. 지지직, 윙, 지직 하는 소리도 들렸다. 주변의 정적이 작은 소리들을 돋보이게 해 주었다. 송서우는 고개를 흔들었다. 소리는 귀에서 떨어져 나가지 않았다. 머리 위에서 누군가 거대한 팽이를 돌리는 것처럼 바람 소리가 이리저리로 움직였다. 미세 전류가 흐르는 스피커에서 흘러나오는 노이즈처럼 신경을 거슬리게 하는 소리가 왼쪽과 오른쪽 귀를 왕복하는 행성의 궤적으로 회전했다. 송서우는 손바닥으로 귀를 두드렸다. 아무것도 달라지지 않았다. 시간이 흐르자 작은 노이즈는 사람의 목소리로 변했다. 잘 알고 있는 목소리들이었다. 나쁜 놈, 혼자 살겠다고, 치사하게, 책임을, 책임을, 나쁜…… 소리들이 귓속에 점점 가득 찼다. 소리는 예전보다 훨씬 컸다. 어디선가 앰프를 구해 온 모양이었다. 송서우도 방어하는 소리를 냈다. 처음에는 '아……' 하는 소리를 내서 귓속의 소리들을 몰아내려고 했다. 잘되지 않아서 이번에는 아무 이야기나 중얼거렸다. 엘리펑크의 이름도 여러 번 불러 보고 올빼미 조로에게 하고 싶은 이야기도 했다. 이야기는 금방 바닥났다. 송서우는 목소리를 조금 더 높여서 소리를 질렀다. "아아아아아!" 하고 소리를 질러 보았다. 숲이 비명을 집어삼켰다. 송서우는 고개를 흔들면서 소리를 질렀다. 사람들의 목소리가 조금씩 다르게 들리기 시작했다. 조용하고도 확신에 가득 찬 목소리로 '죽어버려.'라고 말했다. '죽어, 죽어.'라는 말이 이어졌다. 자신이 아는 목소리가 아니었다. 난생처음 듣는 목소리였다. '죽어버리면 좋아.' 이런 목소리로도 들렸다. 송서우는 손바닥으로 자신의 귀를 막았다. 소리는 사라지지 않았다.

송서우는 총을 어깨에 두르고 철조망 쪽으로 뛰어갔다. 몸을 움직여야 소리가 사라질 것 같았다. 어둠이 사방으로 갈라지며 작은 생명체들이 날아서 도망치는 소리가 들렸다. 겨울 숲의 바닥은 생각보다 푹신했다. 이대로 땅속으로 빨려 들어갈 것 같은 걱정도 들었다. 소리를 지르면서 철조망을 향해 달려갔다. 철조망을 향해 달려가는데, 어딘가에 갇혔다가 풀려나는 듯한 이상한 해방감이 느껴졌다. 전기가 흐르는 철조망을 뛰어넘을 수는 없기 때문에 송서우는 철조망을 따라 뛰었다. 눈을 감고도 다닐 수 있는 길이었다.

철조망 건너편에서 무언가 움직이는 소리가 들려 송서우는 멈춰 섰다. 이어서 사람들의 말소리가 들렸다. 내용은 들리지 않았다. 송서우는 움직이지 않았다. 사람들이 조금씩 철조망으로 다가섰다. 어깨에 두른 총을 조심스럽게 내렸다.

"물러서요."

사람들이 있는 쪽으로 플래시 불빛을 비추면서 송서우가 말했다. 사람들의 형상은 보이지 않았다. 아무런 대꾸도 들리지 않았다.

"다가오지 말아요. 전기가 흐릅니다."

송서우는 천천히, 정확한 발음으로 경고했다. 플래시 불빛으로 이리저리 비추어 보았다. 겨울인데도 이파리를 떨어뜨리지 않은 나무들도 많았다. 가지들이 어둠 속에서 얽혀 있었다. 작은 플래시 불빛으로는 나무 사이에 숨어 있는 인간들을 찾아내기 힘들었다.

인근 초소에서 총소리가 들렸다. 새 몇 마리가 날개를 퍼덕이며 날아올랐다. 총소리가 다시 들렸다. 먼 초소에서도 총소리가 들렸다. 사방에서 총소리가 새처럼 날아올랐다. 좌우의 초소에서 들리는 총소리만으로도 송서우는 상황을 직감할 수 있었다. 몰려오고 있다. 얼마나 많은지는 알 수 없지만 사람들이 몰려오고 있다. 송서우는 정신을 차리고 초소로 달렸다. 철조망에 가까이 붙어 있을 게 아니라 초소에서 상황을 파악해야 했다.

초소의 레이더 모니터에는 붉은 점이 여러 개 보였다. 철조망으로 접근하는 생명체를 보여 주는 표식이다. 송서우는 세어 보려다 그만두었다. 열 개가 넘는 것은 확실했다.

야간 투시 망원경을 총에 부착하고 붉은 점이 모인 곳을 훑어보았다. 열댓 명의 사람들이 철조망 앞에 모여 있었다. 성인 남녀들이 대부분이었고, 아이도 한두 명 있었다. 그중 한 남자가 앞으로 나섰다. 두 손에는 큼지막한 모포 같은 걸 들고 있었다. 남자는 그걸 철조망 위로 던졌다. 아마도 전기가 통하지 않게 만든 방어막인 모양이었다. 남자는 사람들을 향해 무슨 말을 하고는 방어막을 잡고 올라갔다. 남자의 무게 때문에 철조망이 늘어졌다. 남자는 더욱 힘을 주었다. 철조망이 더 휘었다. 철조망을 넘어뜨려 사람들이 지나올 수 있게 하려는 모양이었다.

송서우는 고무탄이 들어 있는 탄창을 확인하고 남자를 겨누었다. 이미 철조망을 넘어오려는 시도를 하고 있으니 공포탄 사격은 무의미했다. 고무탄의 유효 사거리는 50미터, 초소에서 철조망까지의 거리는 30미터. 단번에 명중하지 못하더라도 경계병의 존재를 각인시킬 수는 있을 것이다. 송서우는 남자의 허벅지를 겨냥했다. 남자의 몸 절반은 철조망을 넘어왔고, 절반은 반대쪽에 머물러 있었다. 송서우의 고무탄이 남자의 허벅지를 정확하게 맞혔다. 남자가 철조망을 붙잡고 휘청거렸다. 철조망 건너편에 있던 사람들이 남자를 붙잡으려고 손을 뻗었지만 닿지 않았다. 남자는 철조망을 붙들고 고꾸라졌다. 남자를 붙잡기 위해 철조망에 가까이 다가서던 한 사람이 몸을 파르르 떨다가 뒤로 물러섰다. 전기 때문이었다. 뒤에 서 있던 사람은 상황을 알지 못했고, 철조망 쪽으로 계속 밀려들었다. 철조망 가까이에 서 있는 사람들은 계속 버텼다. 망원경으로 보는 것만으로도 힘의 움직임을 느낄 수 있었다.

철조망이 넘어지며 바닥에 깔렸다. 바닥에 누우니 실뿌리처럼 보였다. 철조망의 꼬인 가시들에서 싹이 피어날 것 같았다. 철이 흙에 파묻히기 시작했다.

송서우는 오래 고민하지 않고 철조망에 흐르던 전기를 껐다. 그대로 두었다가는 여러 사람이 다칠 게 분명했다. 고무탄에 맞은 남자는 곧 일어섰고, 남자 덕분에 철조망 위로 길이 생겼다. 사람들은 쉽게 철조망을 지난 다음 숲을 향해 달렸다. 댐에 생긴 구멍에 물이 몰려들 듯 쓰러진 철조망으로 사람들이 넘쳐 날 것이다. 송서우는 자신의 총기를 총기함에 넣고 문을 잠갔다. 헬멧에 붙은 헤드 랜턴을 켠 다음, 달리기 시작했다.

사람들은 숲을 나가는 쪽으로 달렸지만, 송서우는 둥근 정원으로 달려갔다. 거기밖에 갈 데가 없었다. 난민들과 함께 어디론가 달려가기도, 총을 들고 초소에 멍청하게 앉아 있기도 어려웠다. 공포탄 소리와 고무탄 소리가 뒤섞여 들려왔고, 먼 곳에서 헬리콥터 소리도 들렸다. 송서우가 달릴 때 헤드 랜턴의 불빛이 숲의 이곳저곳을 비추었다. 나무들이 깜짝 놀라는 것처럼 보였다. 철조망이 뚫린 게 확인되는 순간 무장경찰이 보더라인을 에워쌀 것이다.

둥근 정원으로 들어가는 순간, 철문을 닫은 것처럼 모든 소리가 사라졌다. 나무들은 계절과 상관없이 푸르러 보였고, 모든 가지들이 자신을 내려다보고 있는 듯했다. 무릎을 꿇고 주저앉았다. 바닥에 철조망이 있었다. 손으로 만지니 부러진 가지였다. 가지로 땅을 팠다. 두 손으로 흙을 긁었다. 낙엽 속에서 따듯한 흙과 건조한 모래가 뒤섞여 나왔다. 깊숙한 곳에 있을 뿌리는 모습을 드러내지 않았다. 손이 금세 축축해졌다.

송서우는 드러누워 가쁜 숨을 몰아쉬며 하늘을 보았다. 헤드 랜턴의 빛은 높이 올라가지 못했다. 검은 머리 이비스를 캐릭터로 만들 때 이런 시를 외운 적이 있다. 정확하게 기억나지는 않았다. '좋다, 나는 땅의 어둠 속으로 가리라, 오, 확실한 죽음.'* 확실한 죽음이란 말이 기억에 남았다. 이비스의

---

* 『동물시집』(기욤 아폴리네르, 난다 2016)

날카로운 부리는 죽음의 사자를 연상시켰다. 그리다가 포기한 캐릭터였다. 송서우는 캐릭터로 만든 동물이 아닌, 그리다가 실패한 동물들을 오랫동안 기억했다. 자신에게 포획되지 않은 동물이고, 그림이 되기를 거부한 형상들이었다. 나뭇가지 너머의 어두운 하늘에서 여러 동물들이 날아다녔다. 완성하지 못한 독수리도 있었다.

어디선가 늑대 우는 소리가 들려서 송서우는 고개를 들었다. 커다란 나무에서 새어 나오는 소리였다. 소리에 색깔이 있다면, 늑대 우는 소리는 푸른색이었다. 송서우는 소리가 이끄는 대로 가 보았다. 발아래 가지들이 우두둑 부러졌다. 뼈가 부러지는 소리가 났다. 황량한 토양을 파내고 개를 묻은 적이 있다. 그때도 그런 소리가 났다. 뼈가 부러지는지, 돌이 빠개지는지, 가지가 부러지는지, 그 비슷한 소리가 났다. 소리 끝에 밑동이 썩어서 동그랗게 문이 생긴 나무가 있었다. 사람도 들어갈 만했다. 그 안에서 소리가 났다. 문을 열면 늑대 수십 마리가 쏟아져 나올 것 같았다. 송서우는 고개를 안으로 들이밀어서 공기를 삼켰다. 그늘의 맛이었다. 곰팡이가 생겼을 때의 냄새도 났다. 헤드 랜턴이 나무의 좁은 내부를 밝혔다.

"너는 나이가 몇 살일까?"

송서우는 나무 안에 들어가 말을 건넸다. 목소리가 나무 속에서 반사되며 높이 올라갔다.

"백 살은 넘었을 거야, 그렇지?"

그렇지, 그렇지, 그렇지……. 하는 소리가 송서우의 귀로 되돌아왔다.

"우리도 생각보다는 오래 살아. 내가 그 증거야. 내가 얘기 하나 해 줄게, 잘 들어 봐."

들어 봐, 들어 봐.

"파도 본 적 없지? 너는 계속 여기에 있으니 파도를 볼 수 없었을 거야, 그렇지? 소리는 들었을 수도 있지."

들었을 수도 있지, 있지.

"파도는 바다에서 계속 밀려와. 쏴아아아아, 하는 게 그 소리야. 왜 그러는지 알아? 왜 계속 밀려오는 줄 알아? 바닷가 모래사장의 낙서를 지우려는 거야. 파도가 원래 결벽증이 있어. 부끄러움이 많아. 누군가 낙서를 하면 지우고, 덜 지워졌으니까 또 밀려와서 지우고, 계속 지우고 지워. 아무리 모래 사장을 깊게 파헤치며 낙서를 해도 파도는 계속 그걸 지워. 씻은 손을 또 씻는 것처럼, 피가 묻은 손을 미친 듯이 씻는 살인자처럼, 이미 지워졌는데 부끄러워서 계속 얼룩을 닦아 내는 사람처럼, 계속 같은 곳을 지워, 흔적이 남지 않을 때까지. 그러다 보면 시간이 가는 거지."

시간이 가는 거지.

"좀 자야겠다, 너무 피곤해."

송서우는 눈을 감았다. 이파리 하나가 떨어지면서 얼굴을 찰싹 때렸다. 뺨에 붙어 떨어지지 않았다. 송서우는 낙엽을 떼어 자세히 들여다보았다. 오렌지색의 넓적한 잎이었다. 술을 한잔 마시고 난 사람의 얼굴처럼 보였다.

"그래, 알겠어."

송서우는 오렌지색 나뭇잎에게 대답을 했다. 멀리서 총소리가 들렸다. 송서우는 나뭇잎을 바닥에 내려 두고 나무 밖으로 걸어 나왔다.

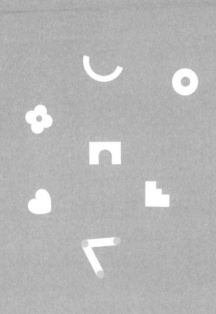

단편소설 앤솔러지

놀이터는 24시

ⓒ김초엽 배명훈 편혜영 장강명 김금희 박상영 김중혁

초판 1쇄 발행 2021년 6월 15일
초판 7쇄 발행 2022년 12월 1일

지은이	김초엽 배명훈 편혜영 장강명 김금희 박상영 김중혁
펴낸이	지영주
편집	윤자영 이아름
표지 디자인	석윤이
본문 디자인	*Desig* 신정난
마케팅	김진희 한주희 정지혜 이상은 조영흠 노해담
경영지원	백종임 김은선

펴낸곳	㈜자이언트북스
출판등록	2019년 5월 10일 제2019-000085호
주소	경기도 고양시 덕양구 덕은1로 5 2층
전화	070-7770-8838
팩스	02-3158-5321
홈페이지	www.giantbooks.co.kr
전자우편	books@giantbooks.co.kr
인스타그램	https://www.instagram.com/giantbooks_official/

ISBN   979-11-968667-9-2

• 이 책은 NC의 브랜드 캠페인 〈NC FICTION PLAY〉 프로젝트의 일환으로 제작되었으며,
'자이언트북스'와 '엔씨소프트'가 함께 기획하였습니다.
blog.ncsoft.com